LOCUS

LOCUS

LOCUS

LOCUS

to

fiction

to 20

太古和其他的時間

Prawiek i inne czasy

作者：奧爾嘉・朵卡荻（Olga Tokarczuk）

譯者：易麗君　袁漢鎔

責任編輯：林毓瑜

法律顧問：全理法律事務所董安丹律師

出版者：大塊文化出版股份有限公司

台北市105南京東路四段25號11樓

www.locuspublishing.com

讀者服務專線：**0800-006689**

TEL：(02) 87123898　FAX：(02) 87123897

郵撥帳號：18955675　戶名：大塊文化出版股份有限公司

總經銷：大和書報圖書股份有限公司

地址：台北縣五股工業區五工五路2號

TEL：(02) 89902588　FAX：(02) 22901628

排版：天翼電腦排版印刷有限公司　製版：源耕印刷事業有限公司

初版一刷：2003 年 7 月

二版一刷：2006 年 10 月

定價：新台幣320元

Printed in Taiwan

Prawiek i inne czasy

太古和其他的時間

Olga Tokarczuk 著
易麗君　袁漢鎔 譯

譯序
一首具體而又虛幻的存在交響詩

易麗君

本書作者奧爾嘉·朵卡萩（Olga Tokarczuk）是二十世紀九〇年代波蘭文壇出現的一顆璀璨的新星。一九六二年一月二十九日，她出生在波蘭西部名城綠山附近的蘇萊霍夫。一九八五年畢業於華沙大學心理學系。一九八五年至一九八六年住在伏羅茨瓦夫市，自一九八六年起，遷居西南邊城瓦烏布日赫，在該市的心理健康諮詢所工作，同時兼任心理學雜誌《性格》的編輯。一九八七年，她以詩集《鏡子裡的城市》登上文壇。此後常在《雷達》、《文學生活報》、《奧得河》、《邊區》、《新潮流》、《文化時代》和《普世周刊》等報刊上發表詩歌和短篇小說。一九九三年出版長篇小說《書中人物旅行記》，一九九四年獲波蘭圖書出版商協會獎。一九九五年出版長篇小說《E·E》。翌年出版長篇小說《太古和其他的時間》，受到波蘭評論界普遍的讚揚，並於一九九七年獲波蘭權威的文學大獎「尼刻」獎，和科西切爾斯基夫婦基金散文文學獎，從而奠定了她在波蘭文壇令人矚目的地位。也就在這一年，她放棄了公職，專心從事文學創作，先後發表了短篇小說集《橱櫃》（一九九七）和長篇小說《白天的房子和黑夜的房子》（一九九八），一九九九年，她因這部作品再次獲得「尼刻」獎。

自上世紀九〇年代中期起，她定居在離瓦烏布日赫不遠的農村，成爲鄉情、民俗的守望者，但也並非離群索居，邈與世絕。她樂於與人交往，更喜歡外出旅遊。作家迄今的成功，絕非評論界的炒作抑或幸運的巧合，而是由於她所受到的各種文化的薰陶，正規、系統的心理學教育，以及廣闊、豐富的生活經驗。這一切都爲她的創作打下了堅實的基礎，使她的才華得以充分的發揮。

二十世紀九〇年代，波蘭文壇發生了許多變化。官方文學和地下反對派文學的明顯區別已不復存在。過去常見的文學主題，如愛國主義、英雄主義、造反精神等都曾是波蘭社會意識生動的組成部分。隨著制度的更迭，上述主題有所削弱。在二十世紀七、八〇年代，作家獨立性的首要條件是，保持批判的勇氣，敢於坦言眞理，敢於揭露政權的外來性和極權統治的弊端，敢於揭露社會生活中的陰暗面。這種批判精神展示了一種濃縮的波蘭性，起了一種抵禦外來性的防護鎧甲的作用。但是這種波蘭性在濃縮了波蘭民族酷愛自由、敢於反抗強權的象徵意義的同時，也削弱了作品中的波蘭人成爲有血有肉、有七情六慾的人。在冷戰時期，意識形態鬥爭的影響下，這種批判精神還不免帶有派別的色彩，簡單化的價值標準使得某些被以爲是高尚的文學，卻不一定是傑出的文學。

年輕一代的作家淡化歷史，他們無需再為國家的不幸命運披上服喪的黑紗，他們從事文學創作不像前輩作家那樣態度嚴肅,那樣追求「文以載道」和「震撼效應」。他們擁有一種更輕鬆、自由的心態，把文學創作當成一件愉悅心靈的樂事，既讓自己在編故事的過程中享受快樂，也讓讀者不費力氣、輕鬆地接受。他們不屑於承擔或清算戰後近半個世紀，波蘭現實裡是非功過的使命。再者，清算文學在過去的地下出版物中，已可謂是汗牛充棟，在他們看來，重複不免意味著思想和藝術的貧乏。因此他們在回顧過往時，也是以一種幽默、調侃的口吻代替憤怒的控訴。他們希望擴大視野，獨闢蹊徑，去開拓新的創作題材。他們感興趣的對象由「大祖國」轉向「小祖國」——也就是故鄉，由「大社會」轉向「小社會」——也就是家庭，從中探尋社會生活新穎的、建立在人性基礎上，普通而同時也富有戲劇性和持久價值的模式。

他們善於在作品中構築神祕世界，在召喚神怪幽靈的同時，也創造自己的神話。他們的作品往往是現實生活與各種來源的傳說、史詩和神話的混合物。他們自由地、隨心所欲地利用神話和民間傳說來表現他們所欲展示的一切人生經歷——童年、成熟期、婚戀、生老病死。他們著意構想的是，與當代物質文明處於明顯對立地位的，充滿奇思妙想的世界。這類小說描繪的往往是作者將童年時代回憶理想化而形成的神祕國度，或者是作者記憶中老祖父所講的故事裡的神祕國度。小說裡的空間——與當今貧瘠的、被汚染了的土地及城市的喧囂，或大都會的鋼筋水泥叢林大相逕庭——流貫著一種生命的氣韻，是人和天地萬象生命境界的融通。每片土地都充滿了意義，對自己的居民都賜以微笑。它是美好的，使人和大自然和諧相處。它的美很具體，同時也教會人去跟宇宙打交道，去探尋人生的意義，和世界萬物存在的奧祕，就像是交給人一塊神奇的三稜鏡，透過它能識破天機，看到上帝，看到永恆。奧爾嘉・朶卡萩的長篇小說《太古和其他的時間》便是其中最具代表性的作品。上面提到的一些寫作變化特點，都在這部小說中得到了具體的反映。

這部作品既是完整的現實主義小說，同時又是富有詩意的童話。是一部揉合了神祕主義內涵的現實主義小說。

作家在小說中虛構的世界名爲太古。這是一座遠離大城市、地處森林邊緣，普普通通的波蘭村莊。作者以抒情的筆觸講述發生在這座村莊的故事，重點展示了幾個家庭、幾代人的命運變遷。小說以人道情懷雜呈偏遠鄉村的眾生百相，爲讀者營構了一幅幅鮮明生動的日常生存景觀。一群不同性格、不同年齡、不同家境的人物，生息歌哭在太古，他們承受著命運的撥弄、生老病死的困擾和戰爭浩劫的磨鍊，在生活的甬道裡直覺地活著，本眞地活著。他們的喜怒哀樂都非常直露，他們的家庭糾葛都非常情緒化，他們追求幸福或燃起欲望的方式都散發著原始的氣息，均爲波蘭百姓飲食人生的自然寫照。顯然，作者攝取的是她非常熟悉的農村居民生存的自然生態圖景，但又並非簡單地進行自然主義的再現。作者力圖深入人物的內心世界，把握其眞實性情，並非直白地臧否人物，褒貶是非，而是以不拘一格的方式展示人生百態，或美醜疊現，或善惡雜揉，或得失相屬，或智慧與殘缺孿生，凡此種種，在不斷的發展變化過程中相生相剋，相映成趣。

小說中現實的畫面和神話意蘊水乳交融，相得益彰。太古雖然不大，卻包含了成為一個完整世界所需要的一切。太古不僅是波蘭某處的一座落後村莊，同時也是一個「位於宇宙中心的地方」，或者可以說是自遠古以來，便已存在的宇宙的一塊飛地。它是天國的再現——雖是變了味的天國，是人類生存的秩序同大自然和超自然的秩序直接接壤的地方，是人和動植物構成的生機勃勃的有機體，是宇宙萬物生死輪迴、循環不已的象徵。

太古既是空間概念，同時又是時間概念。太古是時間的始祖，它包容了所有人和動植物的時間，甚至包容了超時間的上帝的時間、幽靈精怪的時間和日用物品的時間。有多少種存在，便有多少種時間。無數短暫如一瞬的個體的時間，在這裡融合為一種強大的、永恆的生命節奏。太古的時間由三層結構組成：人的時間，大自然的時間（其中也包括，人的意識和想像力的各種產物的時間，如溺死鬼普魯什奇和化成美男子跟麥穗兒交媾的歐白芷的時間），以及上帝的時間。這三層時間結構將敍事者提及的所有形象，所有現實和非現實的存在形式，完整地、均勻地交織在一起，共同構成一首既具體又虛幻的存在的交響詩。太古的時間，亦如宇宙的時間，沒有開頭也沒有結尾，只是不斷變幻著新的形式，從形成到分解，從分解到形成，從生到滅，從滅到生，無窮無盡。

太古作為一座具體的普通的村莊，是個遠離塵囂的古老、原始、人與大自然和諧相處的神祕國度，在這裡繁衍生息的人們過的幾乎是與世隔絕的日子，自古以來就固守著自己獨特的傳統，自己的習俗，自己的信仰，自己分辨善惡的標準。在他們的想像裡，有一條看不見的界線是他們通向外部世界不可逾越的障礙，這條界線之外的大千世界，對於他們不過是模糊的、虛幻的夢境。對於他們，太古處於宇宙的中心便是很自然的邏輯。

太古的象徵意義在於，人們在心靈深處都守望著一個被自己視為宇宙中心的神祕國度。在快速變革、充滿歷史災難、大規模人群遷徙和邊界變動的世界上，人們往往渴念某個穩定的角落，某個寧靜而足以抗拒無所不在的混亂，那樣的精神家園。奧爾嘉・朶卡萩在答波蘭《政治周刊》記者問時，曾說，她寫這部小說似乎是出自一種尋根的願望，出自尋找自己的源頭、自己的根的嘗試，好使她能停泊在現實中。這是她尋找自己在歷史上地位的一種方式。

太古似乎包括了上帝創造的八層世界，一切有生命的東西都有意識或無意識地參與其中的活動。它發生了許多天國裡才能發生的事，它東南西北四個邊界各有一名天使守護。太古人們的姓氏也具有象徵意義：博斯基的意思是「上帝的」，涅別斯基的意思是「天上的」，塞拉芬的意思是「六翼天使」，海魯賓的意思是「上帝的守護天使」。然而，無論他們是天國的神聖家族也好，還是落入凡塵的天使也好，他們都未能超脫歷史，他們的生活都打下了深刻的時代印記，他們的命運跟天下其他地方的人們的命運同樣悲苦，只不過太古的人們幾乎是以天堂的平靜心態和堅忍、淡泊的精神忍受著自己的不幸。

作家正是把她筆下的人物放在大的歷史背景下來審視的，透過生活在太古的人們的遭遇，牢牢把握住「時代印記」和「歷史頓挫」。從第一次世界大戰到二十世紀八〇年代的歷史進程，在小說中雖是盡量輕描淡寫，一筆帶過，但它貫串了作品的始終，並以極其殘酷、無情的方式影響著小說中人物的命運。守護太古四方邊界的天使，沒能保住這座人間伊甸園免受時代紛亂的侵擾。上帝、時間、人與天使究竟誰是主宰，恐怕只有到知道世界全部過去和未來歷史的遊戲迷宮中去尋找答案了。

《太古和其他的時間》作為一部長篇小說雖然篇幅不大，卻具有任何一部優秀小說必須具備的特點，如鮮活的人物形象，流暢、性格化的語言，快速發展的情節等。作品中簡潔精確，但經常不乏詩意的描述把讀者帶進一個奇妙的世界，字裡行間隨處可見的俏皮與機智，調侃與幽默，質樸與靈性，常使讀者讚嘆不已。許多神話、傳說乃至《聖經》典故，似乎都是作者信手拈來，卻又用得恰到好處，既豐富了人物形象，又渲染了環境氣氛，使整部作品具有濃郁的神話色彩，籠罩著一種耐人尋味的亦虛亦實、亦眞亦幻的神祕氛圍。那些亦莊亦諧的隱喻，蘊藏著作家對當今人類生存狀態的關懷和憂慮，蘊藏著某種既可稱之為形而上學的，也可稱之為存在主義的不安。面對各種跌宕起伏的人生，篇中人物沒有大喜大悲的感情爆發，有的只是一種深情的溫馨和揮之不去的淡淡的哀愁，有的是一種剪不斷的思鄉情結。整部作品給人留下的強烈印象是它的統一性，是內容和形式、主觀和客觀、大自然和文化、哲理和日常生活、變化和重複的高度統一，宏觀思維和微觀思維、個人潛意識和集體潛意識的高度統一。沒有脫離人的意識而獨立存在的世界，也沒有脫離大自然和存在永恆節奏的意識。因此可以說，這部作品雖是小製作，卻顯示了大智慧，大手筆。輕巧中蘊含著厚重，簡約中包藏著複雜，寧靜中搏動著力量，平俗中洋溢著詩意。細讀之後，令人回味無窮。

這裡奉獻給讀者的《太古和其他的時間》譯本，是以波蘭文原著譯出的第一個中譯本。

二〇〇二年九月
於北外歐語系

太古的時間

太古是個地方，它位於宇宙的中心。

倘若步子邁得快，從北至南走過太古，大概需要一個鐘頭的時間，從東至西需要的時間也一樣。但是，倘若有人邁著徐緩的步子，仔細觀察沿途所有的事物，並且動腦筋思考，以這樣的速度繞著太古走一圈，此人就得花費一整天的時間。從清晨到傍晚。

太古北面的邊界是條從塔舒夫至凱爾采的公路，交通繁忙、事故頻仍，因而產生了行旅的不安寧。這條邊界由天使長拉斐爾守護。

標示南面邊界的是小鎮耶什科特萊。它有一座教堂、一所養老院，和一個由許多低矮的石頭房子圍繞的泥濘的市場。小鎮是可怕的，因爲它會產生占有和被占有的熱望。太古與小鎮接界的方向由天使長加百列守護。

從南到北，由耶什科特萊至凱爾采的公路是一條通衢官道，太古就位於官道的兩邊。

太古的西面邊界是沿河的濕草地、少許林地和一幢地主府邸。府邸旁邊是馬廐，馬廐裡一匹馬的價值相當於整個太古。那些馬匹屬於地主，而牧場則屬於牧師。西面邊界的危險之處在於驕奢。這道邊界由天使長米迦勒守護。

太古東面的邊界是白河。白河將太古與塔舒夫分隔開來，然後拐彎流向磨坊，而邊界則以草地和灌木叢中的赤楊林繼續往前延伸。這個方向的危險在於愚昧，而愚昧又是源於自作聰明。守護這條邊界的是天使長烏列爾。

上帝在太古的中央堆了一座山，每年夏天都有大群大群的金龜子飛到山上來。於是人們把這山丘稱爲金龜子山。須知創造是上帝的事，而命名則是凡人的事。

由西北向南流淌的是黑河，它與白河在磨坊下邊匯合。黑河水深而幽暗。它流經森林，森林在河水裡映照出自己鬍子拉碴的面孔。乾枯的樹葉順著黑河漂游，微不足道的昆蟲在河的深淵裡爲了生存而掙扎。黑河常連根拔起大樹，沖毀森林。有時黑河幽暗的水面會出現許多漩渦，因爲河流也會發怒，並且不可遏止。每年暮春時節，河水氾濫開來，淹沒了牧師的牧場，河水滯留在牧場上曬太陽，於是也就繁殖出成千上萬的青蛙。整個夏天牧師都得跟黑河較量，要到每年七月末，氾濫的河水才會發善心導入自己的主流。

白河水淺，流得歡快。在砂礫地上流出廣闊的河床，無遮無掩，看上去一覽無遺。白河的水清澈到透明，純淨的砂礫河底映照出一輪明月。它彷彿是條巨大而光華燦爛的蜥蜴，在楊樹林中閃爍著，頑皮恣肆地蜿蜒前行。它那調皮的遊戲是難以預見的，說不定哪一年它會在赤楊林中沖出一座島嶼，然後又在數十年後遠遠離開樹林。白河穿過灌木叢、牧場、草地。沙質的河床閃耀著金色的光。

兩條河在磨坊下邊匯合。它們先是並排流淌，猶猶豫豫，怯生生，彼此渴望親近，然後就交匯在一起，彼此都失去自身的特色。從緊挨著磨坊的那個大喇叭口流出的河，變成既不是白河，也不是黑河。它成了一條大河，毫不費力地推動水磨的輪子，水磨將麥粒磨成粉末，給人們提供每日的食糧。

太古位於兩條河上，也位於因兩河彼此的想望而形成的第三條河上。磨坊下邊那條由白河和黑河匯合而成的河，乾脆就只叫河。它平靜地，心滿意足地繼續向前流去。

蓋諾韋法的時間

一九一四年夏天，兩名穿淺色制服、騎著馬的沙俄士兵來抓米哈烏。米哈烏眼看著他們從耶什科特萊的方向慢慢向他走來。炎熱的空氣裡飄蕩著他們的陣陣笑聲。米哈烏站立在自家的門檻上，身穿一襲由於沾滿了麵粉而發白的寬大長袍，等待著——雖說他心知肚明這些大兵所爲何來。

「你是誰？」他們問。

「我叫米哈烏・尤澤福維奇・涅別斯基。」米哈烏用俄語回答，完全符合他理應回答的方式。

「嗯，我們這兒有一份意外的禮物要給你。」

米哈烏從他們手上接過一張紙條，拿去交給了妻子。妻子蓋諾韋法一整天哭哭啼啼，爲米哈烏打理參戰的準備工作。由於哭了一整天，她實在太虛弱，身心是那麼地疲憊而沉重，以至她沒能跨出自家的門檻，目送丈夫過橋。

當馬鈴薯的花凋謝，而在開花處結出一些小小的綠色果實的時候，蓋諾韋法肯定自己是懷孕了。她掰著手指頭算月份，算出孩子該是五月末割第一批青草的時候懷上的。不錯，正該是那個時候。現在令她傷心絕望的是，她沒來得及把懷孕的事告訴米哈烏。或許一天天大起來的肚子是某種徵兆，說明米哈烏會回來；他必須回來。蓋諾韋法親自管理磨坊，就像米哈烏在的時候所做的那樣。她照管工人們幹活兒，給送糧食來的農民開收據。她傾聽著推動磨石的水聲喧騰和機器轟鳴。麵粉落滿了她的頭髮和睫毛，以致她晚上往鏡子前一站，從鏡子裡她看到的是個老太婆。老太婆對著鏡子脫衣服，研究自己的肚子。她躺到床上，儘管身邊塞了好幾個小枕頭，腳上還穿著毛線襪子，可她仍然睡不暖和。因爲她總是像赤著腳跨進水裡一樣進入夢鄉，久久不能入睡。於是她便有很多時間禱告。她從「我們的天父」開始，唸到「聖母瑪利亞」，最後到了睡意朦朧的時候，她以自己所喜愛的對守護天使的祈禱來作結。她祈求自己的守護天使關照米哈烏，因爲戰爭中的人或許需要的不只一位守護天使。後來這禱告逐漸變成了戰爭的畫面——簡單又乏味，因爲蓋諾韋法除了太古這個地方，不知還有另外的世界；除了禮拜六在市場上的鬥毆，她也不知還有另一個模樣的戰爭。常常在禮拜六這一天，那些喝得醉醺醺的男人走出什洛姆的酒館來到市場，他們彼此揪住對方的長袍下襬，翻倒在地，在泥濘裡打滾，滾一身汙泥，髒兮兮，一副可憐相。蓋諾韋法想像的戰爭，就是這種在泥濘、水灘和垃圾中間的徒手搏鬥，在這種搏鬥中所有的問題都能一下子解決。所以她感到奇怪，戰爭竟然會持續這麼久。

有時，她到小鎮購物的時候，偶然聽見人們的交談：

「沙皇比德國人更強大。」他們說。

或者：

「到聖誕節，戰爭就會結束。」

但是戰爭既沒有在聖誕節結束，也沒有在接下來的四個聖誕節中的任何一個結束。

就在節日前的某一天，蓋諾韋法到耶什科特萊去採辦過節的用品。她從橋上經過的時候，看到一個沿著河邊走路的姑娘。那姑娘衣衫襤褸，赤著足。她那雙光腳丫勇敢地踩進了雪中，身後留下一串深深的小腳印。蓋諾韋法打了個寒噤，佇足不前。她居高臨下望著那姑娘，在小手提包裡爲她找到一個戈比。姑娘抬眼向上張望，她們的目光相遇。硬幣落到了雪地上。姑娘淡淡一笑，但這微笑裡既沒有感激的表示，也沒有歡喜的跡象，露出的是一排又大又白的牙齒，一雙嫵媚的眼睛閃閃發亮。

「這是給你的。」蓋諾韋法說。

姑娘蹲下身子，用一根手指頭溫婉地從雪地裡摳出那枚硬幣，然後轉過身子，默默地向前走去。

耶什科特萊看上去似乎褪了色。一切都是黑的，白的，灰的。市場上男人三五成群，都在談論戰爭。許多城市遭到破壞，居民的財產都散亂堆放在大街上。人們爲躲避砲彈的襲擊紛紛逃亡。妻離子散，兄弟分隔。誰也不知究竟是俄國人還是德國人更壞。德國人放毒氣，眼睛一挨著就會變瞎。青黃不接的時候將是普遍的飢餓。戰爭是第一災難，其他的災難將隨之而來。

蓋諾韋法繞過一堆堆馬糞，那些馬糞溶化了申貝爾特商店門前的積雪。店門上釘的一塊膠合板上寫著：

衛生保健品商店
申貝爾特商店
本店只賣一流產品：
肥皂、漂白內衣的群青
小麥澱粉和大米澱粉
橄欖油、蠟燭、火柴
殺蟲粉……

「殺蟲粉」幾個字突然使她感到噁心。她想起了德國人使用的毒氣，眼睛一遇上那種毒氣就變瞎。如果拿申貝爾特的殺蟲粉去撒蟑螂，蟑螂是否也有同樣的感受？爲了不致嘔吐，她不得不一連做好幾次深呼吸。

「太太想買點兒什麼？」一個肚子挺得老高的年輕孕婦用唱歌似的嗓音問道。她朝蓋諾韋法的腹部瞥了一眼，笑了起來。

蓋諾韋法要了煤油、火柴、肥皂和一把新的棕毛刷子。她用手指碰了碰尖尖的鬃毛。

「過節我要大掃除，清洗地板，洗窗簾，清刷爐灶。」

「我們不久也要過節。要淨化神廟祈神賜福。太太是從太古來的，對嗎？是從磨坊來的吧？我認識太太。」

「現在我們兩人已經彼此相識了。太太您的預產期在什麼時候？」

「二月。」

「我也是二月。」

申貝爾特太太開始把一塊塊灰色的肥皂擺到櫃台上。

「太太考慮過沒有，這兒周圍都在打仗，我們這些傻女人幹嘛還要生孩子？」

「一定是上帝……」

「上帝，上帝……那是個優秀的賬房先生，照管著『虧欠』和『盈餘』項目，必須保持平衡。既然有人喪命，就得有人降生……太太這麼漂亮，準會生個兒子。」

蓋諾韋法拎起了籃子。

「我想要女兒，因爲丈夫打仗去了，沒有父親的男孩不好養。」

申貝爾特太太從櫃台後面走了出來，送蓋諾韋法到門口。

「我們壓根兒需要的就是女兒。倘若所有的婦女都開始生女兒，世界就太平了。」

兩個孕婦都笑了起來。

米霞的天使的時間

米霞降生的景像，在天使的眼中，跟接生婆庫茨梅爾卡的眼裡完全不一樣。總括來說，天使眼中的一切都與凡人不一樣。天使們觀察世界不是通過肉體的形式。世界不斷地繁殖出肉體形式，又不斷地毀滅它們，而眾天使則是通過肉體形式的內涵和靈魂來觀察世界的。

上帝派遣給米霞的守護天使看到的是一個筋疲力盡、痛苦不堪、衰頹至極、游移於生死之間，宛如破布般的軀體——這就是生出了米霞的蓋諾韋法的軀體。而天使看到的米霞是這樣的：先是一片清新、明亮、一無所有的空間，過了片刻才從這個空間出現一個驚愕的、半清醒的靈魂。當孩子睜開了眼睛，守護天使向至高無上的主表示感謝。然後天使的目光和人的目光第一次相遇，天使打了個哆嗦，就像沒有肉體的天使所能做到的那樣哆嗦了一下。

天使在接生婆的背後把米霞接到了這個世界上來：替她淨化了生活空間，把她抱給其他天使和至高無上的主看，而祂那兩片無形的嘴唇還悄聲說：「你們瞧呀，你們瞧呀，這就是我的小小的靈魂。」祂充滿了不同凡響的天使的溫情，愛的惻隱之心——這是天使們所能擁有的唯一的感情。因爲造物主既沒有賦予祂們許多本能、激情，也沒有賦予祂們許多需求。假若祂們得到了那一切，祂們就再也不純粹是精神的創造物。天使們所擁有的唯一本能是同情。天使們的唯一感情是無窮無盡的、厚重的、宛如蒼穹一樣博大無邊的惻隱之心。

現在天使看到了接生婆庫茨梅爾卡，她用溫水把孩子周身洗了個遍，用柔軟的法蘭絨把孩子擦乾。隨後天使瞥見了蓋諾韋法由於用力而布滿血絲的紅眼睛。

天使觀察形形色色的事件如同觀察流水。事件本身並不使天使感興趣或好奇，因爲天使知道事件的源流和去處，知道事件的開始和結束。天使看到了彼此相像和不相像的事件之流，看到了在時間上彼此接近和疏遠的事件之流，看到了從另一些事件裡衍生出來的事件和彼此毫無關係的獨立事件之流。但這些對於天使一點意義也沒有。

事件對於天使是某種有如夢境或一部沒有開頭和結尾的影片那樣的東西。天使不能參與這些事件，事件對於天使是毫無用處的。人向世界學習，向紛繁的事件學習，學習有關世界和自己本身的知識；人在紛繁的事件中反思，標定自己的界線、可能性，給自己確定名稱。天使無需從外部吸取任何東西，而是通過自身認識自己，祂自身就包含了有關世界和自己的全部知識——上帝創造的天使就是這樣的。

天使沒有像人類這樣的智慧，天使不對事物做結論，不進行評判。天使不進行邏輯思維。

有些人或許會覺得天使是傻子。但是天使從一開始就擁有智慧樹上的果實，擁有純粹的知識，唯有簡單的預感才能豐富這種知識。這是一種滌除了推理的智力，同時也是滌除了與推理相連的錯誤，以及伴隨錯誤而來的恐懼的智力。那是一種不帶成見的智慧，而成見往往是由錯誤的觀察產生的。然而就像上帝創造的其他所有的事物一樣，天使們是變幻無常的。這樣就能解釋爲什麼在米霞需要天使的時候，米霞的守護天使卻經常不在她身邊。

米霞的守護天使——當祂不在米霞身邊的時候——經常將視線調離人間，望著別的天使和別的世界，望著上帝賦予人世間的每樣東西，每種動物和每樣植物的更高級和更低級的世界。祂見過存在的巨大的階梯，非凡的營造物和包含在營造物裡面的八層世界，祂也見過纏身於創造中的造物主。但是倘若有人以爲米霞的守護天使常看到主的面容，那麼這個人便大錯特錯了。天使見過的東西比人多，但天使並非什麼都見過。

在思想活動回到其他世界的同時，天使艱難地把注意力集中到米霞的世界，這個世界與其他的人和動物的世界相似，是昏暗的，充滿了痛苦，有如一個混濁的長滿了浮萍的池塘。

麥穗兒的時間

蓋諾韋法給過一個戈比的那個赤腳姑娘便是麥穗兒。

麥穗兒是在七月或八月出現在太古。人們給她取了這麼個名字，是因爲她經常去拾人們秋收後留在地裡的麥穗兒，她將麥穗兒放在火上烤一烤就成了自己每日的食糧。然後，到了秋天，她就去偷田地裡的馬鈴薯，而到了十一月，地裡的農作物已然收盡，再也找不到任何食物的時候，她便經常坐在小酒店賴著不走。偶爾有人出錢給她買杯酒，有時她也會得到一片抹了豬油的麵包。然而人們並不樂意讓她白吃白喝，尤其是在小酒店裡。於是麥穗兒開始賣淫。她讓酒灌得有了三分醉意，渾身暖融融的，就跟男人走到酒店外面。麥穗兒往往爲了一節香腸便能委身於男人。因爲在附近這一帶，她是唯一一個年輕而又如此容易上手的女子，故而男人們總像狗一樣圍著她團團轉。

麥穗兒是個已長大成人的健壯的姑娘。她有一頭淡黃色的秀髮，白皙的皮膚，她那張臉太陽曬不黑。她總是肆無忌憚地直視別人的臉，連瞧神父也不例外。她有一雙碧綠的眼睛，其中一隻略微斜視。那些在灌木叢中享用過麥穗兒的男人，事後總感到有些不自在。他們扣好褲子，滿臉通紅地返回空氣渾濁的小酒店接著喝酒。麥穗兒從來不肯按一般男女的方式躺倒在地上。她說：

「幹嘛我得躺在你的下面？我跟你是平等的。」

她寧願靠在一棵樹上，或者靠在小酒店的木頭牆上，她把裙子往自己背上一撩。她的屁股在黑暗中發亮，像一輪滿月。

麥穗兒就是這樣學習世界的。

有兩種學習方式：從外部學習和從內部學習。前者通常被以為是最好的，或者甚至是唯一的方式。因此人們常常是透過旅行、觀察、閱讀、上大學、聽課來進行學習——他們依賴那些發生在他們身外的事物學習。人是愚蠢的生物，所以必須學習。於是人就像貼金似地往自己身上粘貼知識，像蜜蜂似地收集知識，人們有了越來越多的知識，於是便能運用知識，對知識進行加工改造。但是在內裡，在那「愚蠢的」，需要學習的地方，卻沒有發生變化。

麥穗兒是透過從外部到內裡的吸收來學習的。

如果只是將知識往身上貼，在人的身上什麼也改變不了，或者只能在表面上改變人。從外部改變人，就像將一件衣服換成另一件衣服那樣。而那種透過領會、吸收來學習的人，則會不斷發生變化，因爲他會把學到的東西轉化爲自己的素質。

麥穗兒是透過理解來接受太古和周圍一帶平庸、骯髒的農民，而後變成了他們那樣的人，跟他們一樣喝得醉醺醺，和他們一樣讓戰爭嚇得半死，跟他們一樣衝動。不僅如此，麥穗兒在小酒店後面，在灌木叢中接受他們的同時，也接受了他們的妻子，接受了他們的孩子，接受了他們環繞金龜子山的那些空氣污濁、臭烘烘的小木頭房子。在某種程度上她接受了整個村子，接受了村子裡每一種痛苦，每一種希望。

這就是麥穗兒的大學。日漸隆起的肚子便是她的畢業文憑。

地主太太波皮耶爾斯卡得知麥穗兒的命運，吩咐把她帶進府邸。她朝那大肚子瞥了一眼。

「你近期內就該生產了。你打算怎麼過日子？我要教你縫衣、做飯。將來你甚至可以在洗衣房工作。如果一切安排得當，說不定你還能把孩子留在身邊哩。」

可是，當地主太太看到姑娘那雙陌生的、肆無忌憚的眼睛大膽地順著畫幅、家具、壁紙滴溜溜地轉動時，她猶豫了。當她看到姑娘那種放肆的目光移到了她兒女們無邪的臉上時，她的口氣改變了。

「在別人需要的時候提供幫助是我們的義務，但別人必須希望得到幫助。我正是這樣一種提供幫助的人。我在耶什科特萊辦了個收養院，你可以把孩子送到那裡去，那兒很乾淨，而且非常舒適。」

「收養院」這個詞吸引了麥穗兒的注意力。她朝地主太太瞥了一眼。波皮耶爾斯卡太太增強了自信心。

「我在青黃不接的時候分發衣服和食物。人們不希望你留在這裡。你帶來了混亂和傷風敗俗。你的行爲有失檢點。你應該離開這裡。」

「難道我無權待在我願意待的地方?」

「這兒一切都是我的,土地和森林都是我的。」

麥穗兒咧開嘴巴笑了,露出一口雪白的牙齒。

「一切都是你的?你這個可憐的、瘦小的、乾癟的壞女人……」

地主太太波皮耶爾斯卡的臉僵住了。

「出去!」地主太太平靜地說。

麥穗兒轉過身子,現在可以聽見她那雙赤腳在地板上踏得啪嗒啪嗒響。

「你這個婊子!」弗蘭尼奥娃說。她是府邸的清掃工,她的丈夫夏天給麥穗兒攪得發瘋發狂,她抬手便搧了麥穗兒一記耳光。

麥穗兒踉踉蹌蹌、搖搖晃晃地走在粗石子鋪的車道上,幾個在屋頂上幹活兒的木匠在她身後吹口哨。她突然撩起裙子,衝他們露出光屁股。

她走到園林外面便站住了。她思索了片刻,想想自己該往哪裡去。

她的右邊是耶什科特萊，左邊是森林。森林吸引了她。她一走進林裡，立刻感覺到身邊的一切所散發出的氣味完全不同：更濃烈，更清新。她朝韋德馬奇一棟廢棄房屋的方向走去。她有時在那兒宿夜。房屋是某個被焚毀的殘址，如今已是森林環繞，草木叢生。她那雙由於負重和烤炙而腫脹的腳已感覺不到松球的堅硬。她走到河邊就感到第一陣遍及全身的陌生的疼痛。漸漸地，驚慌便籠罩了她。「我要死了，我就要死了，因爲這時候沒有任何人能幫我一把。」她驚恐地想道。她站立在黑河的中央，不想再向前挪動步子。冷水沖刷著她的雙腳和下腹。她從水中看到一隻野兔，那兔子立刻便藏進了蕨叢中。她羨慕那隻野兔。她看到一條魚在樹根之間繞來繞去地游。她羨慕那條魚。她看到一隻蜥蜴爬到了石頭下面。她也羨慕那蜥蜴。她又感到了疼痛，這一次更加強烈，也更加可怖。「我要死了。」她想：「這會兒我乾脆就死。我要生了，沒有一個人來幫我。」她想躺倒在河岸上的蕨叢中，因爲她需要蔭涼。但她不顧身體的不適，繼續往前走。麥穗兒第三次感覺到陣痛，她知道，她的時間已經不多了。

位於韋德馬奇的廢棄房屋只剩下四堵牆和一小片屋頂。屋子裡面是長滿了蕁麻的瓦礫場。潮氣帶有一般霉臭味。瞎眼的蝸牛在牆上爬移。麥穗兒撕下一些牛蒡的大葉子，給自己鋪個地鋪。陣痛反覆出現，一陣緊似一陣，有時片刻之間簡直無法忍受。麥穗兒明白，她必須做點什麼，把那疼痛從自己身上排擯出來，拋到蕁麻和牛蒡的葉子上。她咬緊牙關，開始使勁。「疼痛從哪裡進去，就得從哪裡擠出來。」麥穗兒思忖著，坐到了地上。她撩起了裙子，沒有看到任何特殊的東西：只有大肚皮和大腿。身子仍然是緊繃繃的、封閉的。麥穗兒試圖從那兒瞧瞧自己內裡的動靜，但是肚子妨礙了她。於是她試著用兩隻因疼痛而哆嗦的手去摸那個地方，孩子該是從那兒出來的。她的手指尖感覺到了鼓脹的陰戶和粗糙的陰毛，但她的會陰感覺不到手指的觸摸。麥穗兒觸摸著自己彷彿觸摸著別人的什麼東西，彷彿觸摸著什麼身外之物。

疼痛加劇了，它攪混了各種感覺。思緒斷裂了，猶如腐爛的織物。詞語和概念分崩離析，滲入地裡。因生育而發脹的軀體只好聽天由命，聽其自然。由於人的軀體是靠著各種希望來生存的，因此各種希望就紛至沓來，充滿了麥穗兒半清醒的頭腦。

麥穗兒覺得，她似乎是在教堂裡生產，在冰凍的地板上，在一幅圖畫的前面。她聽見了管風琴鎮痛的轟鳴聲。稍後，她又覺得她就是一架管風琴，她在演奏，她自身有許多許多的響音，只要她願意，就能將自身所有的響音一齊釋放出來。她覺得自己是強大的、全能的。可後來一隻蒼蠅，一隻紫色的大蒼蠅在她耳畔的普通嗡嗡聲，立刻就把她這全能摧毀了。疼痛以新的力量撞擊麥穗兒。「我要死了，我要死了。」她呻吟道。「我死不了，我死不了。」過了一會兒她又呻吟道。汗水粘住了她的眼瞼，蜇痛了她的眼睛。她啜泣起來，雙手撐在地上，開始絕望地使勁。經過一番努力之後，她感到一陣輕鬆。有什麼東西噗哧一聲從她的身子裡湧了出來。麥穗兒現在已是開放的了。她跌落在牛蒡葉子上，並在牛蒡葉叢中尋找孩子，可是那兒什麼也沒有，只有一灘溫熱的水。於是麥穗兒再次積蓄力量，重新使勁。她閉起眼睛，拚命使勁。她吸了口氣，再使勁。她哭喊著，睜開眼睛望著上方。在朽爛的木板之間她看到了純淨無雲的藍天，又在那兒看到了自己的孩子。孩子搖搖晃晃地撐持了起來，靠他的雙腳站立。孩子望著她，從來不曾有人像這樣望過她：飽含著莫大的無法形容的愛。那是個男孩。他從地上撿起一根樹枝，而她卻變成了一條小小的赤練蛇。麥穗兒是幸福的。她躺在牛蒡葉子上，墜入了一口幽暗的深井之中。思緒回來了，平靜地，裊裊而至，通過她的頭腦源源不斷地湧來。「就是說房子裡有口井。就是說井裡有水。我要住在井裡，因爲井裡既陰涼又濕潤。孩子們在井裡玩耍，蝸牛有了視力，莊稼成熟了。我會有食物餵養孩子……孩子在哪兒？」

她睜開眼睛，嚇了一大跳，原來時間停滯了，原來沒有任何孩子。

又是一陣劇痛，麥穗兒喊叫了起來。她喊叫的聲音是那麼大，以至破爛房屋的牆壁都在顫抖。鳥兒受驚，牧場上摟乾草的人都抬起了頭，在胸口畫著十字。麥穗兒給噎住了，把喊聲吞了下去。現在她衝著內裡喊叫，衝著自己喊叫。她的叫喊聲是如此強有力，以至她的腹部都給震動了。麥穗兒感覺到兩腿之間有個什麼新的陌生的東西。她用手撐著抬起了身子，朝自己孩子的臉瞥了一眼。孩子的眼睛痛苦地緊閉著。麥穗兒又使了把勁，孩子生出來了。她由於用力過度而渾身哆嗦，她試圖把孩子抱到手上，可她的手觸不到眼睛看到的形象。儘管如此，她還是輕鬆地舒了一口氣，讓自己滑入一派黑暗之中。

當她驚醒過來的時候，她看到自己身邊的孩子：已經蜷縮成一團，沒有了生命！她試著把孩子移到自己的乳房上。她的乳房比孩子還大，脹痛而充滿生機。蒼蠅在她的頭頂上方盤旋。

整個下午，麥穗兒都在想法子讓那死了的孩子吸奶。黃昏時分再次陣痛，麥穗兒產下了胎盤，然後她又睡著了。在夢中她餵孩子，但不是用奶，而是用黑河的水。孩子變成了幽靈，坐在乳房上，要吸乾人的生命之液。孩子要吸血。麥穗兒的夢變得越來越使人不安寧，越來越沉鬱，但她無法從夢幻中醒來。夢中出現了一個高大的女人，像棵樹。麥穗兒清清楚楚地看到了她，她臉上的每個細節，她的髮式和衣著都看得紋絲不漏。她有一頭鬈曲的黑髮，像個猶太女子。她有一副出奇地清晰的面孔。麥穗兒覺得她是個美人兒。麥穗兒以整個身心渴慕她，但這並不是那種她過往所知道的慾念，那種來自腹部下方，來自兩腿之間的慾念。這種慾念來自身體內部的某個地方，來自腹部以上，靠近心臟的地方。高大的女子探身在麥穗兒的上方，撫摸她的臉頰。麥穗兒從近處瞥見了她的眼睛，她在那對眼睛裡看到了某種她迄今從未見過，甚至也從未想過人世間還會存在的東西。「你是我的。」那高大的女子說，撫摸著麥穗兒的脖子和鼓脹的乳房。手指觸到哪裡，麥穗兒身體的那個部位就變得討人喜歡，變得永恆。一個部位接著一個部位，麥穗兒整個兒都受到了這種觸摸。後來女子抱起了麥穗兒，摟在胸口，貼到乳房上。麥穗兒乾裂的嘴唇找到了奶頭。奶頭有股動物毛皮的香味，有股甘菊和芸香的氣味。麥穗兒吮著，啜著……

一個響雷打碎了她的夢，她突然發現自己仍然躺在破屋裡，躺在牛蒡葉子上。周圍灰濛濛的一片。她不知道是黎明，還是黃昏。第二次，在很近的地方又響起了一陣雷。頃刻之間，滂沱大雨從天而降，雨聲淹沒了接下來的雷聲。水從屋頂稀稀落落的木板縫裡灌下來，沖刷著麥穗兒身上的血和汗，讓她那滾燙的軀體降一降溫，給她提供了飲用的水和食物。麥穗兒喝著直接從天上來的水。

太陽出來的時候，她已爬到了破屋的前面。她開始挖坑，然後從泥土裡拔出纏繞的樹根。泥土鬆軟，容易擺佈，似乎是想幫助她舉行葬禮。她把新生兒的屍體放進不平整的坑中。

她久久地撫平墳墓上的泥土。當她抬起眼睛環顧周圍的時候，一切都已變成了另一種樣子。這已經不是那個由彼此相挨著存在的物體、東西和現象組成的世界。現在麥穗兒看到的東西成了一大團，一大塊，一個碩大無朋的野獸，或者是一個巨人，為了生長、死亡和再生，它有許多形態。麥穗兒周圍的一切是一個大軀幹，她的軀體是這個大軀幹的一部分，這個大軀幹碩大無朋，能力無邊，無法想像地強大。在每個動作、每個聲響中都顯現出它的威力，它能按自己的意志從空無一物中創造出某種東西，也能把某種東西化為烏有。

麥穗兒頭昏腦脹，她背靠著一堵頹垣斷壁觀看。凝望如酒般將她灌醉，使她頭腦發暈，激起她腹中某處的笑聲。一切看起來似乎都跟往常一樣：一塊不大的綠色牧場，穿過牧場的是一條多砂的路，牧場外邊長著松樹林，松林邊緣長滿了榛樹。微風吹拂著青草和樹葉。這裡那裡，螳螂在嬉戲，發出唧唧的叫聲，蒼蠅嗡嗡叫。別的什麼也沒有。可是，這時麥穗兒看到，螳螂正以某種方式跟天空結合成一體，麥穗兒看到天空跟林間小道旁的榛樹相連接。她看到的東西還更多。她看到一種滲透萬物的力量，她理解這股力量的作用。她看到鋪陳在我們世界上方和下方的其他世界和其他時代的輪廓。她還看到許多無法化成語言的東西。

惡人的時間

在發生戰爭以前，惡人就出現在太古的森林裡，雖說很難理解人怎能永遠生活在森林裡。

先是有一年的春天，有人在沃德尼察找到了布羅內克·馬拉克半腐爛的屍體。本來大家都以爲他到美洲去了。警察從塔舒夫過來，驗過出事地點，然後便把屍體搬到大車上帶走。警察們還來過太古好幾次，但是沒有得出任何結論，沒有找到凶手。後來有誰含糊地說了一句，說他在森林裡見過一個陌生人，赤身裸體，長了一身毛，像隻猴子。他在樹木之間一閃而過。這時其他一些人也回想起，說他們在森林裡見過一些古怪的跡象——在地裡挖的洞穴，沙土小徑上留下的足跡，被拋棄的動物屍體。有人還說聽見從森林裡傳出的嗥叫，非常可怕，半像人的吶喊，半像野獸的哀嚎。

於是人們開始議論，惡人是從哪裡來的。惡人在成爲惡人之前，是個普通的莊稼漢，他犯下了可怕的罪行，不過誰也不清楚他犯下的是什麼罪行。

他究竟犯了什麼罪行無關緊要，重要的是他的良心受到了譴責，使他食不知味，寢不安席，而且總是有個聲音在折磨他，使他不得不逃避自己。直到有一天，他終於在森林裡找到了平靜。那一次他在森林裡遊蕩，最後迷了路。那時他覺得，太陽似乎在天上跳舞——由此他便迷失了方向。他原以爲，朝北去的大路肯定會把他送到什麼地方。但他後來產生了疑慮，便向東走，同時相信森林最終定會在東邊結束。可當他走到東邊，疑慮又控制了他。他神不守舍地站住，對方向沒有了把握。於是他改變了計畫，決定往南走。但是走在通向南方的路上，他又遲疑了，立刻折向西。走著走著，他發現原來自己回到了先前出發的地點——大森林的正中心。第四天，他對世界的方向喪失了信心。第五天，他不再相信自己的理智。第六天，他忘記自己來自何處，爲什麼要走進森林。第七天，他忘記了自己的姓名。

從這時起，他變得跟森林裡的動物相似。他靠野果和蘑菇活命，後來他開始捕獵小動物。每過一天都從他的記憶中抹去更大的一塊——惡人的大腦皮層變得越來越平滑。他忘記了自己曾經使用過的語言文字。他忘記了每天晚上該如何禱告。他忘記了如何點火，如何用火。他忘記了如何扣長袍的鈕扣，如何繫鞋帶。他忘記了童年時熟知的所有歌曲，忘記了自己整個的童年。他忘記了自己母親、妻子和孩子的面貌，忘記了奶酪、烤肉、馬鈴薯和酸菜疙瘩湯的味道。

這種遺忘持續了許多年，最後惡人已不像原來那個剛走進森林的男人。惡人已不是他自己，而且忘記了何謂「自己」。他的軀體開始長毛，而牙齒由於吃生肉而變得結實、白淨，一如野獸的牙齒。他的喉嚨如今發出的是嘶啞和哼哼的聲音。

有一天，惡人在森林裡見到一個撿乾樹枝的老頭兒。他感覺到「人」對他而言是陌生的，甚至是討厭的，於是他奔向了老人，殺死了他。另一次他撲向一個趕車的農民，殺死了農民和馬匹。馬匹他吃掉了，但人他沒有動——因爲死人比活人更令他憎惡。後來他殺害了布羅內克．馬拉克。

有一次，惡人偶爾走到森林邊緣，瞥見了太古。看到房屋，他心中激起了某種若明若暗的感情，其中有悲傷，也有瘋狂。那時村子裡便有人聽見了可怕的嗥叫聲，酷似狼嚎，惡人在森林邊緣站立了片刻，然後背過了身子，遲疑地將兩隻手支撐在地上。他驚詫地發現，以這種方式活動要舒適得多，快捷得多。他的眼睛如今更接近地面，看到的東西更多，也更眞切。他那尚不夠靈敏的嗅覺可以更好地捕捉到土地的氣息。一座唯一的森林勝過所有的村莊、所有的道路、橋樑、城市和塔樓。於是惡人便回到了森林，永遠生活在森林裡。

蓋諾韋法的時間

戰爭在世界上創造了混亂。普瑞伊梅森林被焚毀，哥薩克槍殺了海魯賓夫婦的兒子，男丁短缺，無人收割地裡的莊稼，沒有可吃的東西。

耶什科特萊的地主波皮耶爾斯基將財物裝上大車，消失了幾個月後才回來。哥薩克將他的家和地窖洗劫一空。他們喝光了百年老酒。見到這一幕的老博斯基說，有一種葡萄酒是那麼老，哥薩克們必須用刺刀切，像切果凍一般。

當磨坊還在運轉的時候，各事由蓋諾韋法親自照料。她黎明即起，監管一切。她檢查上工是否有人遲到。然後，當一切各自以有節奏的、轟轟隆隆的方式運轉的時候，蓋諾韋法突然感到，有股牛奶般溫暖而輕鬆的浪潮湧上心頭。就是說，一切都在順利進行，她有了安全感。於是她趕回家裡，爲睡得很香的米霞準備早餐。

一九一七年春天，水磨停止了轉動。沒有糧食可磨。人們吃光了所有儲備的麥子。太古少了熟悉的轟隆聲。水磨是推動世界的動力，是使世界運行的機器，如今聽到的只有河水的嘩嘩聲。河水的力量白白浪費了。蓋諾韋法在空空如也的磨坊裡走著走著，哭了起來。她漫無目的地溜達來溜達去，像個幽靈，像個滾了一身麵粉的白色貴婦。傍晚時分，她坐在屋子的台階上，盯著磨坊。她夜裡常做夢，在夢中，磨坊成了一艘鼓滿白帆的輪船，在船體內有許多巨大的，因爲塗了潤滑油而油乎乎的柱塞，它們來來回回地移動著。輪船喘著粗氣，噗噗噗地噴出蒸氣，從輪船的內部噴出熱。蓋諾韋法渴望它。她從這樣的夢境驚醒的時候，總是渾身大汗淋漓，而且焦慮不安。她得等天大亮以後才起床，坐在桌邊繡自己的壁毯。

一九一八年霍亂流行的時候，人們用犁挖出了各個村莊的邊界，村民彼此不相往來。那時麥穗兒來到了磨坊。蓋諾韋法見到她圍著磨坊轉悠，朝窗子裡探頭探腦地張望。她的模樣看起來虛弱至極，疲憊不堪。她很瘦，所以看上去非常高。她那頭淡黃色的秀髮變成了灰色，像塊骯髒的頭巾蓋住了她的背部。她的衣服破破爛爛。

蓋諾韋法從廚房裡觀察她，而當麥穗兒朝窗口張望時，她就趕緊往後退縮。蓋諾韋法害怕麥穗兒。所有的人都害怕麥穗兒。麥穗兒瘋了，說不定還染上霍亂。她說話胡言亂語，張口就罵人。這會兒她圍著磨坊轉悠，看起來就像條飢餓的母狗。

蓋諾韋法朝耶什科特萊的聖母畫像瞥了一眼，在胸前畫了個十字，走出了屋子。麥穗兒轉身把臉衝著她，蓋諾韋法打了個寒噤。這個麥穗兒的目光多麼嚇人！

「放我進磨坊。」她說。

蓋諾韋法轉身進屋去拿鑰匙。她隨後一言不發地把磨坊的門打開了。麥穗兒衝在她前面走進陰涼的過道，雙膝跪倒，把撒在地上的麥粒和一堆堆曾經是麵粉的塵土集攏。她用瘦削的手指集起麥粒，往自己的嘴裡塞。

蓋諾韋法一步一步跟在她後面走。麥穗兒佝僂的身子從上面看酷似一堆破爛。麥穗兒胡亂大吃一頓麥粒之後，往地上一坐，痛哭起來。淚水順著她那骯髒的面頰流淌。她閉著眼，嘴角卻露出了笑意。蓋諾韋法嗓子眼兒緊縮了一下。她住在哪裡？她是否有什麼親人？聖誕節時她幹什麼？她吃什麼？蓋諾韋法面前這個女人的身子是多麼虛弱，她同時回想起戰前的麥穗兒。那時她是個健壯、美麗的姑娘。此刻她望著麥穗兒的一雙赤腳，她看到的是一雙有著野獸腳爪一樣堅硬的腳指甲的腳掌。她伸出手去撫摸那灰色的頭髮。這時麥穗兒睜開了眼睛，直視蓋諾韋法的眼睛，甚至不只是直視她的眼睛，而是直視她的靈魂，直直望進她的內心深處。蓋諾韋法縮回了手。這不是人的眼睛。她跑到了磨坊外面，看到自家的房屋、錦葵、在醋栗樹之間閃爍的米霞的連身裙、窗簾，她輕鬆地舒了一口氣。她從家裡拿了一個大麵包，回到了磨坊前邊。

磨坊的門敞著，麥穗兒從屋內的黑暗裡顯露了出來，拎著滿滿的一小包兒麥粒。她望著蓋諾韋法背後的什麼東西，她的臉立刻豁然開朗，容光煥發。

「多可愛的娃娃。」她對走到籬笆跟前的米霞說道。

「你的孩子怎麼樣啦？」

「死了。」

蓋諾韋法伸出雙手把大麵包遞給她，但麥穗兒卻朝她走得非常近，接過麵包後，把嘴唇貼在她的嘴上。蓋諾韋法使勁地掙脫出來，跳開了。麥穗兒笑了起來，把麵包塞進了麥粒包裡。米霞哭了起來。

「別哭，可愛的娃娃，你爸爸已在向你走來。」麥穗兒嘟囔道，朝村莊的方向走去。

蓋諾韋法用圍裙擦嘴巴，把嘴巴都擦成了暗紅色。

這天夜裡她難以入睡。麥穗兒不會弄錯。麥穗兒知道未來，關於她能預卜未來的事，大家都清楚。

於是，從翌日起蓋諾韋法便開始等待。但跟她以往的等待不同的是，現在她是一個鐘頭一個鐘頭地等。她把煮熟的馬鈴薯放到羽絨被子裡，讓它不致涼得太快。她鋪好床。她把水倒進臉盆，好讓丈夫刮臉。她把米哈烏的衣服搭在椅背上。她等待著，彷彿米哈烏是到耶什科特萊買煙草去了，馬上就會回來。

她就這樣等了整個夏天、秋天和冬天。她沒有離開家，沒有上教堂。二月份，地主波皮耶爾斯基回來了，他給磨坊送來了工作。誰也不知道他是從哪裡弄到磨麵粉的麥子的。他還借給農民秋播的種子。塞拉芬夫婦生了個孩子，是個小姑娘，大家都以為這是戰爭結束的徵兆。

蓋諾韋法不得不雇新手到磨坊幹活兒，因為許多老手都去打仗沒有回來。地主向她推薦沃拉來的涅杰拉當管理員和助手。涅杰拉辦事敏捷、認眞。他在磨坊上上下下奔波，忙得團團轉。他衝農民吼叫。他用粉筆在牆上記下磨好的麵粉袋數。每當蓋諾韋法來到磨坊，涅杰拉的動作便更加敏捷，叫嚷的聲音也更響亮。他一邊忙著幹活，一邊還老愛捋捋自己那稀疏的小鬍子，他這可憐的小鬍子與米哈烏濃密的漂亮鬍子眞沒得比。

她並不樂意經常到上面去。除非是有事非去不可，比方說，糧食收據出了錯，或者機器停轉。

有一次，她去找涅杰拉，見到背麵粉口袋的農民。他們都沒穿上衣，赤裸的上身沾滿了麵粉，像是一個個大大的甜麵包。麵粉口袋遮住了他們的頭部，所以他們看起來一模一樣。她看不出他們是年輕的塞拉芬還是馬拉克，她看到的只是——男人。他們赤裸的上身吸引了她的視線，激起了她的不安。她不得不扭過頭看著別處。

有一天，涅杰拉帶來一個猶太小伙子。那小伙子非常年輕，模樣兒看起來不超過十七歲。他有一雙黑眼睛，烏黑鬈曲的頭髮。蓋諾韋法看到了他的嘴巴——寬寬大大，線條優美，比她熟悉的所有嘴巴的顏色都深。

「我又雇了一名工人。」涅杰拉說著，吩咐小伙子加入搬運工的行列。

蓋諾韋法跟涅杰拉談話時心不在焉，管事離去後，她找了個藉口留下。她看到小伙子脫下亞麻布的襯衫，疊得整整齊齊，搭在樓梯的扶手上。當她看到他那赤裸的胸膛竟然激動不已。那胸膛——清秀，雖說肌肉發達，黝黑的皮膚下面搏動著血脈，跳動著一顆心。她回家去了，但此後即經常藉故來到大門口，那裡總有人接收一袋袋小麥，或送走一袋袋麵粉。她或者是在午餐時刻到來，那時男人們都到下邊吃飯。她望著他們粘滿麵粉的背脊、青筋突起的雙手、被汗水弄得濕乎乎的亞麻布褲子。她的目光總是在下意識地尋找他們中間那唯一的一個，一旦找到了他，她便感到自己周身的血湧到了臉上，弄得她渾身燥熱。

那個小伙子，那個埃利——她聽見別人這麼叫他——在她心中激起了恐懼、不安與羞慚。一看到他，她那顆心便怦怦跳個不停，呼吸也變得急促。她竭力裝作漠然地看他。烏黑、鬈曲的頭髮，剛勁、端正的鼻子，奇特的深紅色嘴巴。當他抬手擦去臉上汗水的時候，腋下露出黑色的腋毛。他走路的時候搖搖晃晃。有幾次他和她的目光相遇，他嚇了一大跳，宛如一隻走得離人太近的野獸，惶惶然起來。終於有一天，他倆在狹窄的門口相互撞到了一起。她衝他粲然一笑。

「給我送袋麵粉到家裡去。」她說。

從此，她不再等待丈夫。

埃利把麵粉袋放到地板上，摘下了棉布帽子。他把帽子捏在被麵粉弄白了的手上，揉得皺巴巴。她向他表示感謝，可他沒有走。她看到他在咬嘴唇。

「你想喝點兒糖煮水果湯嗎？」

他點了點頭。她給他一杯水果湯，望著他喝。他垂下了長長的少女般的睫毛。

「我想請求你一件事……」

「是嗎？」

「你晚上來給我劈柴。你能來嗎？」

他點了點頭，走了出去。

整個下午，她都在等待。她用髮針別住頭髮，反反覆覆照鏡子。終於他來了，劈好了柴。她給他端上酸奶和麵包。他坐在樹墩上吃了起來。她自己也不知道是何緣故，竟跟他講起了去打仗的米哈烏。他說：

「戰爭已經結束了。所有的人都會回家來的。」

她給了他一小袋麵粉，請他第二天再來。第二天她又請他明天再來。埃利劈柴，清掃爐灶裡面，做些細小的修理活兒。他倆很少交談，交談的話題也是無關緊要的。蓋諾韋法總在偷偷地觀察他，而她看他的時間越長，她的目光就越是緊緊盯在他身上。到後來她已不能不看他。她的目光貪婪地、牢牢盯住了他，總看個沒夠。夜裡她夢見自己在跟一個男人作愛，那個男人既不是米哈烏，也不是埃利，而是某個陌生人。醒來後她覺得自己骯髒。於是便從床上爬起來，倒了一盆水，把整個身子洗了個遍。她想忘卻那夢境。後來她從窗口看到工人們紛紛走進磨房。她見到埃利偷偷朝她的窗口張望。她躲在窗簾後面，生自己的氣，怪自己這顆心怎麼跳得就像剛跑過步。「我再也不想他，我發誓。」她下了決心，便去找點兒事情做。將近正午的時候，她去找涅杰拉，陰錯陽差地她總能遇上埃利。她請他到家裡去，她對自己的聲音驚詫不迭。

「我給你烤了個小白麵包。」她說，指了指桌子。

他怯生生地坐了下來，把帽子放在自己面前。她坐在他對面，望著他吃。他吃得很拘謹，吃得很慢。白色的麵包屑留在他的嘴唇上。

「埃利？」

「嗯。」他抬起目光望著她。

「好吃嗎？」

「好吃。」

他隔著桌子衝她的臉伸出一隻手，她猛地往後一縮。

「別碰我！」她說。

小伙子垂下了頭。他的手回到了帽子上。他沉默不語。蓋諾韋法坐穩了。

「告訴我，您想碰我什麼地方？」她悄聲問道。

他抬起頭，朝她瞥了一眼。她似乎在他的眼裡看到了一道紅色的閃光。

「我想碰碰你這兒。」他指了指自己脖子上的一個部位。

蓋諾韋法伸手去摸脖子，手指觸摸之處，她感覺到溫柔的皮膚和脈動的血管。她閉上了眼睛。

「然後呢？」

「然後我想摸摸你的胸……」

她深深舒了一口氣，把腦袋向後仰。

「告訴我，詳細地說，是什麼地方。」

「就是那個……最柔嫩，最溫暖的地方……我求你……允許我……」

「不。」她說。

埃利跳將起來，站到了她面前。她感覺到他的氣息散發著小白麵包和牛奶的香甜，一如幼兒的氣息。

「你不能碰我。你要向你自己的神發誓，說你不會碰我。」

「娼婦！」他聲音嘶啞，悻悻地說，同時將揉皺了的帽子扔到地上。他身後的門砰地一聲關上了。

夜裡，埃利折返回來。他敲門的聲音很輕，可是蓋諾韋法知道是他。

「我把帽子忘在這兒了。」他悄聲說：「我愛你。我發誓，在你自己想讓我碰你之前，我決不碰你。」

他倆坐在廚房的地板上。一縷紅色的烈焰照亮了他們的臉。

「我必須先弄明白米哈烏是否還活著。我畢竟是他的妻子。」

「我會等，可你得告訴我，要等多久？」

「我不知道。不過你可以瞧瞧我。」

「那你就讓我瞧瞧你的乳房。」

蓋諾韋法從肩上脫下睡衣。一道紅色的亮光在赤裸的乳房和腹部閃爍。她聽到埃利屏住了呼吸。

「現在也讓我瞧瞧你有多想要我。」她悄聲。

他解開了褲子，蓋諾韋法一眼就看見那勃起的硬邦邦的陰莖。她感受到那夢中的快感。那是對她所有把持、窺視和急促呼吸的圓滿回報。這種快感超越了一切監督，無以遏制。此時表現出的一切是那麼極端，那麼可怕，那麼令人難以忍受，因爲除了這麼做就再也不能做別的什麼。就這麼完事了，實現了，漫溢開了。結束了，同時也開始了。從今以後所發生的一切就都變得乏味而令人生厭。而飢餓，一旦被喚醒，就將會是前所未有的強烈，索人性命。

地主波皮耶爾斯基的時間

地主波皮耶爾斯基失去了信仰。他沒有停止信仰上帝，但上帝及其餘的一切都成了某種缺乏表現力且單調的東西，就如他那本《聖經》裡的插圖。

當佩烏斯基夫婦從科圖舒夫乘車到來的時候，當他每天晚上玩惠斯特❶的時候，當他談論藝術的時候，當他盤桓於自家酒窖的時候，當他修剪玫瑰的時候，他覺得一切正常。當他聞到衣櫃裡飄散出的薰衣草香味的時候，當他坐在橡木書桌邊，手裡握著金黃色筆桿的自來水筆的時候，當晚上他妻子給他按摩疲乏的後背的時候，他覺得一切正常。可只要他一出門，只要一離開自己的家到別的地方去，哪怕是到耶什科特萊骯髒的市場或是到附近的村莊，他的肉體便

❶惠斯特是一種類似橋牌的牌戲。

會失去對世界的承受力。

看到那些坍塌的房屋、腐朽的籬笆、那些被時間磨光的鋪路的石頭，他心中思忖：「我生得太晚，世界正在走向盡頭。一切都玩完了。」他腦袋脹痛，視力減退。地主覺得，看什麼都比以前昏暗，腳也凍僵了，某種不確定的疼痛穿透了他全身。只有空虛和絕望。哪裡都找不到救援。他回到府邸，躲進自己的書房——這樣似乎可以在一段時間裡止住世界的崩潰。

然而世界依然崩潰了，是的，崩潰了。地主爲了躲避哥薩克匆忙逃跑，回來後看到自家被洗劫的酒窖，便充分意識到這一點。酒窖裡的一切都遭到破壞，酒桶被砸碎，被劈壞，被踐踏，被倒空。他去檢查損失，踩在淹至足踝的葡萄酒裡。

「毀滅和混亂，毀滅和混亂！」他喃喃說。

他躺在遭到洗劫的家中床上，心想：「世界上的惡是從哪裡來的？上帝既然是善良的，爲什麼允許惡存在？莫非上帝不是善良的？」

國家發生的變化成了醫治祖傳憂鬱症的良藥。

一九一八年，百廢待興，要做的事多如牛毛，但無論什麼都不像行動那樣能有效地醫治憂傷。整個十月份，地主都在逐步開展社會工作。到了十一月，憂鬱症便離他而去，他處於憂鬱的另一端：現在爲了變革，他幾乎連覺都不睡，連吃飯的時間都沒有。他走遍全國，訪問了克拉科夫，他見到這座城市宛如從夢中醒來的公主。他組織了首次的議會選舉，成爲幾個協會、兩個政黨和小波蘭❷魚塘主聯合會的創建者。翌年二月，小憲法❸通過的時候，地主波皮耶爾斯基患了感冒，重又待在自己的臥室裡，躺在自己的床上，腦袋衝著窗口——他又回到了自己原先出發的地點。

他從得肺炎到康復，猶如經歷了一次遠遊歸來。他讀了很多書，並且開始記日記。他渴望跟某個人交談，但他周圍所有的人在他看來都是平庸無味、缺乏吸引力之輩。他吩咐將藏書室的書籍和郵件送到床前，還吩咐訂購新書。

三月初他病後首次走出家門，到公園裡散步，重又看到了醜陋的灰色世界，充滿崩潰和毀滅的世界，獨立❹幫不上忙，憲法也幫不上忙。走在公園的小徑上，他看到從溶化的積雪中露出的一隻紅色的兒童手套，不知何故這個景象深深印入了他的記憶之中，銘刻在他的心上，頑

❷小波蘭是指維斯瓦河上游的大片歷史地域，包括克拉科夫地區和桑多梅日地區在內。

❸小憲法是指一九一九年二月通過實施的波蘭立法議會議案。它授權約瑟夫·華蘇斯基繼續執掌波蘭國家最高權力機構，確定通過憲法前波蘭最高權力機構的組織和工作範圍。

❹指波蘭在經歷了一百二十三年遭受俄、普、奥三國的瓜分、瓦解、滅亡之後，於一九一八年所恢復的獨立。

強而盲目地，一次又一次地再生。生與死的無序。非人道的生命機制。

去年重新建設一切的努力付之東流。

地主波皮耶爾斯基的年齡越大，世界在他看來便越發可怕。人年輕的時候，忙於煥發自己的青春，忙於自身的發展，銳不可擋地向前，不斷地擴大生活的邊界：從小小的兒童床到房間的四壁，到整幢房子、公園、城市、國家、世界。然後，進入成年，進入夢想時期，幻想某種更偉大、更崇高、更美妙的東西。四十歲左右出現轉折。青春在自己的緊張努力和狂潮行爲中自我折磨。某天夜裡，或者某個清晨，人越過了邊界，達到自己的巔峰並且向下邁出了第一步，走向了死亡。那時問題便會出現：是面對黑暗泰然自若地朝前走，還是回頭走向過往，保持一副矯飾的外觀，裝作自己面臨的不是黑暗，只是有人關掉了房間裡的燈光。

然而，看到骯髒的積雪下露出的一隻紅手套卻使地主深信，青春時代最大的騙局是樂觀主義，是認爲事物總是在發生變化，在改善，認爲各方面都在進步的頑強信念。他總是在心中揣著個容器，猶如揣著毒芹，現在他心中的容器絕望的炸裂了。地主環顧四周，看到的是痛苦、死亡、瓦解、崩潰，它們像污垢一樣無處不在。他走遍整個耶什科特萊，看到供應符合猶太教規的清潔食物的肉店，看到肉鉤上掛著的不新鮮的肉，在申貝爾特商店前面看到凍僵的乞丐，看到走在兒童棺材後面小小的送殯隊伍，看到低垂的烏雲懸在市場周邊低矮的房屋上方，看到已經無處不在、籠罩著一切的黑暗。這一切使他不由想起緩慢的、不停頓的自焚，在這種自焚中，人的命運和全部生活都成了拋給時間烈焰的牲品。

他返回府邸的時候，經過了教堂，於是便走進去，但在教堂裡他一無所獲。他看到一幅耶什科特萊聖母的畫像，但是教堂裡沒有能讓地主恢復希望的上帝。

耶什科特萊聖母的時間

耶什科特萊的聖母被封閉在華麗的畫框內，她對教堂的視野受到限制。畫像懸掛在教堂的側廊，因此聖母既看不見祭壇，也看不見立著聖水盆的教堂入口處。教堂的圓柱給她遮住了布道台。她看到的只是絡繹前來的一個一個的人，他們進教堂來禱告，有時也看到一長串一長串的人，他們到祭壇前面領聖餐。在望彌撒的時候，她看到數十人的側面——有男有女，有老有少。

耶什科特萊的聖母最純潔的意願是幫助有病和有殘疾的人。她是畫入畫裡顯示上帝奇蹟的力量。當人們的臉轉向她，當他們翕動著嘴巴，把手壓在腹部或者交叉放在胸口，耶什科特萊的聖母就會賜給他們力量，讓他們恢復健康。她把力量賜給所有的人，無一例外，不是由於發善心，而是因爲她天性如此——將恢復健康的力量賜給需要恢復健康的人。至於後來的情況如何，則由人自己決定。所謂謀事在天，成事在人。有些人讓這力量在自己身上起作用，於是就恢復了健康；他們後來帶著物品返回教堂還願，還願物品有銀鑄的，銅鑄的，甚至有黃金鑄造的，多是身體康復部分的微型鑄品，也有人帶來珊瑚，有人還帶來項鍊，人們用這些還願物品裝飾畫像。

另一些人卻讓聖母賜予的力量從他們手上溜走了，漏掉了，猶如從有窟窿的器皿中漏掉一樣，滲入到地裡去。那些人後來便不再相信奇蹟。

地主波皮耶爾斯基遇到的就是類似的情況，他出現在耶什科特萊聖母的畫像前。聖母看到他如何跪倒在地，如何嘗試著祈禱。可他不能虔心禱告，就這樣他惱怒地站立起來，望著貴重的還願物品和聖像畫上鮮明的色彩。耶什科特萊的聖母看到，他非常需要爲自己的肉體和靈魂求得良好有益、有幫助的力量，她也賜予了他這種力量，澆灌他，讓他沐浴在這種力量裡。然而，地主波皮耶爾斯基卻是滲不透的，活像一顆玻璃珠。於是那股良好有益的力量就順著他身子，流到了教堂冰涼的地板上，使教堂打了個輕微的、幾乎感覺不到的哆嗦。

米哈烏的時間

一九一九年夏天，米哈烏回來了。這是一個奇蹟，因爲在這個戰爭破壞了一切法規、準則的世界上，奇蹟不再那樣罕見。

米哈烏花了三個月的時間回家。他動身的那個地方，幾乎是位於地球的另一邊——一座外國的海濱城市——符拉迪沃斯托克❶。就是說，他是被一個東方政權——混亂之王——釋放的，但因凡處在太古邊界之外的任何東西都是模糊不清的，都像夢似的容易流逝，所以米哈烏一踏上太古的橋就不再去想它。

米哈烏回來時病懨懨的，精疲力竭，骯髒透頂。他臉上長滿了黑色的硬毛，頭髮裡是成群

❶地名，原稱海參威。

結隊的虱子。被打垮了的軍隊的破爛制服穿在他身上，猶如掛在棍子上一般。他渾身上下沒有一枚鈕扣。米哈烏將那些刻有沙俄雙頭鷹的閃閃發光的制服扣子拿去換麵包。他發燒、腹瀉，而且有種預感在折磨著他：他擔心自己離開時的那個世界已不復存在。當他站立在橋上，看到黑河和白河以永遠不變的婚姻關係結合在一起，他便重新有了希望。兩條河都在，橋也在，能烤裂石頭的炎熱天氣也同樣存在。

米哈烏從橋上看到白色的磨坊和窗口紅色的天竺葵。

磨房前面有個孩子在玩耍。小姑娘有兩條粗髮辮，大概是三歲或四歲的樣子。她周圍幾隻白色的母雞踏著莊重的步子踱來踱去。一雙女人的手打開了窗戶。「會遇到最難堪的局面。」米哈烏心想。反射在活動窗玻璃上的陽光剎時使他目眩。米哈烏朝磨坊走去。

他睡了一整天又一整夜，在夢中他計算了最近這五年所有的日子。他那疲憊而昏沉沉的頭腦經常算錯，徘徊在夢的迷宮，故而米哈烏不得不總是從頭算起。在這段時間裡，蓋諾韋法留神察看被塵土弄得僵硬的制服，觸摸浸透了汗水的領子，把手伸進散發著菸草味的衣兜。她撫摸著背包的扣環，但不敢將它打開。然後她將制服掛在柵欄上，這樣所有在磨坊附近走過的人都會看見。

第三天天亮的時候，米哈烏醒來了，他反覆細瞧熟睡的孩子。他看到的部位都能準確叫出名稱來：

「她有一頭濃密的褐髮，黑眉毛，深色的皮膚，小小的耳朵，小小的鼻子，所有孩子都有的小鼻子，小手……胖乎乎的孩子的手，但看得清指甲，圓圓的。」

然後，他走到鏡子前面，反覆觀察自己。他看到的是個不認識的陌生人。

他圍著水磨走了一圈，撫摸著轉動中的巨大磨盤。他拈了一小撮麵粉，用舌尖嘗了嘗味道。他把手浸到水裡，將一個手指頭順著柵欄的木板溜了一遍，又聞了聞花的香氣，發動了鍘草機。

鍘草機吱吱嘎嘎響了起來，把一餅壓縮的蕁麻葉子切碎了。

他走到磨坊後邊長得高高的草叢中，撒了泡尿。

他回到住屋，大著膽子衝蓋諾韋法瞥了一眼。她沒睡，望著他，說道：

「米哈烏，沒有任何男人碰過我。」

米霞的時間

米霞，像每個人一樣，一出生就分成了一些部分，不是完整的，而是分成一些小部件。她身上的一切各有各的功能——視、聽、理解、知覺、預感和接受的功能。米霞未來的全部生活就在於將這一切聯結成一個整體，然後任其分解、衰退。

她需要這麼一個人，這個人得能站立在她面前，成爲她的一面鏡子，她可以作爲一個整體在這面鏡子裡反照出來。

米霞最早的回憶是與這樣一幅景象聯繫在一起的，一個衣衫襤褸的男人出現在通向磨坊的路上。她的父親步履蹣跚，搖搖晃晃地走著，他後來經常在夜裡偎在媽媽的懷裡哭泣。因此米霞把他看成一個與自己同等的人。

從此她感到成年人和兒童在任何方面都沒有區別。這一點確實很重要。兒童或成年人——只是一種過渡狀態。米霞細心地觀察到，自己是怎樣在不斷地發生變化，她周圍的人也在怎樣地不斷發生變化，但她弄不清楚是朝什麼方向變，這些變化的目的又是什麼。她在一個硬紙盒裡保存著自己留下的紀念品，先是很小的米霞，後來是稍大一點的米霞用過的一些衣物——毛線織的嬰兒鞋，小小的帽子——那帽子似乎是縫給拳頭戴的，而不是給孩子的腦袋戴的，亞麻布的襯衣，第一條小小的連身裙。後來她經常將自己六歲的腳放在毛線織的小鞋子旁邊，她感受到時間吸引人的韻律。

打自父親歸來，米霞便開始睜眼看世界。在此之前，一切對於她都是模糊的，不清晰的。父親歸來之前，米霞不記得自己，彷彿自己壓根兒就不存在。她只記得一些單獨存在的事。那時磨子在她看來只是一個巨大的、與其他東西沒什麼兩樣的形體，沒有開頭，沒有結尾，沒有下邊和上邊。後來她便以另一種方式——用腦筋——來看磨子，磨子便有了意義和形式。她對待其他的事物也一樣。曾幾何時，米霞想到「河」的時候，它只意味著某種冷的和溫的東西。現在她看到，河從哪兒流來又流向哪裡，看到橋的前邊和後邊流的是同一條河，並且知道還有別的河……。剪刀，曾經是一種奇怪的、複雜的和難以使用的工具，媽媽變魔術似地用它剪東西。打自父親坐到桌邊之前，米霞看到的剪刀不過是由兩塊有著鋒利刀口的鐵片合成的簡單玩意兒罷了。她用兩根扁平的小木條做了個類似的東西。後來，有好長一段時間，她重新試著把東西看成先前看到的那種樣子，但是辦不到。父親改變了世界，他把世界永遠地改變了。

米霞的小咖啡磨的時間

人們以爲他們比動物，比植物，而尤其是比物品活得更艱難。動物覺得比植物和物品活得更艱難。植物臆想自己比物品活得更艱難。而物品總是堅持著保持在同一種狀態。這堅持是比任何別的生存方式都更艱難的生存方式。

米霞的小咖啡磨是某個人的手造出來的，這雙手將木頭、陶瓷器件和黃銅聯結成一個物體。木頭、陶瓷器件和黃銅將小咖啡磨的思想物質化了。磨咖啡豆，是爲了用沸水沖出咖啡。沒有任何一個人可以說是他想出了小咖啡磨，因爲他做出小咖啡磨只是想到了存在於時間之外的那種東西，也就是說，歷來就有的一種東西。人不能從虛無中創造出東西來，因爲從無中創造是上帝的權能。

小咖啡磨有個白瓷做的肚子，而在肚子裡則有個洞，洞裡有個木製的小抽屜用來收集勞動的果實。肚子是用黃銅帽子蓋住的，帽子帶個把手，把手的尾部是一節木頭。帽子有個可關上的小孔洞，往這個小孔洞裡可以注入沙沙響的咖啡豆。

小咖啡磨是在某個手工作坊裡造出來的，而後才落到某個人的家裡，人們每天上午在那兒磨咖啡。一些溫暖而有生氣的手拿過它。有些手曾將它緊緊貼到胸口，在印花布或法蘭絨的下面跳動著一顆人的心。然後戰爭以自己的衝擊力將它從廚房安全的架子上移到一只盒子裡，跟別的許多物品裝在一起，然後盒子給塞進手提包或麻袋，裝進火車的車廂。人們面臨突然來臨的死亡威脅，倉皇逃竄，擠進火車拚命往前跑。小咖啡磨像每件物品一樣接受了世界的全部混亂：頻仍遭受射擊的火車的慘象，緩慢流淌的血的溪流，每年都有不同的風在被拋棄的房屋窗口嬉戲。小咖啡磨吸收了漸漸冷卻的人們屍體的熱氣，承受了人們拋棄一切熟悉東西時的絕望心情。無數雙手觸摸過它，那些撫摸過它的手都對它寄予過無限的深情和剪不斷、理還亂的思緒。小咖啡磨接受了這一切，因爲大凡是物質統統都有這種能力——留住那種輕飄飄的、轉瞬即逝的思想的能力。

米哈烏在遙遠的東方發現了它，把它作爲戰利品藏進軍人背包。晚上在途中休息處，他總要聞聞它的小盒子——它散發著安全、咖啡和家的溫馨氣息。

米霞抱著小咖啡磨來到房屋前面，放在有靠背的長凳上，用小手轉動它。那時小咖啡磨轉動得很輕鬆，彷彿是在跟她玩耍。米霞從長凳上觀察世界，而小咖啡磨轉動著，磨著空空如也的空間。可有時蓋諾韋法往磨子裡撒進一小把黑色的咖啡豆，讓她把它們磨出來。於是那隻小手就轉了起來，它已然轉得非常平穩。小咖啡磨歪了一下，然後開始緩慢而有條不紊地工作起來，發出沙沙的響聲。遊戲結束了。在小咖啡磨的工作中蘊含著那麼多的莊重，以至現在誰也不敢讓它停下來。碾磨成了它崇高的使命。新磨好的咖啡粉的芳香瀰漫著小咖啡磨、米霞和整個世界。

如果細心觀察事物，閉上眼睛，以便不受圍繞在事物的表面現象的欺騙，如果不是那麼容易輕信，如果允許自己懷疑，至少能在片刻之間看到事物的眞實面貌。

物質是沉沒於另一種現實之中的實體，在那種現實之中沒有時間，沒有運動。看到的只是它們的表層。隱藏在別處的其餘部分才決定著每樣物質的意義和價值。比如說咖啡磨。

咖啡磨就是這樣一塊有人在其中注入了磨的理念的物質。

許多小咖啡磨之所以存在是因爲它能磨東西。但誰也不知道，小咖啡磨意味著什麼。或許小咖啡磨是某種總體的、基本的變化規律的碎片，沒有這種規律，這個世界或許就不能運轉，或者完全會運轉成另一種樣子。也許磨咖啡的小咖啡磨是現實的軸心，一切都圍繞這個軸心打轉和發展。或許小咖啡磨對於世界比人還重要。甚至有可能，米霞的這個唯一的小咖啡磨是太古的支柱。

教區神父的時間

晚春對於教區神父是一年中最可恨的季節。在快過聖約翰節❶的時候，黑河肆意氾濫，淹沒了他的牧場。

神父天性暴躁，在涉及自己尊嚴這一點非常敏感，因此當他眼睜睜地看到一種如此無定形，如此懶散，如此無法預知、變幻無常，如此難以捉摸又怯生生的東西竟然奪走了他的牧場，他頓時怒火中燒。

跟水一起立即出現的是大量恬不知恥的青蛙。那些赤裸裸、令人極端厭惡的兩棲動物不停

❶聖約翰節是基督教的一個節日。六月二十四日是夏至後第三天，在英格蘭是季節首日。西方敬拜仲夏太陽的活動很普遍，已經紮根在人們的心中。基督教將這個日子定爲約翰的紀念日，稱聖約翰節。

頓地一個爬到另一個身上呆板地交配。牠們發出的叫聲聒噪、沉悶，由於性衝動而嘶啞，由於無法滿足的情慾而顫抖。魔鬼發出的定是這樣的叫聲。除了青蛙，神父的牧場上還出現了大量的水蛇，牠們以如此醜惡、可憎、蜿蜒曲折的動作在水面滑行，教區神父一看就感到噁心。他一想到這種長長的、滑溜溜的軀體可能觸到他的皮鞋，立刻便厭惡得渾身發抖，而他的胃也就痙攣了起來。蛇的景象後來長久地留在他的記憶之中，騷擾著他的清夢。在河水氾濫的地方也出現了魚，教區神父對牠們的態度比較好。魚是可以吃的，因此牠們是上帝創造的好東西。

三個短暫的夜晚，河水順著牧場氾濫開來，水位在那三個晚上暴漲。河水闖入之後便休憩著，水面上映照出天空。河水就這麼懶洋洋地躺上一個月的時間。在這一個月裡，長得矮的青草在水下腐爛，而如果夏天炎熱，牧場上方便會飄散著一種分解和腐爛的臭氣。

自聖約翰節開始，神父每天都要去看黑河的水怎樣淹沒聖瑪格麗特的花、聖羅赫的風鈴草、聖克拉拉的草藥。有時他覺得齊頸淹沒在水中的花，它們無辜的藍色和白色小腦袋在向他呼救。他聽到了它們纖細的聲音，那聲音宛如他在教堂舉行聖事的莊嚴時刻飄來的鈴鐺聲。他無法給予它們任何幫助。他的臉漲得通紅，而手卻無能爲力地捏緊了。

他不停地禱告。從使所有的水變得聖潔的聖約翰祈禱文開始。然而在祈禱時，教區神父常常覺得聖約翰不聽他的禱告，聖約翰更感興趣的是白天和夜晚變得一樣長，是年輕人點燃的篝火，是酒，是往水裡放花環，是夜晚在灌木叢中幽會發出的沙沙聲。他甚至對聖約翰感到遺憾，怪他年復一年有規律地讓黑河的水淹沒牧場。由於這個緣故，他甚至有點生聖約翰的氣。於是他開始直接向上帝祈禱。

第二年，在經歷了更大的水災之後，上帝對教區神父說：「你要把河跟牧場隔開。你要給土地興修水利，你要築一道防護堤，讓河固定在它的河床範圍之內。」神父謝過了上帝，開始組織人力挖土築堤。他從布道台上召喚了兩個禮拜天，召喚人們團結起來對抗大自然的力量，還提出了如下的治河安排：每個農家出一名男丁，每個禮拜用兩天的時間運土築堤。給太古規定的時間是禮拜四和禮拜五，給耶什科特萊規定的時間是禮拜一和禮拜二，給科圖舒夫規定的時間是禮拜三和禮拜六。

在規定給太古的第一天，卻只有兩個農民來上工——馬拉克和海魯賓。怒氣沖天的教區神父坐上輕便馬車，走遍太古的所有農舍。原來塞拉芬斷了一根手指，年輕的弗洛里安諾去服兵役了，而赫利帕瓦夫婦則剛生孩子，希維亞托什得了疝氣。

神父沒有解決任何問題，垂頭喪氣地回到了私邸。

晚上禱告的時候，他再次向上帝討教。上帝回答說：「你得付給他們報酬。」教區神父聽到這個回答有些侷促不安。然而由於教區神父的上帝有時跟他非常相像，於是立即又補充了一句：「一天的工錢最多不超過十個格羅什❷，否則皮革的價錢就頂不上鞣革的工錢，你就太不划算了。全部乾草的價錢最多不超過十五茲羅提❸。」

於是教區神父重又坐上輕便馬車去了太古，並且雇了幾名身材高大的健壯農民去築堤。他找來上工的是剛生了個兒子的尤澤克・赫利帕瓦，斷了一根手指的塞拉芬，還有兩名長工。他們只有一掛大車，所以工作進展緩慢。神父著急了，他擔心春天的天氣會打亂計畫。他竭盡所能催促農民幹活。他自己也撩起了教士長袍——但他很珍惜腳上那雙優質的皮鞋。他在農民中間跑來跑去，把裝土的麻袋搖了又搖，揮動鞭子趕馬。

第二天來上工的只有斷了一根手指的塞拉芬。怒氣沖天的神父重又坐上輕便馬車跑遍了整個村莊，結果他看到的是：雇用的農工要不就是不在家，要不就是臥病在床。

這一天，神父憎恨太古所有的農民，說他們懶惰，遊手好閒，又愛錢。他在主的面前，熱切地爲自己這種跟上帝僕人身份不相稱的感情辯解。他再次向上帝討教。「給他們提高一點工錢，」上帝對他說：「你給他們一天十五個格羅什，這樣一來，你今年雖然不會得到任何利潤，但是明年你就能彌補今年的損失。」這是一個聰明的主意。築堤的工作有了進展。

先是用大車從小山外運來沙子，然後將沙子裝進麻袋，再用麻袋將河封堵住，就像給河治

❷格羅什是波蘭貨幣的輔幣單位。一百格羅什等於一茲羅提。

❸茲羅提是波蘭的貨幣單位。

傷似的。最後往堆好的麻袋上填土，再在土層上種草。

教區神父懷著歡快的心情瞧著自己的作品。現在河完全跟牧場分隔開了。河看不見牧場，牧場看不見河。

河不再嘗試從規定給它的地方掙脫出來了。河逕自平靜地流淌，彷彿陷入沉思，人們看它再也不是一望無際水汪汪的一片了。沿著河的兩岸，牧場披上了綠裝，然後又有蒲公英開放。

在神父的牧場上，花兒在不停地祈禱。所有聖瑪格麗特的花，聖羅赫的風鈴草，還有普通的、黃色的蒲公英都在祈禱。由於無休無止的祈禱，蒲公英的軀體物質性變得越來越少，黃色越來越少，越來越不結實，直到六月，它們變成了纖細的白絨球，那時上帝爲它們的虔誠所感動，派來一陣陣溫暖的風，把蒲公英潔白絨球的靈魂帶上了天。

同樣是那些溫暖的風在聖約翰節送來了雨。河水一寸一寸地往上漲。教區神父夜不成眠，食不甘味。他在河濱的土堤和牧場上跑來跑去，觀察河水的漲勢。他用棍子量水位，悄聲嘟噥著，有咒罵，也有祈禱。可是河並不顧念他。河水順著寬闊的河床流淌，打著漩渦，從下邊沖壞了不牢固的堤岸。六月二十七日，神父的牧場開始浸水。教區神父帶著棍子沿著新堤奔跑，他絕望地看到，水是多麼輕鬆地灌進了那些縫隙，順著只有它自己知道的路線潛流，滲到土堤下邊。第二天的夜晚，黑河的水摧毀了沙土堤壩，氾濫開來，像每年一樣地淹沒了牧場。

禮拜天，神父在布道台上將河的行徑與撒旦的所作所爲相提並論。他說，撒旦每天，一個鐘頭接著一個鐘頭，像水一樣侵害人的靈魂。說這樣一來，人就會被迫不斷努力構築堤壩。說對每天的宗教義務最輕微的忽視都會削弱這堤壩。說魔鬼的頑強可與水的頑強相比。說罪惡滲漏出來，流淌，點點滴滴匯聚在靈魂的翅膀上，而惡之凶狂會淹沒人，直到人落進它的漩渦，沉到底。

作過這樣的布道之後，神父還激動了許久，許久，入夜也不能成眠。他由於對黑河的憎恨而不能入睡。他對自己說，不能憎恨河，不能憎恨混沌的水流，也不能憎恨植物，憎恨動物，要恨也只能恨地區的自然地貌。他，作爲一名神父怎能有如此荒謬的感覺：憎恨河？

然而這畢竟是憎恨。教區神父關心的甚至不是被淹的乾草，而是黑河的不理性，是黑河愚頑的頑強勁兒，是它的麻木不仁，它的自私和無邊的愚魯。每當他這樣想起黑河的時候，熱血便在他的太陽穴裡搏動，便在他身上循環得更快。它開始使他惴惴不安。夜裡不管什麼時候，他常從床上爬起來，穿好衣服，然後走出神父宅邸，走到牧場。冷空氣使他清醒過來。他暗自好笑，暗自說：「怎能生河的氣？它不過是地上的一道普通的深溝罷了。黑河只是條河，別的什麼也不是。」然而，當他站立在河岸上，所有的想法又回來了。厭惡、極端的反感和瘋狂又重新控制了他。他最想幹的一件事便是用土去將它填平，從發源地直到出口。他舉目四望，確保沒有人看到他後，折了一根赤楊樹枝，狠狠地抽打河的圓柱形、恬不知恥的巨大軀體。

埃利的時間

「你走吧。我只要看到你，就沒法子入睡。」蓋諾韋法對他說。

「而我看不到你，就沒法兒活。」

她那雙明亮的灰色眼睛向他投去一瞥，他重又感到她的目光觸到了他的內心深處，啃蝕他的靈魂。她把水桶放在地上，撩開額上的一縷短髮。

「拎起水桶，跟我一起到河上去。」

「你丈夫會怎麼說？」

「他在地主府邸。」

「工人們會怎麼說？」

「你幫我拎水桶。」

埃利拎起水桶，跟在她身後沿著石頭小道走了。

「你長成個男子漢了。」蓋諾韋法說，頭也沒回。

「我們沒見面的時候，你想我嗎？」

「當你想我的時候，我總在想你。天天想。做夢都看到你。」

「上帝啊，爲什麼你不結束這一切？」埃利猛地把水桶擱在小道上。「我犯了什麼罪，還是我的祖先犯了什麼罪？爲什麼我必須忍受這般的折磨？」

蓋諾韋法停住腳步，望著自己的腳尖。

「埃利，別褻瀆上帝。」

他倆沉默了片刻。埃利拎起了水桶，兩人繼續往前走。小道變得寬多了，兩人現在可以並排而行。

「我們不要再見面了，埃利。我懷了孕。秋天就要生孩子。」

「這應該是我的孩子。」

「一切都再清楚不過，一切都是自行安排好了的……」

「我們逃到城裡去吧，逃到凱爾采。」

「……一切都迫使我們分手。你年輕，我是個老太婆。你是猶太人，我是波蘭人。你是耶什科特萊人，我是太古人。你是自由之身，我則爲人妻。你不停地在移動，我是恆久停留在一個地方。」

他們走上木板台，蓋諾韋法從木桶裡拿出要洗的衣服。她將衣服浸在冷水裡。發暗的水冒出明亮的肥皂泡。

「是你攪昏了我的頭。」埃利說。

「我知道。」

她扔下了要洗的衣服，把頭靠在他的肩上。他聞到了她頭髮的氣味。

「我一看到你，就愛上了你。一見鍾情。這樣的愛情永遠不會消逝。」

「這是愛情嗎？」

她沒有回答。

「從我的窗口能看到磨坊。」埃利說。

弗洛倫滕卡的時間

人們以爲發瘋是源自於戲劇性的大事，是基於某種無法忍受的痛苦。他們覺得，人發瘋總是有什麼理由：由於被情人拋棄，由於最親近的人死亡，由於失去財產，由於窺見了上帝的臉。人們還以爲，人是遇到特殊情況立刻就突然發瘋的；瘋狂就像一張網，一個圈套，突然落到人的頭上，拴住了人的理智，攪混了人的感情。

然而弗洛倫滕卡發瘋卻是極其普通的，可以說，沒有任何理由。早前她或許有理由發瘋，當她的丈夫喝醉酒淹死在白河裡的時候，當她的九個子女死了七個的時候，當她一次接著一次流產的時候，當她沒有流產卻要打胎的時候，當她兩次因爲打胎而差點喪命的時候，當她的穀倉付之一炬的時候，當她剩下的一兒一女離她而去，消失在世界的某個地方，杳無音信的時候。在這些時候，她都有理由發瘋而卻沒有發瘋。

現在，弗洛倫滕卡已經上了年紀，一切經歷都已成往事。她乾癟得有如刨得薄薄的木片。

嘴裡沒了牙齒，獨自住在小山旁的一間木頭小屋裡。她屋子的一個窗戶朝向森林，另一個窗戶朝向村莊。弗洛倫滕卡剩下兩頭乳牛，這兩頭牛養活了她，也養活了她的一群狗。她有一座不大的果園，園裡滿是蛀蟲的李子樹。夏天，她的屋前開著一大叢繡球花。

弗洛倫滕卡在不知不覺中發了瘋。她先是頭痛，夜裡總是失眠。月亮妨礙她睡覺。她曾對幾個女鄰居說，月亮總是在窺察她，而月亮的光輝則在鏡子裡，在玻璃上，在水裡的反照中都給她設下了陷阱。

後來，每當夜幕降臨，弗洛倫滕卡便來到屋子前面等待月亮。月亮升到了牧場上方，總是這同一個月亮，雖說在不同的時間，它會以不同的形態出現。弗洛倫滕卡揮拳威脅它，有人看到舉向天空的那個拳頭。他們說：她瘋了。

弗洛倫滕卡的身體矮小而瘦弱。經歷了女性在育齡時期沒完沒了地生育之後，她留下一個又鼓又圓的肚子。現在看起來很可笑，簡直就像在裙子下邊塞了一個大麵包。在經歷了女性的生產期之後，她嘴裡連一顆牙齒都沒剩下。俗話說：「一個孩子一顆牙」，眞個是一個換一個。弗洛倫滕卡的乳房——準確地說，它說明了時間對女性的乳房幹了些什麼——又扁又長，緊貼在身體上。乳房的皮膚使人想起聖誕樹上彩色玻璃球的薄紙，透過它能看到纖細的藍色靜脈——那是弗洛倫滕卡還活著的標誌。

想當年，女人死得比男人早，母親死得比父親早，妻子死得比丈夫早。因爲女人歷來都是人類繁衍生殖的器具。孩子如同雞雛兒一般破卵而出。這卵後來還得自行粘合復原。女人越是強壯，生的孩子就越多，生的孩子越多，女人也就變得越發虛弱。到了生命的第四十五個年頭，弗洛倫滕卡的身子才從不斷生育的圈子裡解放出來，自行達到了不育的寂滅境界。

自從弗洛倫滕卡瘋了以後，她身邊開始出現越來越多的貓和狗。人們不久便把她當成了挽救自己良心的慈善所，他們不再淹死小貓或小狗，而是把牠們拋在繡球花叢下。兩頭乳牛借助弗洛倫滕卡的雙手養活了一群動物棄嬰。弗洛倫滕卡總是以謙和尊重的態度對待動物，如同對待人一樣。清早起來，她對牠們說「早安」。而每當她擺上幾盆牛奶，她也從沒忘記說聲「祝你們用餐愉快」。不僅如此，她提起狗和貓從來不說「這些狗」或「那些貓」，因爲這樣聽起來就像說物品似的。她說的是「狗兒們」和「貓兒們」，就像說馬拉克們或赫利帕瓦們一樣。

弗洛倫滕卡根本就不認爲自己是瘋婆子。月亮使她不得安寧，她就把月亮看成跟每個折磨過她的普通的迫害者一樣的東西，僅此而已。但是有天夜裡，奇怪的事發生了。

像往常一樣，那天正值滿月，弗洛倫滕卡帶著自己的狗兒們爬上小山丘去咒罵月亮。狗兒們環繞著她蹲在青草地上，而她則仰頭衝著天空叫嚷：

「我的兒子在哪裡？你是用什麼東西迷住了他？你這肥肥胖胖的銀色的癩蛤蟆！你誘騙了我的老頭子，使他產生了錯覺，把他拉進了水中！今天我在井裡看到了你，把你當場抓住——你往我們的水裡下毒……」

塞拉芬夫婦屋子裡的燈亮了，一個男人的聲音衝著黑暗吆喝道：

「安靜點，瘋婆子！我們想睡覺。」

「你們睡好了，讓你們一直睡到死！你們當年幹嘛要出生，就是為了現在睡覺？」

男人的聲音靜止了，而弗洛倫滕卡跌坐到地上，仰望著自己的迫害者那張銀盤大臉。那張臉布滿皺紋，眼睛潰爛流膿，滴滴答答地流著淚水，滿臉都是得了某種宇宙天花之後留下的斑痕。狗兒們蹲在青草地上，在牠們黑色的眼中也反射出一輪滿月。牠們很安靜地蹲著，後來老婦人把一隻手放在一條長毛大母狗的頭上。那時她在自己的腦海裡看到的不是自己的思想，甚至不是思想，而是思想的輪廓，意象，印象。對於她的思維而言，這是某種陌生的東西，不僅因為——像她感覺到的那樣——它是來自外部的，而且因為它完全是另一種東西：單色的、清晰的、深刻的、感性的，有氣味的東西。

在這種東西裡頭，有天空和相互挨著的兩個月亮。有條河——寒冷、歡快。有房屋——既誘人，同時又嚇人。一排樹林——充滿著奇怪的、刺激的景象。青草地上躺著木棍、石頭及飽含想像與回憶的樹葉。在它們旁邊，像小徑一樣延伸著一道道充滿意義的光帶。在地下——有許多溫暖而有生命的走廊。一切都是另一種模樣兒。只有世界的輪廓還是原來的樣子。那時弗洛倫滕卡以自己身為人的理性理解到，人們是有道理的——而她瘋了。

「我是不是在跟你交談？」她問那條把腦袋靠在她膝蓋上的母狗。

牠知道，不錯，確實如此。

她帶著她的狗兒們一起回家去。弗洛倫滕卡把傍晚剩下的牛奶倒進幾隻小盆裡。她自己也坐下來進餐。她將一片麵包放在牛奶裡泡軟，用沒有牙齒的牙床咀嚼。她邊吃邊望著一條狗，試著對牠形象化地說點什麼。她開始動腦筋，「想像出」某種哲理：「我吃故我在。」狗抬起了頭。

就在這天夜裡，不知是由於月亮——這迫害者的作祟，還是由於自己的瘋狂，弗洛倫滕卡學會了跟自己的那些狗和貓交談。談話的實質在於傳遞各種形象的畫面。動物腦海裡的一切不像人說的那麼嚴密和具體。在牠們的世界裡沒有深思熟慮。然而事物卻都是牠們從內裡看到的，不像人類經常會產生帶有陌生感的距離。這樣一來世界也就顯得更爲友好。

對於弗洛倫滕卡，最重要的是，動物想像的畫面裡有兩個月亮。令她感到奇怪的是，動物看到的是兩個月亮，而人只看到一個。弗洛倫滕卡對此無法理解，因此最後她也不想去理解。一個月亮是有各種不同特徵的，在某種意義上甚至是相互對立的，但同時又是完全一樣的。一個月亮是軟綿綿的，略有點濕潤，令人感到親切。另一個月亮是硬邦邦的，像銀子一樣，發出歡快的響聲，而且閃閃發光。弗洛倫滕卡的迫害者，它具有兩面性的本性，這樣一來它對她的威脅也就更大。

米霞的時間

米霞十歲的時候是班上最矮小的，因此坐在第一排。女教師在課桌之間來回走動的時候，總愛撫摸她的腦袋。

在放學回家的路上，米霞經常爲她的洋娃娃收集各種東西：栗子殼當小碟子，橡樹果殼作茶杯，苔蘚作枕頭。

但是回到家裡之後，她總是猶豫不決，不知該玩些什麼才好。她一方面很想玩洋娃娃，給它們換小連身裙，餵它們各種菜肴——那些菜肴雖然看不見，但卻是存在的。她很想把它們一動不動的身體包在襁褓裡，爲它們講各種簡單的、老掉牙的故事哄它們睡覺。後來，當她把那些洋娃娃抱在手上時，她卻一點兒也不想玩了。已經沒有了卡爾米拉、尤蒂塔，也沒有了博巴謝克。米霞的眼睛看到的，只是畫在那些紅撲撲小臉蛋上的扁平的眼睛，染紅了的面頰，永遠閉著的嘴巴——對它們並不存在任何餵食的問題。米霞把她曾經看成是卡爾米拉的那個玩意兒翻了個身，打它的屁股。她感到自己是打在用布包著的鋸木屑上，洋娃娃既不哭叫也不抗議。於是米霞把它們紅撲撲的臉蛋兒貼在窗玻璃上，不再對它們感興趣。她跑去翻弄媽媽的梳妝台。

偷偷溜進父母的臥室是很好玩的。米霞坐在雙扇的鏡子前面，這鏡子甚至會讓她看到平常看不到的東西：角落上的影子，她自己的後腦勺……米霞反覆試戴那些珊瑚項鍊、戒指，打開一個又一個的小瓶子，久久探究化妝品的祕密。有一天，她對自己的卡爾米拉們特別失望，便將唇膏舉到嘴邊，將雙唇塗成了血紅色。唇膏的紅色推移了時間，米霞看到了幾十年後的自己，也就是自己快要死去時的那副模樣。米霞猛地把嘴唇上的口紅擦去，回到了洋娃娃們那裡。她將那些粗糙、呆板、用鋸木屑填充的小手抓在手裡，讓它們無聲地鼓掌。

但她還是經常回到母親的梳妝台前。她一再試穿母親的絲緞胸罩和高跟鞋。鑲花邊的襯裙穿在她身上宛如拖地的連身裙。她在鏡子裡照出了自己，突然覺得自己非常可笑。「若是給卡爾米拉縫件舞會服裝豈不更好？」她心想，受到這種想法的鼓舞，她回到了洋娃娃那裡。

有一天，當米霞在母親的梳妝台和洋娃娃之間的十字路口徘徊時，她發現了廚房桌子的一個抽屜。這個抽屜裡什麼玩意兒都有，有整個世界。

首先，這裡放了許多照片。其中一張是父親穿著俄國制服跟某個伙伴在一起。他們彼此相擁著站在一塊兒，像是好朋友。父親有一把從左耳到右耳的絡腮鬍。背景是一座正噴射著一串串水珠的噴泉。在另一張照片上是爸爸和媽媽的頭。媽媽穿著白色的婚紗，爸爸的臉上仍是一把黑色的絡腮鬍。米霞特別喜歡一張媽媽剪短髮、額頭上紮了一條緞帶的照片。媽媽在這張照片上看起來像個眞正的貴婦人。在這兒也有米霞自己的照片。她坐在屋子前面一張有靠背的長凳子上，膝蓋上放著個小咖啡磨。丁春花在她的頭頂上方盛開著。

第二，按米霞的理解，這裡躺著家裡最珍貴的一件物品——她把它叫作「月亮石」，是父親當年在田地裡撿到的，他說它跟所有平常的石頭都不一樣。這塊石頭幾乎是溜圓的，它的表層沉積了許多閃閃發光的細小微粒，看起來就像聖誕樹上的點綴物。米霞將它貼在自己的耳朵上，等待石頭發出某種響聲，給她某種徵兆。然而天上來的石頭沉默著，一點兒聲息都沒有。

第三，一支舊溫度計，裡頭的水銀管已被損壞。因此水銀可以順著溫度計自由流動，不受任何刻度的束縛，也不受溫度的影響。它時而拉長變成一條小小的溪流，時而又縮成一個小球待著一動不動，像頭被嚇趴了的野獸。它時而看起來像是黑色的，時而又同時是黑色，銀色和白色的。米霞喜歡玩溫度計，連同封閉在溫度計裡的水銀。她認爲水銀有生命。她把它稱爲火星兒。每當她拉開抽屜的時候，總要悄聲地說一句：

「你好，火星兒。」

第四，被隨意扔進抽屜裡，陳舊、破損、不流行的人造珠寶飾物，全是贖罪節上難以推卻而購買的物品：扯斷了的小項鍊——它那金黃色的表層磨掉了，露出灰色的金屬；被扔在抽屜裡的角質胸飾：刻有鳥兒幫助灰姑娘從灰堆裡揀出豌豆的精巧透花細工。在一些紙張之間，還閃爍著一些從集市上買來的、已被遺忘了的裝飾戒指的玻璃珠、耳墜、各種形狀的玻璃珠串。米霞驚嘆它們那簡單而毫無用處的美。她透過戒指的綠色玻璃珠子看窗口。世界變成了另一種樣子，變得美了。她總是無法確定自己究竟更樂於生活在哪一種世界：是綠色的，紅寶石色的，蔚藍色的，還是黃色的。

第五，在各種物品中間藏著一把不讓小孩找到的彈簧刀。米霞害怕這把刀，雖說有時她想像自己或許也會使用它。比方說，一旦有什麼人想欺負爸爸，她就會拿起這把刀保衛爸爸。刀的模樣看起來是不傷人的。深紅色的膠木刀柄，裡面狡詐地暗藏著刀頭。米霞曾見到過父親如何用一根手指頭輕輕一動，就讓刀尖伸了出來。那「刺」的一響，聽起來就像是搞什麼襲擊，使米霞不由打了個寒噤。所以她覺得，哪怕是偶一爲之，她也不能去觸動那把刀。她把刀留在原來的地方，深深地掩藏在抽屜的右角，在許多聖像的下面。

第六，蓋在彈簧刀上面的是長年來收集的一些小小的聖像圖畫，那些圖畫是教區神父挨家挨戶去唱聖誕節歌曲時發給孩子們的。所有的圖畫畫的要不就是耶什科特萊聖母，要不就是身著短汗衫的小耶穌——祂正放牧著一隻羊羔。主耶穌胖乎乎的，有一頭淡黃色的鬈髮。米霞愛這樣的主耶穌。圖畫中有一張畫的是個大鬍子上帝天父，祂威嚴地坐在天國的寶座上。上帝手中握著一根折斷了的手杖，米霞好長時間弄不清那是什麼。後來她明白了，知道這位天主上帝握的是雷霆，便開始害怕祂。

圖畫中間還棄置了一枚小紀念章。這不是普通的紀念章。它是由一個戈比的硬幣做成的。一面是聖母肖像，另一面是一頭張開翅膀的鷹。

第七，抽屜裡有些喀喀作響的細小豬踝骨，可以拿它們拋著玩「抓拐」❶。每回，母親拿豬腳做肉凍的時候，米霞總要在一旁照看著，讓母親不要扔掉那些踝子骨。規則的小踝骨得仔細弄得乾乾淨淨，然後放在爐灶上烤乾。米霞喜歡把它們捏在手裡玩耍，它們是那麼輕，那麼相像，即使是來自不同的豬，卻是同樣大小。米霞常常暗自思忖，聖誕節或復活節殺的所有的豬，世界上所有的豬，怎麼會有一模一樣可以玩「抓拐」的踝子骨？有時米霞想像那些豬活著時的模樣，心裡不免爲牠們感到難過。牠們的死亡至少還有光明的一面，牠們身後留下了可供人玩耍的踝子骨。

第八，抽屜裡有些舊的、用完了的伏特牌乾電池。起先米霞壓根就不去碰它們，就像不去碰彈簧刀一樣。父親說，那些乾電池或許還有未用光的能量。能量封閉在小小的、扁平的小盒子裡，這樣的概念是那麼特別、富有吸引力，令她神往。這使她想起禁錮在溫度計裡的水銀。不過水銀是看得到的，而那種能量卻是看不到的。能量是什麼樣子？米霞把乾電池拿在手裡掂

❶一種兒童玩的，類似拋沙包的遊戲。

了掂。能量是有重量的。在這小小的盒子裡準是有許多能量。準是有人把能量塞進了電池，像做酸白菜那樣，用手指使勁壓。後來米霞用舌尖碰了碰黃色的電線，感到有點麻麻的，像是有螞蟻爬過一樣——這是殘留下來的、看不見的電能從電池裡釋放了出來。

第九，米霞在抽屜裡找到了各種各樣的藥品，她知道這些玩意兒是絕對不能放進嘴裡的。媽媽在那兒有媽媽的藥丸，爸爸的藥膏，特別是媽媽裝在小紙袋裡的白色藥粉更令米霞崇敬。媽媽在沒用過這種藥粉之前，總是脾氣很壞，怒沖沖的，還叫嚷頭痛。可是後來，當她吞下了這種藥粉時，便平靜了下來，並且開始擺弄單人紙牌陣。

第十，在那抽屜裡，有許多可以用來擺單人紙牌陣和玩小橋牌的紙牌。所有的紙牌的一面看上去完全一樣——清一色的綠色植物裝飾花紋，而當米霞把那些紙牌翻過來，便出現了肖像的畫廊。她花了好幾個鐘頭的時間端詳那些國王和王后的面孔。她試圖深入探究他們彼此之間的關係。她猜想，只要她一關上抽屜，他們就會進行長時間的交談，爲臆想的王國而相互爭論不休。她最喜歡的是黑桃王后。她覺得黑桃王后最美，而且模樣最憂傷。黑桃王后有個壞丈夫。黑桃王后沒有朋友，所以非常孤獨。米霞總是在媽媽擺好的牌陣中尋找她。媽媽拿紙牌算命的時候，她也總是在尋找黑桃王后。可是媽媽經常花了太長的時間，盯著攤開的紙牌看個沒完沒了。當桌面上一片死寂，沒什麼動靜，什麼事也沒發生的時候，米霞往往感到很鬱悶、單調。這時她便返回去翻弄抽屜——抽屜裡有她的整個世界。

麥穗兒的時間

在位於韋德馬奇的麥穗兒的小屋裡，棲息著一條蛇、一隻貓頭鷹和一隻老鷹。這些動物彼此間從不相侵擾，互不妨礙。蛇留在廚房裡，靠近爐灶，麥穗兒常在那兒給牠放上一小盆牛奶。貓頭鷹蹲在小閣樓上，蹲在用磚砌死的窗戶所留下的壁龕裡。牠看起來像尊小塑像。老鷹待在屋頂的拱頂上，待在屋子的至高點，不過牠眞正的寓所是天空。

麥穗兒馴養蛇所花的時間最長。她每天給牠放上牛奶，一點一點把小盆兒往屋子裡面移。終於有一天，蛇爬到了她的腳邊。她把蛇捧在手上，大概是她那散發著青草和牛奶芳香的溫暖皮膚吸引了牠，使牠著了迷。蛇纏繞著她的手臂，瞪著一對金黃色的眼珠子，注視著麥穗兒明亮的眼睛。她給蛇取了個名字，叫金寶貝。

金寶貝愛上了麥穗兒。她那溫暖的皮膚溫暖了蛇冰冷的軀體和冰冷的心。牠夢寐以求的是她的氣味，渴求她的皮膚天鵝絨般的接觸，世上再也沒有什麼能與這種接觸媲美。當麥穗兒將牠捧在手上的時候，牠便覺得，牠，一條普普通通的爬蟲，變成了某種特別了不起的東西，變成了某種東西。牠把自己捕獵的老鼠作爲禮品帶回來送給麥穗兒，牠送的禮品還有河岸上找到的漂亮的乳白色小石子，小塊樹皮。有一次牠給麥穗兒帶回一個蘋果，這女人將蘋果和蛇一起舉到臉上，笑了起來，她的笑散發著豐富的氣味。

「你這個誘惑人的魔鬼！」她溫柔地對牠說。

有時她把自己衣服的某一部分拋到蛇身上，那時金寶貝便蜷縮在連身裙裡，盡情吸吮著麥穗兒肉體的餘香。牠在她所走過的所有羊腸小道上等待她，關注她的每一個動作。她允許牠白天躺在自己的被窩裡。她將牠盤在自己的脖子上猶如戴著一條銀項鍊，她將牠圍在腰上當腰帶，把牠纏在手上代替手鐲。夜裡，她睡覺的時候，牠觀察著她的睡眠狀態，偷偷舔她的耳朵。

每當這女人跟惡人作愛的時候，金寶貝總是很痛苦。牠感覺到，惡人對人和動物而言，都是陌生的，都是心懷敵意的。那時牠總是鑽進樹葉裡，或者昂起頭直視著太陽。太陽裡住著金寶貝的守護天使。蛇的守護天使是龍。

有一回，麥穗兒脖子上纏著蛇，走遍河濱的牧場尋找草藥。她在那裡遇到教區神父。神父一見到這景像便嚇得連連後退。

「你這個巫婆！」他吼叫道，一邊兒揮舞著手杖。「你離太古和耶什科特萊遠一點，離我的教區遠一點！你竟敢在脖子上纏繞著魔鬼到處走？難道你沒聽說過《聖經》上是怎麼講的？難道你不知道上帝對蛇說過些什麼？祂說，我要叫你和女人彼此爲仇，女人要傷你的頭，你要傷她的腳跟。」

麥穗兒粲然一笑，一面撩起裙子，露出赤裸的下腹。

「滾！滾！魔鬼！」神父吼叫著，一連畫了好幾個十字。

一九二七年夏天，麥穗兒的小屋前面長出了一株歐白芷。打自它從地裡伸出飽滿、粗壯而挺拔的幼芽那一刻起，麥穗兒就開始觀察它，看它如何慢慢舒展開自己肥大的葉片。整個夏天它都在生長，日復一日，每時每刻都在長大。有一天它終於搆到了小屋的屋頂，在小屋的上方張開了自己的華蓋——茂密的傘形花序。

「嗯，怎麼樣，小伙子？」麥穗兒嘲諷地對它說：「你那麼使勁兒往上伸，那麼使勁兒向天上躥，現在你的種子只好在屋頂上，而不是在地裡發芽啦。」

歐白芷有兩米高，葉子是那麼寬闊、肥大，以至遮住了周圍一些植物的陽光。到了夏末，任何挨著它的植物就都無法生長。在聖米迦勒節的時候，歐白芷開了花。由於空氣裡瀰漫著一股又甜又酸澀的氣味，麥穗兒有好幾個炎熱的夜晚無法入睡。植物強勁結實的軀幹，在輝耀著銀色月光的天空襯托下，顯露出清晰的邊緣。有時，一陣清風將那些傘形花序吹得沙沙作響，凋謝了的花朵紛紛飄落。聽到那沙沙聲，麥穗兒警覺地支起胳膊肘抬起身子，諦聽著植物怎樣生活。整座屋子充滿了誘人的芳香。

而當麥穗兒終於睡著了的時候，她眼前出現了一個淺黃色頭髮的年輕人。他身材高大，魁梧而健壯。他的兩臂和大腿看上去彷彿是刨光了的木頭。月光照耀著他。

「我一直從窗口觀察你。」他說。

「我知道，你香得令人暈眩。」

年輕人走進屋子中央，向麥穗兒伸出了雙手。她偎依在他的兩臂之間，臉貼緊著他那寬闊、堅硬的胸膛。他把她輕輕舉了起來，讓他們的嘴巴相互搆得著。麥穗兒從眯縫的眼皮下看到了他的臉——粗糙，猶如植物的莖幹。

「整個夏天我都好想要你。」她對著他的嘴巴說，那嘴巴散發著糖果、蜜餞，和下雨時泥土的香氣。

「我也想要你。」

他們躺倒在地板上，像地裡的草兒那樣相互蹭著，摩擦著。後來歐白芷讓麥穗兒坐在他的大腿上，有節奏地往她體內紮根，他紮得越來越深入，直至滲透了她整個軀體，滲入到她體內的每一個角落，吸吮著她體內的體液。他吸吮著她的體液直到清晨，直到天色已然濛濛亮，鳥兒已在枝頭婉囀歌唱。那時歐白芷渾身顫抖，接著硬邦邦的軀體便僵死不動，猶如一段木頭。傘形花序沙沙作響，乾燥的、滿是針刺的種子紛紛撒落到麥穗兒赤裸、疲憊的肉體上。後來淺黃色頭髮的年輕人回到了屋子前面，而麥穗兒一整天都在從頭髮裡撿出散發著香味的種子。

米哈烏的時間

米霞是個漂亮的小姑娘。打自米哈烏頭一次看到她在屋子前面沙坑裡玩耍的那一刻起，她總是那麼漂亮。他立刻就愛上了她。她儼然合縫地塡補了他靈魂深處那個荒蕪的小小角落。他將自己作爲戰利品從東方帶回的小咖啡磨送給了她。連同小磨他將自己也交到了小姑娘手上，希望從此一切能重新開始。

他看到她怎樣一天天長大，看到她怎樣掉下了第一顆乳牙，又在掉牙的地方怎樣長出了新的牙齒——皓白、配她的小臉蛋略微嫌大的牙齒。他帶著一種感官的欣愉瞧著她晚上鬆開髮辮和梳頭時徐緩的夢一般的動作。米霞的頭髮起先是栗色的，而後變成了深棕色，這兩種顏色總含有一種紅色的閃光，如血，如火。米哈烏不許別人剪掉米霞的頭髮，即便是在她生病的時候，頭髮都貼在一起粘到了枕頭上。那時，耶什科特萊的大夫說，米霞興許過不了這一天。米哈烏聽後便暈倒了。他從椅子上滑落了下來，倒在地板上。很清楚，米哈烏這一倒說明了什麼——

如果米霞活不成，那他也會死。的確如此，實實在在，沒有絲毫可懷疑之處。

米哈烏不知該如何表達自己的感情。他覺得一個人既然愛了，就該不斷地給予。他常常贈送她意想不到的禮物。他會到河裡去爲她尋找閃閃發光的石頭，他會用柳枝爲她削笛子，他會拿雞蛋給她製造裝飾聖誕樹的雞蛋殼，他會拿紙給她折疊小鳥，他會到凱爾釆給她買各種玩具——只要能讓小姑娘喜歡的事他都幹。但他更看重的是大的東西，一些耐久的、同時也是漂亮的東西，那種比人更能經受時間考驗的東西。那種東西也許能在時間上永遠留住他的愛，讓他的愛永遠留在米霞的時間裡。由於有那些東西，他們的愛也許就能成爲永恆。

假如米哈烏是個強大的統治者，他就會爲米霞在山頂上建座大廈，建座富麗堂皇的大廈，堅不可摧的大廈。然而米哈烏只是個普通的磨坊主，所以他只好給米霞買衣服，買玩具，折紙小鳥。

在周圍一帶所有的孩子中，米霞的連身裙最多。她穿得跟地主府邸的小姐們一樣漂亮。她有眞正的洋娃娃——在凱爾釆買的，會眨眼睛，會翻身，會像嬰兒啼哭那樣尖叫的洋娃娃。米霞有準備給洋娃娃的木質小童車，兩輛中的一輛甚至是帶活動車篷的。米霞有給洋娃娃住的雙層小房子，還有好幾個長毛絨玩具熊。米哈烏無論走到哪裡，總是想著米霞，總是思念她。米哈烏從來沒有對米霞提高嗓門說過話。

「你倒是打她一次屁股呀。」蓋諾韋法抱怨說。

一想到要去揍那個細小的、信賴他的小身子，就使米哈烏感到一陣暈眩，就像曾使他昏厥的同樣的暈眩。所以每遇到母親生氣的時候，米霞常常往父親身邊躲。她像頭小獸躲藏到父親給麵粉弄白了的西服上衣裡。在這種時候，他總是一動不動，一再爲她那純潔無瑕的信賴感到震驚。

到了米霞上學讀書的時候，米哈烏從此每天都要短暫中斷磨坊裡的工作，以便走到橋上看她放學回家。她那小小的身影出現在楊樹林蔭道上，這情景可以讓米哈烏打自清早米霞出門後失去的一切重新返回。然後他查看她的練習本兒，幫她做功課。他還教她俄語和德語。他拉著她的小手按照所有字母的順序唸了一遍又一遍。他爲她削鉛筆。

後來事情開始發生了變化。這已是一九二九年的事，那時伊齊多爾已經出生。生活的節奏和韻味就在這一年變得與前不同。有一回米哈烏看到她們母女倆，看到米霞和蓋諾韋法在繩子上晾曬洗過的衣服。她倆的個頭兒幾乎一般高，頭上都戴著白色的頭巾，繩子上晾著內衣。汗衫、胸罩、襯裙，都是女人的衣物，只是一些比另一些的尺碼稍小。霎時間他暗自思忖，那些尺碼小點的衣物是誰的呢？當他明白過來之後，竟然像個年輕小伙子一樣心慌意亂。直到現在，米霞衣服的小模樣總是在他心裡勾起陣陣溫情。而現在他看到繩子上晾曬的衣物，卻不由無名火起，恨時間竟然過得如此之快。他寧願不要看到這樣的內衣。

也就在此時，或許稍晚一點，有天晚上在入睡之前，蓋諾韋法用一種昏昏欲睡的聲音對米哈烏說，米霞已經有了月經。隨後她便偎依在他懷裡睡著了，睡夢中她發出聲聲嘆息，像個老年婦女。米哈烏無法入睡。他躺在床上，望著自己面前的一片黑暗。後來不知什麼時候，他總算是睡著了，做了個夢，做了個斷斷續續，稀奇古怪的夢。

他夢見自己在田埂上行走，田埂兩邊長著莊稼或者是高高的枯黃了的牧草。他看到麥穗兒踏著枯黃的牧草走了過來。她手裡握著鐮刀，並且用這鐮刀割草穗。

「你瞧，」她對他說：「它們在流血。」

他彎下腰，果然看到被割下的草莖上掛滿了血珠。他覺得是那麼不自然，那麼嚇人。他感到害怕。他想趕緊離開那個地方，可是，當他一轉身，卻看到米霞躺在草中。她身上穿的是自己的校服，閉著眼睛躺著一動不動。他知道，米霞得傷寒死了。

「她活著。」麥穗兒說：「不過總是先有死而後才有生，歷來如此。」

他俯身在米霞身上，套著她的耳朵說了句什麼。米霞驚醒了。

「走吧，我們回家去。」米哈烏抓住女兒的手說，他試圖拉起女兒跟自己走。

但是米霞已經不是從前的米霞，她似乎尚未清醒過來。她看都不看他一眼。

「不，爸爸，我有這麼多的事要做。我不走。」

這時，麥穗兒伸出一個指頭指著米霞的嘴巴說：

「你瞧，她講話時，嘴巴沒有動。」

夢裡的米哈烏明白，在某種意義上來說，米霞是死了，這是某種不完全的、卻跟眞正的死亡同樣能使人昏死過去的死亡。

伊齊多爾的時間

一九二八年的十一月多雨又多風。蓋諾韋法生第二個孩子的時候，正是這麼一個苦雨淒風的日子。

接生婆庫茨梅爾卡一進屋，米哈烏便把米霞送到塞拉芬夫婦家裡去。塞拉芬將一瓶燒酒擺在桌子上，過了片刻其他的鄰居也紛紛來了。大家都想爲米哈烏・涅別斯基的後代降生喝上一杯。

就在這同一時間，接生婆庫茨梅爾卡忙著燒熱水和準備床單。蓋諾韋法一邊發出單調的呻吟，一邊在廚房裡走來走去。

就在這同一時間，在晚秋的蒼穹裡，土星像一座巨大的冰山爬到人馬星座上。巨大的冥王星，那顆能幫忙逾越所有邊界的行星陷進了巨蟹星座裡。這天夜裡，它將火星和溫和的月球摟進了自己懷中。天使們敏銳的耳朵在八重天的和諧中捕捉到清越的聲響，那有如一隻細瓷杯掉到地上，裂成小得像罌粟籽的碎片時所發出的響聲。

就在這同一時間，麥穗兒打掃了自己的小屋，蹲伏在屋角裡一堆去年的乾草上。她開始生孩子。整個產程只持續了幾分鐘。她生下了個大塊頭的漂亮嬰兒。屋子裡瀰漫著歐白芷的馨香。

就在這同一時間，在涅別斯基夫婦家裡，嬰兒剛露出小腦袋，蓋諾韋法就出了麻煩。產婦昏厥過去了。接生婆庫茨梅爾卡嚇得六神無主，急忙打開窗戶，衝著黑暗叫嚷道：

「米哈烏！米哈烏！來人呀！」

但是狂風淹沒了她的叫聲，庫茨梅爾卡明白，她只有靠自己想辦法。

「孱弱的貨色，妳還算是女人嗎？」她衝昏厥的產婦吼叫道，爲的是給自己壯膽、打氣。「跳舞妳在行，可生孩子就不行。妳要憋死孩子了，要憋死……」

接生婆衝著蓋諾韋法的臉搧了一記耳光。

「耶穌，醒醒！醒醒！」

「女兒？兒子？」蓋諾韋法神志不清地追問，疼痛使她醒了過來，她開始使勁。

「兒子，女兒，有什麼區別？再使點兒勁，再使點兒勁……」

孩子噗嗤一聲落到了庫茨梅爾卡的手上，蓋諾韋法再次昏厥過去。庫茨梅爾卡忙著照料孩子。嬰兒輕輕地啼哭了起來，像隻小雞雛。

「是女兒？」蓋諾韋法恢復了神志，問道。

「是女兒？是女兒？」接生婆滑稽地模仿著她的口吻。「可憐的傢伙，真不是個女人。」幾個氣喘吁吁的婦女走進屋子。

「你們去吧，去告訴米哈烏，他喜得貴子啦。」庫茨梅爾卡吩咐道。

孩子取名叫伊齊多爾。蓋諾韋法情況卻不妙，她發燒到不能給小傢伙餵奶。她在譫妄中叫嚷說別人換掉了她的孩子。她一甦醒過來立刻就說：

「把我的女兒給我。」

「我們生的是兒子。」米哈烏回答她說。

蓋諾韋法久久望著嬰兒。是個小男孩，個頭大，臉色蒼白，眼瞼很薄，透過皮膚看得見藍色的血管。他的腦袋看起來似乎太大，太沉重。這孩子一會兒也不安靜，只要有點最輕微的響動，便哭鬧起來，蹬動著兩條腿，扯開嗓門兒叫嚷，用什麼辦法都不能讓他安靜下來。地板的吱嘎聲，時鐘的滴答聲都能把他驚醒。

「這都是餵牛奶造成的。」庫茨梅爾卡說：「你必須給他餵奶。」

「我沒有奶，沒有奶。」絕望的蓋諾韋法呻吟道：「得盡快找個奶媽。」

「麥穗兒剛生過孩子。」

「我不要麥穗兒。」蓋諾韋法說。

在耶什科特萊找到了奶媽。那是個猶太婦女，她的一對雙胞胎中死了一個。米哈烏不得不每天兩次，用馬車接她到磨坊來給新生兒餵奶。

用人奶餵養的伊齊多爾照舊愛哭。蓋諾韋法常常要一整夜把他抱在手上，在廚房和房間裡走來走去。有時她實在熬不住了，也試著躺一會兒，無視他的啼哭。爲了不讓他吵醒米霞，米哈烏只好悄悄爬起來，用毛毯包住小傢伙，把他抱到屋外，抱到繁星璀璨的天空下。他抱著兒子登上小山，或是沿著大路向森林走去。因爲抱在手上搖，也因爲松樹的芳香，孩子安靜了下來。但是只要米哈烏抱他回家，一邁進門檻，孩子重又扯起嗓門兒大哭。

有時米哈烏裝作睡著了，從眯縫著的眼皮底下偷看妻子，只見她站立在搖籃上方，注視著孩子。她不帶感情，冷冷地望著搖籃裡的嬰兒，就像望著一樣東西，一件物品，而不是望著一個人。孩子彷彿感覺到了這種目光，哭得更厲害，更傷心了。米哈烏不知道在母親和孩子的腦袋裡究竟發生了什麼事，只是有天夜裡，蓋諾韋法悄聲對他傾訴了心曲：

「這不是我們的孩子。這是麥穗兒的孩子。庫茨梅爾卡曾告訴我生的是『女兒』，我記得她是這麼說的。定是後來出了什麼差錯。麥穗兒有可能誘騙庫茨梅爾卡幹了什麼事，因爲在我清醒過來後，發現是個兒子。」

米哈烏坐起身，亮了燈。他看到妻子那給淚水弄得濕淋淋的臉。

「蓋妞希[1]，不能這樣想。這是我們的兒子，伊齊多爾。他長得像我。我們不是想要個兒子嗎？」

涅別斯基兩口子之間這場深夜的、短暫的交談留下了疙瘩。現在夫妻倆都在觀察孩子。米哈烏尋找孩子與自己的相似之處。蓋諾韋法暗地裡檢查兒子的手指頭，觀察他背上的皮膚，研究他耳朵的形狀。孩子長得越大，她也找到了越多的證據，說明這孩子不是他們的血脈。

伊齊多爾滿一周歲還沒長出一顆牙齒。他剛會坐，個頭兒也沒有長大多少。很顯然，他的個頭全都長在腦袋上，雖說伊齊多爾的小臉蛋仍然不大，可他的腦袋卻從眼睛以上開始一個勁兒地橫裡長縱裡長。

兒子三歲的那年春天，他們兩口子帶著他去塔舒夫，去看醫生。

「可能是腦水腫，孩子多半會死。我對此毫無辦法。」

醫生的話成了咒語，喚醒了蓋諾韋法心中被猜疑凝固了的愛。

蓋諾韋法愛伊齊多爾，如同人們愛狗，愛貓，或是愛什麼有殘疾的可憐的小動物。這是一種最純粹的人類的同情心，愛心。

❶蓋妞希是蓋諾韋法的暱稱。

地主波皮耶爾斯基的時間

地主波皮耶爾斯基遇上了財運亨通的好時光。每年他都增添一口魚塘。池塘裡的鯉魚又大又肥。到了捕魚季節，魚簡直是自動朝魚網裡跳。地主最喜歡在魚塘的堤壩上散步，沿著堤壩轉圈子，望望水，又望望天空。魚的豐產消解了他的神經緊張，魚塘使他在自己所有的努力中體味到某種意義。魚塘越多，他體味到的意義也就越多。地主波皮耶爾斯基的頭腦完全給魚塘占滿了，他有許多的事要做：他得規劃、思考、計算、建設、動腦筋、想點子。他可以把所有的時間都用來考慮魚塘的事，那時地主的思路便不會拐向那黑暗、寒冷的區域，那地方會像沼澤一樣把人拉住，讓人陷入其中。

到了晚上，地主往往把時間奉獻給他的家人。他那位頎長清瘦、嬌嫩如菖蒲的妻子，常常向他拋來雨點般的、在他看來都是一些瑣碎而無關緊要的問題，涉及的無非是僕人、晚宴、孩子們的學校、汽車、金錢、養老院之類的日常事務。晚上她跟丈夫一起坐在客廳裡，以自己單調的聲音掩蓋了收音機裡的音樂。曾幾何時，妻子還有興致給他的背部作按摩，使地主感到十分幸福。而今，妻子纖細的手指只會花上個把鐘頭，翻弄一本她讀了一年老是讀不完的書。孩子們一天天長大，地主對他們的了解也越來越少。他的長女總是輕蔑地噘著嘴巴，她的在場使父親感到侷促不安，她對於他簡直是形同陌路，甚至像個敵人。大兒子變得沉默寡言，而且膽怯，已經不再坐在他的膝蓋上，也不再拽他的八字鬍。小兒子是子女中最小的一個，也是最受寵愛、最嬌生慣養的一個，因此他固執而任性，動不動就大發脾氣。

一九三一年，波皮耶爾斯基夫婦帶著孩子們去義大利過暑假，休假回來後，地主波皮耶爾斯基發現，他終於找到了自己狂熱的愛好：對藝術的追求。他開始收集畫冊，而後則是越來越頻繁地去克拉科克，到那兒購買各種名畫。不僅如此，他還經常邀請藝術家們到他的府邸作客，跟他們討論藝術，喝酒。清晨他常把所有的客人領到自己的池塘邊，請他們欣賞那些巨大的鯉魚橄欖色的背脊。

第二年，地主波皮耶爾斯基突然發瘋地愛上了瑪麗亞・舍爾。她是克拉科夫一位最年輕的女畫家，未來派的代表人物。如同所有突然墜入愛河的人一樣，在他的生活中也出現了各種意味深長的巧合，出現了許多邂逅相逢的共同的熟人，也使他經常出現一些必需突然出遠門的理由。地主波皮耶爾斯基由於瑪麗亞・舍爾而愛上了現代藝術。他的情婦，如同她的未來派一樣：充滿了活力、瘋狂，雖說在某些事情上又是魔鬼般地清醒。她的軀體有如塑像，光滑而又堅挺。

每當她俯身在巨幅畫布上作畫的時候，總有一縷縷淡黃色的頭髮粘在了她的額頭上。她是地主妻子的對立面。跟她相比，他的妻子會令人想起一幅十八世紀的古典主義風景畫：細節豐富，和諧，令人傷感的平靜。

地主波皮耶爾斯基在生命的第三十八個年頭突然感覺到自己發現了性。這是一種粗野的、瘋狂的性，有如現代藝術，有如瑪麗亞・舍爾一般的性。在工作室裡，床邊立著一面巨大的鏡子，鏡子裡反照出瑪麗亞・舍爾和地主波皮耶爾斯基作爲女人和男人的全部過程。鏡子裡照出了翻得底朝天的被褥、山羊皮、給油彩染汚了的赤裸肉體、面部痙攣的怪相、赤裸的胸部、肚子、塗抹上一道道口紅的後背。

地主波皮耶爾斯基開著嶄新的汽車從克拉科夫返回府邸，一路上盤算著要帶自己的瑪麗亞逃往巴西，逃往非洲。但當他一跨進自家的門檻，便爲一切都是井然不紊，一切都是老樣子，一切都顯得安全、可靠而感到由衷的高興。

經歷了六個月的瘋狂之後，瑪麗亞・舍爾向地主宣布，她要去美洲。她說，那裡一切都是新的，充滿了衝擊力和活力。她說，她要在那裡創造自己與未來派油畫毫無二致的生活。女畫家走後，地主波皮耶爾斯基得了一種多症狀的怪病，別人爲了簡化，將這種病稱爲關節炎。他在床上躺了一個月，也只有躺在床上，他才能平靜地忍受痛苦。

他躺了一個月，與其說是由於疼痛和虛弱，不如說是由於近年來，他力圖忘記的一切又回來了——由於世界行將毀滅，現實有如朽木枯枝分崩離析，霉菌自下而上地腐蝕了物質，這一切的發生都沒有任何意義，也不意味著什麼。地主的肉體投降了，它同樣也已潰散，瓦解；他的意志也已崩潰。時間在作出決定和採取行動之間給擠得滿滿的，簡直沒有回旋的餘地。地主波皮耶爾斯基的喉嚨腫脹、梗塞。這一切都意味著他仍然活著，意味著在他體內的某些生理過程仍在正常地運行，血液在循環，心臟在跳動。「我受到了打擊。」地主思忖道，同時試圖從床上用目光搜索著什麼，但是他的目光變得呆滯，不自然：目光順著房間裡的家具飄游，竟會像蒼蠅似的停留在家具上。倒霉！目光停在一堆書籍上，那些書是地主叫人弄來的，可他並沒有讀過。倒霉！目光漂移到藥瓶上。倒霉！目光漂移到牆上的一塊污漬。倒霉！目光漂移到窗外的天空。看到別人的面孔使他痛苦。他覺得那些面孔都是如此飄忽不定，如此神色多變。要去看這些面孔，必須集中全部的注意力，死盯住不放，而地主波皮耶爾斯基已經沒有力氣集中這種注意力了。他轉移了視線。

地主波皮耶爾斯基有一種不可抗拒的悲懼感，他總覺得世界在消失，世上的一切，無論好的還是壞的都在消失；愛情、性、金錢、激情、遠遊、價值連城的名畫、聰明睿哲的書籍、卓爾不群的人們，一切都從他身邊匆匆地過去了。地主的時間在流逝。那時，在突發的絕望中，他想從床上跳起來，跑到什麼地方去。可是跑向何方？爲什麼要跑？他跌落在枕頭上，因無法哭出心中的鬱悶而憋得喘不過氣來。

春天又依稀給他帶來了得救的希望。一個月後他才下床走動，雖說拄著拐杖，卻能站立在自己喜愛的池塘邊上，給自己提出了第一個問題：「我是怎麼來的？」他不安地挪動了一下身子。「我是從哪裡來的？我的源頭在哪裡？」他回到家裡，艱難地強迫自己讀書。讀古代史，讀史前史，讀有關考古發掘和克里特文化的書籍，讀有關人類學和紋章學的書籍。但是所有這些知識都不能提供給他任何結論。於是他又給自己提出了第二個問題：「從根本上講，人能知道些什麼？從獲取的知識中又能得到些什麼教益？人對事物的認識能夠到達盡頭嗎？」他想了又想，花了好幾個禮拜六，跟前來打橋牌的佩烏斯基就這個題目進行探討。從這些探討和思考中，他得不出任何結論。隨著時間的推移他再也不想開口。他知道佩烏斯基會說些什麼，他也知道他自己會說些什麼。他有個印象，似乎他們談的總是同一件事，總是在重複自己的問題，彷彿是在扮演某種角色，就如飛蛾接近一盞燈，然後又趕緊逃離那個可能把它們燒死的現實。於是他最後給自己提出了第三個問題：「該怎麼辦？怎麼辦？該做些什麼？不做些什麼？」他讀完了馬基維利❶的《君王論》，讀了梭羅❷、克魯泡特金❸、科塔爾賓斯基❹的著作。整個夏天，

❶馬基維利（Niccolo Machiavelli, 1469–1527），義大利政治學家、歷史學家、文學家。

❷梭羅（Henry David Thoreau, 1817–1862），美國作家，十九世紀先驗主義文學的重要代表。

他讀了那麼多的書，以至幾乎沒有走出自己的書房。波皮耶爾斯基太太對丈夫的舉動深感不安，一天傍晚她走進了他的書房，說道：

「大家都說耶什科特萊的拉比❺是位神醫。我去找過他，請他到我們家來。他同意了。」

地主淡淡一笑，他被妻子的天眞解除了武裝。

談話跟他想像的不大一樣。跟拉比一起來的還有個年輕的猶太人，因爲拉比不會講波蘭語。地主波皮耶爾斯基沒有興致向這古怪的一對傾訴自己的苦惱，於是他便向老者提出了自己的三個問題。雖然，老實說，他並不指望能得到滿意的回答。蓄著猶太長鬢髮的年輕小伙子將明白清楚的波蘭語句翻譯成拉比說的古怪的、喉音很重的語言。這時，拉比一開口便使地主大吃一驚。

「你在收集問題。這很好。我再給你的收集增加最後一個問題：我們要向何處去？時間的盡頭是什麼？」

拉比站起身。他告別時，以一種很有文化修養的姿勢向地主伸出了手。過了片刻，他走到

❸克魯泡特金（Piotr A. Kropotkin, 1842–1921），俄國政治活動家，政論家。

❹科塔爾賓斯基（Tadeusz Kotarbiński, 1886–1981），波蘭哲學家。

❺拉比是猶太人對師長、教士、權威的尊稱。

門邊又含混不清地說了句什麼，小伙子把它翻譯成波蘭語：

「某些部族的時間已到了大限。所以我給你某種東西，這種東西如今應該成爲你的私產。」

猶太人這種詭祕的腔調和莊重的神態讓地主很開心。一個月來，他破天荒第一次胃口極好地吃了晚餐，還跟妻子開玩笑。

「爲了給我治好關節炎，你抓住所有的魔法、妖術不放。看來對於有病的關節，最好的藥物就是那個以問題回答問題的猶太老頭。」

晚餐吃的是鯉魚凍。

翌日，蓄猶太長鬢髮的小伙子帶著一只大木盒到地主家裡來。地主好奇地打開了盒子。盒子裡有幾個小格。在一個小格中放著一本舊書，書名是用拉丁文寫的《Ignis fatuus❻，即給一個玩家玩的有教益的遊戲》。

在下一個鋪了絲絨的小格子裡，放著一顆八面體的樺木骰子。每個面體上孔眼的數目都不相同，從一個孔眼到八個孔眼。地主波皮耶爾斯基從未見過這樣的遊戲骰子。在其餘的那些小格子裡放著一些黃銅做的微型人物、動物和物品的塑像。在格子的下面，他找到了一塊折疊

❻拉丁語，意爲：難以忍受之火。

成許多層、磨破了邊的亞麻布。地主對這古怪的禮物越來越好奇，他把亞麻布放在地板上鋪展開來，它幾乎占滿了書桌和書櫥之間的空地。這是某種遊戲，是某種大的、環形迷宮形式的中國棋類遊戲。

溺死鬼普盧什奇的時間

溺死鬼是個名叫普盧什奇的農夫的陰魂。普盧什奇在八月的某一天掉進池塘裡淹死了，只因喝下的燒酒把他的血液濃度稀釋得太淡。他從沃拉趕著大車回家，途中讓月亮的陰影嚇得突然受驚的馬匹翻了車。農夫掉進了淺淺的水中，而馬匹則羞愧地離去了。池塘岸邊的水暖融融，那是給八月的暑氣烤熱的，普盧什奇躺在水中感到一種說不出的愜意。他沒有意識到自己會死。當那暖融融的水進入喝得醉醺醺的普盧什奇的肺裡時，他哼了一聲，但沒有清醒過來。

禁錮在醉倒了的肉體裡的陰魂——不曾祓除罪惡的陰魂——沒有通向上帝之路的地圖，便只好像狗一樣，跟躺在蘆葦叢中僵化的肉體留在一起。

這樣的陰魂是盲目的，面對眼前的處境是束手無策的。它固執地想回到肉體裡面，因爲它不知道除此之外還有別的存在方式。然而它思念自己出身的那個國度，它先前始終是待在那個國度裡的，是從那裡給驅趕到物質世界來的。它記得那個世界，它總是在回憶那個世界，它痛哭，它思念，但它不知如何回到那裡去。絕望的浪濤一陣緊似一陣地襲擾著它。於是它離開了那個已經腐爛了的肉體，靠自身的力量尋找歸路。它在岐路上徘徊，在大道上遊蕩，試圖在路邊抓到機會。它變換著各種形態。它進入各種各樣的物體和動物體內，有時甚至進入不太清醒的人的體內，可在任何地方它都待不長久。在物質世界，它是一名被流放的犯人，精神世界也不想要它，因爲進入精神世界需要一張地圖。

在經歷了這些毫無希望的遊蕩之後，陰魂回到了肉體，或者說回到了它離開肉體的地方。然而冰冷的、沒有生命的肉體之於陰魂就像廢墟之於活人一樣。陰魂嘗試著使沒有生命的心臟搏動一下，使沒有生命的麻痺了的眼瞼動彈一下，但它既缺乏力量，又缺乏決心。沒有生命的肉體根據上帝安排的秩序說：「不。」於是人的肉體便成了可憎的房屋，而肉體死亡的地方便成了陰魂可憎的監獄。溺死鬼的陰魂在蘆葦叢中發出沙沙的響聲，僞裝成陰影，而有時還向霧借來某種形態，它渴望借助這種形態跟活人交往。它不明白爲什麼活人都在躲避它，爲什麼它會在人們心中喚起恐懼。

普盧什奇的陰魂在自己的癲狂中也是這麼想的：它仍然是普盧什奇。

隨著時間的推移，在普盧什奇的陰魂裡產生了某種絕望情緒，產生了對活人所有的反感。在陰魂裡，錯綜複雜地糾結著某些舊時的、人的、甚至是動物的思想殘餘，以及某些回憶和畫面。於是它相信，它會再次贏得慘禍發生的時刻，普盧什奇或別的什麼人死亡的時刻，並且相信正是死亡會幫助它獲得解放。所以它才如此強烈地渴望重新使某些馬匹受驚，使某輛大車翻倒，使某個人溺死。於是，溺死鬼就這樣從普盧什奇的陰魂裡誕生。

溺死鬼選擇有堤壩和小橋的森林池塘，同時也選擇被稱爲沃德尼察的整座森林，以及從帕皮耶爾尼亞直到韋德馬奇的牧場作爲自己的駐地，那裡也是經常籠罩著特別稠濃的大霧的處所。溺死鬼在自己的領地徘徊遊蕩，茫然而空虛。只是有時當它碰上人或動物的時候，激忿之情才使它活躍起來。也就在那時，它的存在才有了意義。它不惜一切代價，力圖給遇到的生靈造成某種禍害，大小都成，只要是禍害。

溺死鬼不斷地重新認識自己的能耐。起先，它認爲自己是很虛弱的，無力自衛，只不過是某種氣旋、薄霧、水窪而已。後來它發現自己能夠靠思想活動而快速挪動，比任何人所能估計的都要快速得多。它一想到某個地方去，立刻就能置身於那裡，就在轉瞬之間。它還發現，霧是聽從它的指揮的，它可以隨心所欲地支配霧。它可以從霧那裡得到力量或者形態，可以移動一團團濃霧，用霧遮蓋太陽，用霧使地平線變得模糊不清，用霧使黑夜延長。溺水鬼斷言自己是霧的統治者，並從此開始這樣看待自己——霧的統治者。

霧的統治者在水下感覺最佳。它年復一年躺在水面下由泥淖和腐葉鋪成的床上。它從水下看著一年四季的變換，看著太陽和月亮的此起彼落。它從水下看到雨，看到飄落的秋葉，看到夏天蜻蜓的飛舞，看到在水中沐浴的人們，看到野鴨橙紅色的小腳。有時，有點兒什麼把它從這種似夢非夢的境遇中驚醒，有時，任什麼都不能弄醒它。它沒把這些放在心上，仍然照老樣子過日子。

老博斯基的時間

老博斯基一生都待在府邸的屋頂上。府邸很高，屋頂很大，充滿了斜面、陡坡和稜角。整個屋頂蓋著漂亮的木瓦。假如將府邸的屋頂展開，弄平整，平鋪在地上，它便能蓋住博斯基全部的田地。

博斯基將耕種自家那片田地的農活交給了妻子和孩子們，他有三個女兒和一個男孩。小伙子名叫帕韋烏，聰明能幹，魁梧端莊。老博斯基每天一早就爬上地主府邸的屋頂，換掉開始腐壞的或朽爛了的木瓦。他的活計沒有完結，也沒有開頭。因爲博斯基不是從某個具體的地方著手幹活兒的，不是朝某個具體的方向邊幹邊移動的。他是跪著，一公尺一公尺地研究木屋頂，一會兒移到這裡，一會兒挪到那邊。

正午時分，妻子拎著雙瓦罐給他送來午飯。一只瓦罐裡裝著酸菜麵疙瘩湯，另一只瓦罐裡裝的是馬鈴薯，或者是帶豬油渣的麥糕和酸奶，或者是白菜和馬鈴薯。老博斯基沒有下來吃午飯，而是由妻子將雙瓦罐放進小桶裡用繩子吊給他，小桶是經常用來吊木瓦往上面送的。

博斯基吃著午飯，一邊咀嚼，一邊環視周圍的世界。他從府邸的屋頂觀看牧場、黑河、太古的房頂以及人們細小的輪廓，一切都顯得那麼小，那麼脆弱，以至老博斯基眞想衝它們吹口氣，將它們像垃圾一樣吹出這個世界。他這麼想著，又往嘴裡塞了一口食物，他那張曬黑的臉上顯露出了怪相，這種面部的扭曲或許可以看成是微笑。博斯基喜歡每天的這個時辰，喜歡自己這種把人吹向四面八方的有趣的想像。有時他的想像略有變化：他呼出的氣變成了颶風，刮掉房屋的屋頂，吹倒樹木，把果園裡全部的果樹吹得橫七豎八地躺倒；平原都灌進水，而人們都在匆忙趕造船隻——爲的是挽救自己和自己的財物。地面上出現了許多火山口，火從火山口往外冒。天空下瀰漫著火與水搏鬥產生的蒸汽。一切都在底座上顫動，最後全都坍塌，如同破舊房屋的屋頂。人們不再妄自尊大，不再擺架子。博斯基想毀滅整個世界。

他嚥下了一口食物，發出一聲嘆息。幻象飄散了。現在他給自己捲了一根紙煙，朝近點的地方瞧，他看到府邸的庭院、園林、防護溝，看到天鵝和池塘。他先是觀察到乘轎式馬車，稍後是乘汽車前來府邸的人們。他從屋頂上看到貴婦們的帽子，老爺們的禿頭，看到騎馬閒遊歸來的地主，和總是挪動著小碎步走路的地主太太。他看到柔弱、淸秀的小姐和她那些在村子裡引起恐怖的狗。他看到許多來來往往的人的永恆的運動，看到他們見面和告別時打的手勢和面部表情，看到他們彼此交談和聽別人說話的情景。

可他們跟他又有何關係?他抽完了一根自己捲的紙煙，他的目光又執拗地回到木瓦上，讓目光像河裡的無齒蚌那樣緊緊地貼在木瓦上。只有木瓦才讓他感覺賞心悅目，得到充分的滿足。他心裡想的是鋸斷和磨光木瓦。他的午餐休息就這樣結束了。

他的妻子拿走用繩子放下來的雙瓦罐，穿過牧場回到了太古村。

帕韋烏·博斯基的時間

老博斯基的兒子帕韋烏，一心想當個「有地位」的人物。他擔心，如果不趕快付諸行動，他就會成爲一個「無足輕重」的人，像他父親一樣，永遠只能在某個屋頂上安裝木瓦。因此當他一滿十六歲，他便離開了家，在家裡是他那幾個不漂亮的姐妹在稱王稱霸。他在耶什科特萊受雇於一個猶太人，在他那裡幹活。猶太人名叫阿巴·科杰尼茨基，做木材生意。開頭，帕韋烏只是個普通的伐木工和裝卸工，想必是他設法讓阿巴中意，因爲不久，老板就賦予他對木材進行篩選、分級和標號的重任。

甚至在篩選木材的時候，帕韋烏·博斯基也總是著意於未來，過去已引不起他的任何興趣。他一想到眼下的工作能造就他的未來，能影響到他將來成爲自己企盼已久的那種人物，他便激動得不知所以。有時他也考慮，這一切究竟是怎麼回事？

假如他是出生在地主府邸，作爲波皮耶爾斯基家的後代，他會像現在這樣嗎？他會像現在這樣思考問題嗎？他會喜歡上涅別斯基家的米霞嗎？他仍然會想當個醫士嗎？或許他會有更高的志向——當個醫生？當個大學教授？

年輕的博斯基對一樣東西是深信不疑的，那就是知識。知識和教育的大門對每個人都是敞開的。但很顯然，要進入這個大門，對另一些人會更容易些，對所有的波皮耶爾斯基們以及他們那一類的人都更容易些。而這是不公正的。但從另一方面講，他也能學習，雖說要花更大的力氣，因為他必須掙錢養活自己，並且幫助雙親。

於是下工後，他經常進鄉圖書館，到那兒去借書。鄉圖書館提供的圖書不多。缺乏百科全書，也缺乏詞典。書架上塞滿了什麼《國王們的女兒》、《沒有嫁妝》之類的、專門給娘兒們讀的書。回家後他把借來的書藏在被窩裡，防備他的姐妹們發現。他不喜歡姐妹們動他的東西。

所有的三個姐妹都是大姑娘，大塊頭，身體強壯，粗俗愚笨。她們的腦袋看起來很小。她們的額頭都很低，濃密的淺黃色頭髮有如麥草。她們中最漂亮的是老大斯塔霞。每當她嫣然一笑，曬得黝黑的臉上便露出皓白的牙齒。但她那雙粗笨的八字腳走起路來卻一搖一擺，跟鴨子似的，從而大大損害了她的姿色。三姐妹裡居中的托霞已經跟科圖舒夫的一個種田人訂了婚，而佐霞，大個子，健壯有力，近日內就要去凱爾采當女僕。她們都要離開家，帕韋烏為此感到高興，雖說他不喜歡自己的家庭，就像不喜歡自己的姐妹一樣。

他嫌惡那些鑽進老木頭房子裂口、地板縫隙和塞進指甲殼裡的污垢。他嫌惡那牛糞的臭氣，一走進牛欄，那股臭氣便被吸進衣服裡。他嫌惡餵豬的馬鈴薯散發出的氣味——那種氣味瀰漫了整個屋子，擴散到屋裡的每件東西，滲透了頭髮和皮膚。他嫌惡雙親說的鄉下佬的方言，那種土話有時也影響到他自己的語言，他嫌惡亞麻布、原木、木匙子、贖罪節的聖畫、姐妹們的粗腿。偶爾，他會把這種嫌惡集中到上頜和下頜之間，那時他便感到自身強大的力量。他知道，他將擁有他所渴望的一切，他將奮力向前，誰也無法阻擋他。

遊戲的時間

畫在亞麻布上的迷宮是由被稱爲「世界」的八圈或八層球面組成。離中心越近，迷宮的曲徑似乎就越密，裡面的死胡同和不能通行的狹小巷道就越多，相反地，那些外層給人的印象就顯得比較清晰，比較寬敞，迷宮的小徑似乎也比較寬，也不那麼雜亂——彷彿是在邀請玩家去漫遊。迷宮中心的一層——最黑暗，最糾纏不清的那一層——稱之爲「第一世界」。不知是誰的不內行的手用鉛筆挨著這個世界畫了個箭頭，上面寫著「太古」。「爲什麼是太古？」地主波皮耶爾斯基感到驚詫不迭。「爲什麼不是科圖舒夫，耶什科特萊，凱爾采，克拉科夫，巴黎或者倫敦？」羊腸小道、交叉、分岔和田野，複雜的系統彎彎曲曲地引向唯一的一條通道，達到被稱爲「第二世界」的下一個環形層次。跟中心密密麻麻的曲徑相比，這裡顯得略微寬敞一些。有兩個出口通向「第三世界」。地主波皮耶爾斯基很快就弄明白了，在每一個「世界」裡都能找到比前一個「世界」多一倍的出口，他用自來水筆的筆尖，詳細地數著迷宮最外層的所有出口。

數出的數目一共是一二八個。

標題爲《Ignis fatuus，即給一個玩家玩的有教益的遊戲》的小書，簡而言之就是用拉丁語和波蘭語寫的遊戲細則說明。地主一頁一頁地翻著它，在他看來，一切都顯得非常複雜。說明書逐一描述了擲骰子後，每一種可能出現的結果、每次走動、每個小卒－棋子的作用和八層世界中的每一層世界。他覺得這些說明不連貫，而且還滿是離題的枝節話，最後地主猜想，攤在自己面前的是某個狂人的作品。

這是一種尋找出口道路的遊戲，在道路上，時不時會出現某種選擇。

——小冊子開頭的幾句話是這麼說的。

選擇是骰子自己進行的。但有時，遊戲者會產生一種印象，以爲是他在有意識地進行選擇。這種印象或許會使遊戲者產生恐懼，因爲他會感到自己對棋子走到哪裡、會碰到些什麼問題是有責任的。

遊戲者看到自己的道路猶如見到冰上的裂痕——路線以令人頭暈的速度分叉，拐彎，改變方向。或者就像天上的閃電，以無法預見的方式在空中尋找它的去路。一個相信上帝的遊戲者會說：這是「上帝的判決」，是「上帝的手」，是造物主全能的權威性的結論。如果玩家不相信上帝，他就會說，這是一種「偶然」，是一種「巧合」。有時遊戲者會使用「我的自由意志」這句話，但可以肯定的是，他說這句話的聲音會更輕，更缺乏自信。

遊戲的實質是找到逃跑的地圖，從迷宮的中心開始。遊戲的目的是通過所有的層次，從八個世界的羈絆中解脱出來。

地主波皮耶爾斯基匆匆看完了對小卒子，和對遊戲開頭戰略的描述，一直讀到「第一世界」特徵的表述。他讀道：

一開始沒有任何上帝。既沒有時間，也沒有空間。只有光明與黑暗。這是好的。

他有一種感覺，這些話似曾相識。

光本身會動，會照耀。光柱投向黑暗，在黑暗中找到從來不動的物質。光束以全力打擊黑暗，直到驚醒黑暗裡的上帝。上帝尚未全然清醒，還無法肯定自己究竟是什麼，祂環顧四周。由於除了自己，祂誰也沒有看到，於是就承認自己是上帝。由於自己不能給自己取名，自己對自己不能理解，於是祂便產生一種求知的熱望。而當上帝首次認清自己，便產生了「道」——上帝覺得，認識就是給自己取名。

就這樣，「道」從上帝嘴裡滾滾湧流出來，並分裂成上千份，這些部分就成爲孕育各層「世界」的種子。從這一刻起，各層「世界」都在長大，而上帝就從各層「世界」裡反映了出來，如同從鏡子裡反映出來一樣。上帝研究了自己在各層「世界」裡的反映，越來越頻繁地察看自己，越來越清晰地認識自己。就這樣，認識豐富了上帝，同時也豐富了各層「世界」。

上帝透過時間的流逝認識自己，因爲只有難以捉摸的、變幻莫測的東西才最像上帝。上帝透過由於酷熱而從海裡露出水面的岩石認識自己，透過熱愛陽光的植物認識自己，透過一代又一代的動物認識自己。當人出現的時候，上帝恍然大悟，首次懂得該怎樣稱呼黑暗與白天微妙而脆弱的分界線；由此分界線，光明開始變成黑暗，而黑暗則開始變成光明。從此以後，上帝始終用人的眼光觀察自己。上帝看到自己的上千種面孔，像試戴假面具那樣出現的各種面孔，就如一個演員。頃刻之間，上帝也變成了戴假面具的人。祂用人的嘴巴向自己祈禱，同時也發現了自身的矛盾，因爲鏡子裡出現的是眞實的反映，而眞實則變成了鏡中的影子。

「我是誰？」上帝問：「是上帝還是人？莫非我同時是前者又是後者？抑或兩者都不是？是我創造了人，還是人創造了我？」

人誘惑著上帝，於是上帝偷偷溜上情人們的床鋪，在那裡祂找到了愛。上帝偷偷溜上老人們的臥榻，在那裡祂找到了消逝。上帝偷偷溜上彌留者的病床，在那裡祂找到了死亡。

「爲什麼我不能試一試？」地主波皮耶爾斯基心想。於是他翻回到書的開頭，在自己面前擺開了那些黃銅棋子。

米霞的時間

米霞注意到，博斯基家這個身材魁梧、淺黃色頭髮的小伙子在教堂裡老是打量她。而後，每當她做完彌撒走出教堂的時候，又總是發現他站立在教堂外面對她看了又看，一直盯住不放。米霞感覺他的目光有如一件不合身的衣裳黏附在自己身上。她害怕隨便地活動，害怕深呼吸。他使她侷促不安。

整個冬天，從聖誕節到復活節都是如此。等到天氣稍微轉暖，米霞每個禮拜都上教堂，穿著也較單薄一些，她便更加強烈地感覺到帕韋烏・博斯基的目光緊盯在自己身上。到了聖體節❶，那目光觸到了她赤裸的後頸和袒露的雙肩。米霞感覺到那目光非常柔和，令人愉快，像貓

❶聖體節是天主教節日，表示對耶穌聖體的崇拜。時間在每年復活節後第八個禮拜的禮拜四。在這一天常舉行聖像巡行。

的親熱，像鳥羽，像蒲公英的絨毛。

這個禮拜天，帕韋烏·博斯基走到米霞跟前，問是否可以送她回家。她點頭表示同意。一路上，他都在不停地說話，他所說的，令她驚詫。他說，她小巧玲瓏，像隻精美的瑞士手錶。米霞在此之前從未想過自己是小巧的。他說，她的頭髮有種最貴重的黃金的顏色。米霞向來認爲，她的頭髮是古銅色的。他還說，她的皮膚有股香子蘭的香味兒。米霞不敢承認她剛烤過糕點。

在帕韋烏·博斯基的話語中，所說的種種都重新發現了米霞。她回家後什麼活兒也幹不了。但她不是在想帕韋烏，而是在想她自己：「我是個漂亮的姑娘。我有雙小腳，像個中國女子。我有一頭漂亮的秀髮。我笑起來很有女人味。我有股香子蘭的芳香。人們會想念我，渴望見到我。我是個女人。」

放暑假之前，米霞就對父親說，她已不想再上塔舒夫的師範學校，說她沒有計算和書法的頭腦。她跟拉海娜·中貝爾特仍然是好朋友，可現在她們的談話已與過去不同。她倆一起沿著官道走進森林。拉海娜勸說米霞不要輟學，並向她許諾會幫助她學好算術。但米霞向拉海娜談起了帕韋烏·博斯基。拉海娜作爲朋友，耐心聽米霞訴說，不過她有不同的見解。

「我將來要嫁個醫生，或者嫁給這一類的人。我將來最多只要兩個孩子，我不想破壞自己的身材。」

「我將來只要一個女兒。」

「米霞，堅持到師範畢業吧。」

「我想出嫁。」

米霞常跟帕韋烏沿著同一條路一起散步。到了森林邊上，他倆拉起了手。帕韋烏的手又大又熱。米霞的手又小又涼。他倆從官道拐向某一條林間小道，那時帕韋烏便站住了，用那隻大而強有力的手把米霞摟進了自己懷中。

帕韋烏有股肥皂和太陽的香氣。那時米霞變得軟弱、順從、馴服。穿著漿過的白襯衫的男子在她看來是那麼高大、魁偉。她的個頭只達到他的胸部。她停止了思考。這是一個危險的時刻。當她的胸口已然赤裸，而帕韋烏的嘴巴在她的腹部漫遊的時候，她突然清醒了過來。

「不。」她說。

「你遲早總得嫁給我。」

「我知道。」

「我會來向你求婚。」

「好吧。」

「什麼時候？」

「不久。」

「會同意嗎？你父親會同意嗎？」

「沒什麼同意不同意的。我想嫁給你不就結了？」

「可是……」

「我愛你。」

米霞整理好頭髮，他倆回到官道上，彷彿他們從來不曾離開過官道似的。

米哈烏的時間

米哈烏不喜歡帕韋烏。或許可以說，他只是長得英俊，僅此而已。每當米哈烏望著他那寬闊的肩膀，穿著馬褲的強勁的腿和擦得錚亮的軍官皮靴，便痛心地感到自己已經老了，萎縮了，像隻發乾的蘋果。

帕韋烏現在經常到米霞家來。他坐在桌子旁邊，翹著二郎腿。母狗洋娃娃蜷曲著尾巴反覆聞他那擦亮的軍官皮靴。他談他跟科杰尼茨基一起做的木材生意，談他已經註冊的醫士學校，談自己對未來的鴻圖大計。他眼望著蓋諾韋法，整個時間都是笑瞇瞇的。他一笑便能清楚地看到他那滿嘴整齊的潔白牙齒。蓋諾韋法對他讚賞不已。帕韋烏給她帶來了小禮品。她面帶紅暈將花插進花瓶裡。糖盒的玻璃紙沙沙地響。

「女人是多麼幼稚。」米哈烏心想。

他有這樣一種感覺，他的米霞似乎已成爲帕韋烏・博斯基雄心勃勃的生活計畫中的一小部分。帕韋烏追求米霞是有所圖的。由於米霞是他唯一的女兒，實際上是獨生女，因爲伊齊多爾可以忽略不計。由於米霞將有一份漂亮的妝奩，由於她是出自比較富有的家庭，由於她是那樣與眾不同，那樣優雅大方，穿著講究，待人和藹可親。

有時當著妻子和女兒的面，米哈烏似乎是不經意地順便提起老博斯基，說他一生講過的話不超過一百句，或者兩百句，說他把自己全部時間都花在地主府邸的屋頂上，提起帕韋烏的姐妹時，總是說那是些不稱心的醜姑娘。

「老博斯基是個老實人。」蓋諾韋法說。

「那又怎樣，他不能爲自己子女的長相承擔責任。」米霞補充道，同時意味深長地望著伊齊多爾。「其實誰家裡都難免會有個這樣的人。」

禮拜天下午，米哈烏經常假裝讀報，那時他的女兒總是打扮得花枝招展，跟帕韋烏一起去跳舞。她總要花上個把鐘頭的時間對鏡梳妝，修飾自己。他看到她如何用母親的黑鉛筆描眉毛，如何偷偷細心地往嘴上抹口紅。他看到女兒如何站在鏡子前面，仔細檢查胸罩的效果，如何往耳朵後邊噴灑自己平生第一次擁有的紫羅蘭香水——那還是她十七歲生日的時候求得的禮物。蓋諾韋法和伊齊多爾在窗口目送她，眼巴巴地望著她遠去的背影。作父親的他卻一聲不吭。

「帕韋烏向我提起過婚嫁。他說，他現在就想求婚……」在某個這樣的禮拜天，蓋諾韋法說。

米哈烏甚至不想聽完她的話。

「不行。她還年輕。我們送她去凱爾采，把她送進比塔舒夫更好的學校。」

「她壓根兒就不想讀書。她想出嫁。難道你沒看到嗎？」

米哈烏把頭搖得像撥浪鼓。

「不行，不行，不行。爲時還太早。她幹嘛要什麼男人和孩子，讓她好好地享受生活……他們將來住在哪裡？帕韋烏將來在哪裡工作？要知道，他也在上學。不行，還得等一等。」

「等什麼？莫非要等到生米煮成熟飯，迫不得已才匆匆忙忙舉行婚禮？」

那時米哈烏想到了房子。他想給女兒找塊好地，蓋幢又大又舒適的房子。要在房子周圍種上果樹，房子要有地窖和花園。他想建一幢這樣的房子，以便米霞無須嫁出家門，以便他們所有的人都能住在一起。屋子裡會有許多房間足夠給大家住，房間的窗戶將朝向世界的四個方向。房屋將建在砂岩的基礎上，牆壁要用眞正的磚砌，外層還要用最好的木板保暖。房屋將有底層和樓層，有閣樓和地下室，有鑲玻璃的門廊，有給米霞的涼臺，讓她在聖體節時能從涼臺上觀看沿著田野行進的聖像巡行❶。在這樣的房屋裡，米霞將來就能兒女成群。屋子裡還要有僕人

❶聖像巡行是一種宗教儀式。信徒們手捧十字架、聖像和聖器舉行宗教遊行。

住的下房，因爲米霞應該要有丫環、僕婦。

第二天，他早早就吃過午飯，圍著太古村走了一圈尋找蓋房的地點。他想到了小山丘，想到了白河岸邊的草地。一路上他都在計算，蓋一幢這樣的房屋至少得花上三年的時間，那麼米霞的婚期也能推遲三年。

弗洛倫滕卡的時間

在苦難的禮拜六❶，弗洛倫滕卡帶著自己狗群中的一條走進了教堂，爲的是給食物灑聖水。她將一玻璃罐牛奶放進籃子裡，那是養活她和她的狗群的食物，因爲她家裡只有牛奶可用於充飢。她用新鮮的蘿蔔葉子和長春花蓋住玻璃罐。

在耶什科特萊，裝祝聖食物的小籃子都擺放在耶什科特萊聖母的側祭壇上。婦女應操持這件事，從準備食物到祈福消災，全由女性包辦。上帝——是個男人——腦子裡裝的是更重要的事：戰爭、災變、征服、遠征……婦女則操持食物。

因此人們把小籃子拎到耶什科特萊聖母的側祭壇，然後坐到祈禱席上，等待神父拿著灑水

❶指復活節前的禮拜六。

刷子進來。每個人都坐得離另一個人遠遠的，沉默不語，因爲在苦難的禮拜六，教堂是幽暗的，寂靜的，宛如岩穴，宛如混凝土的防空洞。

弗洛倫滕卡帶著自己的狗走到側祭壇，狗的名字叫山羊。她把自己的小籃子放在別的小籃子中間。在別的小籃子裡放的是香腸、糕點、奶油拌的蘿蔔、五顏六色的彩蛋、烤得很漂亮的白麵包。啊，弗洛倫滕卡餓得多麼厲害，她的狗餓得多麼難耐！

弗洛倫滕卡望著耶什科特萊聖母的畫像，看到她光潔的臉上露著微笑。「山羊」聞了聞不知是誰家的小籃子，從籃子裡叼出了一段香腸。

「你就這麼懸掛在這兒，善良的聖母，你笑著，而狗吃掉了你的供品。」弗洛倫滕卡悄聲說：「有時人難以理解狗。你，善良的聖母，你肯定對動物和人都同樣理解。可以肯定，你甚至也了解月亮的思想……」

弗洛倫滕卡嘆了口氣。

「我去向你的夫君祈禱，而你得給我照看好狗。」

她把狗拴在聖像前邊的小欄杆上，就拴在許多籃子中間，籃子上都蓋有線織的花巾。

「我馬上就回來。」

她在第一排給自己找了個座位，置身於從耶什科特萊來的那些華裝艷服的婦女中間，她們不引人注目地挪了挪身子，使自己離她遠點兒，彼此還心照不宣地交換了眼色。

這時，教堂的執事來到了耶什科特萊聖母的側祭壇跟前，他的責任是維持教堂裡的秩序。他先是注意到有某種動靜，但他的眼睛久久沒能把目光集中到所看到的東西上。後來他終於弄明白，這就是那條片刻之前，叼著祝聖的食物在過道裡跑來跑去的可惡癩皮狗！他一下子氣得打了個踉蹌，熱血湧上了他的臉頰。他受到這種褻瀆神聖的惡行所震撼，一個箭步撲上前去，想趕走那目空一切、不知羞恥的畜生。他抓住了拴狗的繩索，用氣得哆嗦的手去解開繩結。那時，從聖像畫上傳出了一個女性的聲音對他說：

「別動這條狗！我受太古來的弗洛倫滕卡所托照看它。」

房屋的時間

挖出的地基是個端端正正的正方形。它的四條邊對應世界的四個方向。米哈烏、帕韋烏·博斯基和工人們首先是用石頭砌牆——這是牆基——然後改用原木壘砌。他們給地下室蓋上了拱頂之後，說起這個地方時，便開始使用「房屋」這個詞，然而直到蓋好了屋頂，插上了一束青草以示慶祝，那時才能算是完成了房屋的建築。因爲只有當房屋的牆壁封住了一塊空間時，它才成爲名副其實的房屋。那塊封閉的空間是房屋的靈魂。

他們花了兩年的時間蓋好房屋。一九三六年夏天，他們將一束青草插上了屋頂。他們還在屋前照了張相。

房屋有好幾個地下室。其中的一個有兩個窗戶，它將用作地下活動室，同時也作夏天的廚房用。第二個地下室只有一個窗戶，他們將它當作儲藏室、洗衣間和存放馬鈴薯的地方。第三個地下室沒有窗戶，這裡將用作藏身之處，以備萬一有什麼急需。米哈烏又吩咐在這第三個地下室下邊再挖一個，即第四個地下室——地窖，這個地窖又小又冷——用來儲存冰，還用來存放別的林林總總的東西。

房屋的底層很高，建在石頭基礎上。人們踏著台階進入這底層，台階上搭著木頭的杜形欄杆。有兩個入口。一個入口從門前的道路經過門廊，直接進入一個寬敞的門廳，從門廳裡可以進入各個房間。第二個入口經過走廊進入廚房。廚房有個大窗戶，在門對面的牆下方立著爐灶，爐灶貼了米霞在塔舒夫選購的藍色瓷磚。爐灶裝了黃銅包角，爐灶上方有許多掛鉤。廚房有三個門：第一個門通向最大的房間，第二個門通往到地下室的樓梯，第三個門通向一個小房間。底層由一圈大大小小的房間構成。如果敞開所有的門，可以來回兜圈子。

從門廳有通往二樓的樓梯，二樓有四個房間尙待完工。

二樓上面還有一層，那便是閣樓，可以沿著狹窄的木樓梯上去。閣樓使小伊齊多爾著迷，因爲那兒有四個窗戶朝向世界的四方。

房屋從外邊釘有一些排成魚鱗形狀的木板。這是老博斯基的構思。屋頂也是老博斯基安上的，跟地主府邸的屋頂同樣漂亮。屋前生長著一棵丁香樹，它在房子沒蓋之前就在那裡。現在它從窗玻璃裡映照了出來。丁香樹下安放了一張有靠背的小長凳。太古的人們經常站在丁香樹下，對著新落成的房屋讚嘆不已。周圍一帶還沒有一個人蓋過如此漂亮的房子。地主波皮耶爾斯基也騎馬來了，他親熱地拍著帕韋烏・博斯基的背。帕韋烏邀請他參加婚禮。

禮拜天米哈烏驅車去請教區神父，讓他來給房屋灑聖水、祝聖、消災祈福。神父站立在門廊處，讚賞地環顧四周。

「你給女兒蓋了棟漂亮房子。」他說。

米哈烏聳了聳肩膀。

最後開始往房子裡搬家具。其中多數都是老博斯基親手打造出來的，不過也有些家具是用大車從凱爾采運來的。比方說大立鐘、房間的餐具櫃，和帶有雕花桌腿的橡木圓桌。

米霞看到房屋周圍的環境，眼神變得憂鬱起來。平坦的、灰濛濛的土地蓋滿了乾枯的牧草，這樣的草通常都是生長在休耕地上的。因此米哈烏給米霞購買了許多樹種。他只花了一天的時間便在房屋四周栽種了那些樹木，有朝一日那兒就會變成一座果園。所栽的樹木有蘋果樹、梨樹、李樹和義大利核桃樹。在這果園的正中心，他栽種了兩棵一模一樣的蘋果樹，這種樹結的果實曾經誘惑過夏娃。

帕普加娃的時間

母親去世後，斯塔霞獨自跟父親生活在一起，她的兩個妹妹均已出嫁，而帕韋烏則跟米霞結了婚。

跟老博斯基一起過日子是很艱難的。他總是對什麼都不滿意，而且脾氣暴躁。每回她午飯送得晚了一點，他便總是用重物狠狠地揍她。那時斯塔霞便走進茶藨子叢中，蹲在灌木林裡哭泣。她竭力使自己的哭聲輕而又輕，以免惹父親更加生氣。

打自博斯基從兒子口中得到有關米哈烏·涅別斯基買了土地，準備給女兒建房子的消息後，他便再也睡不著覺。過了幾天，他搜出了自己的所有積蓄，也購買了一塊地，緊緊挨著米哈烏買的宅基地。

他決定在那裡給斯塔霞蓋棟房子。他坐在地主府邸的屋頂上，對這件事思考了許久。「爲什麼米哈烏·涅別斯基能給女兒蓋房子，而我，博斯基，就不能？」他反覆思量：「爲什麼我就不能蓋棟房子？」

於是，博斯基也開始蓋房子。

他用一根棍子在地上劃了直角四邊形，第二天就動手挖地基。地主波皮耶爾斯基讓他放了假。這是他博斯基平生第一個假期。後來博斯基從附近的地方，背來大大小小的石頭，背來一些白色的石灰岩，他把這些石頭平平整整地鋪在挖好的坑裡。這工作持續了一個月。帕韋烏來到博斯基身邊，抱怨那挖好的坑。

「爸爸在幹些什麼呀？爸爸想到哪裡去搞錢？請爸爸千萬別丟人現眼，成爲大家取笑的對象。請爸爸千萬別在我的鼻子底下蓋什麼雞塒。」

「你這麼快就已經給弄昏了頭？我這是在給你姐姐蓋棟房子。」

帕韋烏知道，已沒有任何一種辦法能夠說服父親了，最後他只好用大車給他送來一車木板。

現在兩棟房子幾乎是在同時成長。一棟大而整齊，流暢，大窗戶，寬敞的房間；另一棟小而低矮，比地面高不了多少，彎腰駝背，小窗戶。一棟房子立在開闊的空間，背景是森林與河流；另一棟房子擠在官道和沃拉路之間的楔形地帶，隱藏在茶藨子和野丁香叢中。

當博斯基忙著蓋房子的時候，斯塔霞的日子比往常要平靜得多。正午之前她必須餵完家畜、家禽，然後就是做午飯。先是走到田間，從沙質的土地裡挖出馬鈴薯。她常幻想，說不定會在灌木叢下找到破布包著的珠寶，或者是一只裝滿美元的罐頭盒子。她在削那些丁點兒大的馬鈴薯時，又想像自己是個巫醫，而那些馬鈴薯都是來找她看病的病人，她給他們驅病消災，消除他們身上所有的污物。然後她把削好的馬鈴薯放進開水裡，並且想像自己是在熬某種美容神湯，一旦她喝下這種有神效的飲料，她的生活就會一下子全變了樣；在官道上會有個什麼醫生或是從凱爾采來的律師看到了她，送給她好多好多的禮物，會有人像愛上一位公爵小姐那樣愛上她。

所以一頓午飯，她做了那麼長的時間。

想像歸根究柢是一種創造，是調和物質和精神的橋樑。尤其是在一個人經常緊張地想入非非的時候，那時想像往往會變成一滴物質，融入生命之流。有時，想像裡會發生點什麼扭曲和變化。人的所有欲望，如果夠強烈，那麼便往往都能實現。然而所實現的結果，並非總是如人們所預期的那樣。

有一次，斯塔霞在屋前潑髒水，看到一個陌生的男人，跟她幻想中的情景可以說是一模一樣。那人來到她跟前，向她打聽去凱爾釆的路怎麼走，她告訴了他。幾個鐘頭過後，那人回來了，又遇上斯塔霞。這一次她肩上扛著扁擔，他幫她扛，兩人交談了許久。誠然，他既不是律師，也不是醫生，而是個郵政工人，他的工作是安裝一條從凱爾釆至塔舒夫的電話線。斯塔霞覺得這個人快活而自信。他跟她相約禮拜三去散步，禮拜六去跳舞。令人感到奇怪的是，這個人讓老博斯基喜歡。這位天外來客名叫帕普加。

從這一天起，斯塔霞的生活開始沿著另一條軌道運行。斯塔霞容光煥發，神采奕奕，像朵盛開的鮮花。她常去耶什科特萊，到申貝爾特夫婦的商店採購，而所有的人都看到，帕普加如何用敞篷四輪馬車載著她出門。一九三七年的秋天，斯塔霞懷孕了，聖誕節時他們舉行了婚禮。她變成了帕普加娃。他們在剛落成的小屋唯一的房間裡舉行了簡樸的婚宴。第二天，老博斯基在房間裡隔了堵橫向木牆，這樣就把屋子分成了兩半。

夏天，斯塔霞生了個兒子。電話線已拉到遠離太古邊界的地方。帕普加只有禮拜天才在家裡露面，他顯得疲累、挑剔、要求完美。妻子的溫情令他惱怒，動輒發脾氣，說他回到家得等這麼久才能吃上午飯。後來他隔一個禮拜天才回家一次，而在萬聖節的時候，他壓根就沒有回來。他說，他必須去祭掃雙親的墳墓，而斯塔霞對他的托詞還信以爲眞。

她做好了聖誕節的晚餐等他回來，她看到窗玻璃裡映照出的自己的身影，黑夜把窗玻璃變成了一面明鏡。她終於明白，帕普加是一去永不回返了。

米霞的守護天使的時間

米霞生第一個孩子的時候，天使讓她看到了耶路撒冷。

米霞躺在臥室的床上，躺在潔白的被褥裡，臥室裡瀰漫著地板洗刷過的氣味，織滿百合花的凸紋布窗簾把她與太陽分隔開。房間裡有位從耶什科特萊請來的醫生、護士、蓋諾韋法和帕韋烏——他正在給所有的醫療器械消毒，還有天使，一位誰也看不見的天使。

米霞頭腦裡亂成一團，神志模糊。她疲憊不堪。疼痛突然一陣陣地襲來，她對此毫無辦法應付。她常常陷入睡眠、半睡眠、醒著作夢的狀態。她覺得自己小得就像一粒咖啡豆，正落入一個其大無比、宛如地主府邸的磨子漏斗裡。她滾進了黑暗的深淵，掉到正在轉動的磨齒上。疼痛。她的身子在變成粉末。

天使看到了米霞的思想，同情她肉體經受的痛苦，雖說祂不太明白疼痛究竟是怎麼回事。於是在短暫的時間裡，祂把米霞的靈魂帶到了一個完全是另一種景象的處所。祂讓她看到耶路撒冷。

米霞看到了遼闊的、淺黃色的沙漠地帶，它波浪起伏，似乎處在一種運動狀態。在這沙海裡，在平緩的低窪地方，躺著一座城市。城市是圓形的。有高牆環繞著它，牆上開了四座大門。第一座是牛奶大門，第二座是蜂蜜大門，第三座是葡萄酒大門，第四座是橄欖油大門。每座大門都有一條路通向城市的中心。第一條路用來趕牛，第二條路用來運獅子，第三條路用來輸送鷹，第四條路用來讓人行走。米霞來到市中心，在石塊鋪砌的小市場上，立著救世主的房屋。她站在房屋的門前。

有人從裡面把門敲得砰砰響，米霞吃驚地問道：

「誰在那兒？」

「是我。」有個聲音回答。

「請你出來！」米霞說。那時，主耶穌走出了屋子，來到她跟前並把她摟在懷中。米霞聞到主耶穌身上穿的亞麻布衣服的氣味。她依偎在亞麻布襯衫上，感受到自己受到溫馨的愛撫。主耶穌愛她和整個世界。

但是米霞的守護天使，一直目不轉睛地注視著這一切的守護天使，這時從主耶穌的懷裡拉走了米霞的靈魂，重新將它拋向了正在生產的肉體。米霞深深地嘆了口氣，生了個兒子。

麥穗兒的時間

秋天第一輪滿月升起的時候，麥穗兒常去挖藥草根，肥皀草，聚合草，芫荽，菊苣和蜀葵。這些藥草有許多都生長在太古的池塘上邊。麥穗兒牽著女兒，母女倆在幽靜的月夜穿過森林和村莊。

有一次，她們經過金龜子小山的時候，看到一群狗圍著個彎腰駝背的婦人的身影。銀色的月光把她們所有在場的人和狗的頭頂都照得發亮。

麥穗兒牽著魯塔朝婦人的方向走去。她們走到老婦人的跟前。狗不安地咻咻地叫著。

「弗洛倫滕卡。」麥穗兒悄聲叫道。

老婦朝她們母女轉過臉來。她有一雙憔悴的、褪了色的眼睛，那眼睛彷彿漂洗過了似的。她的臉孔酷似一只乾蘋果。在她骨瘦如柴的背脊上搭著一條細細的白色小髮辮。

母女倆挨著老婦人坐在地上。她倆像老婦人一樣，仰望著月亮那張大大的、圓圓的、自鳴得意的嘴臉。

「就是這個月亮奪走了我的孩子，誘騙了我的男人，現在又把我弄得神經錯亂。」弗洛倫滕卡抱怨說。

麥穗兒深深地嘆了口氣，仰望著月亮的臉。

一條狗突然吠叫起來。

「我做了個夢。」麥穗兒應聲說：「夢見月亮敲我的窗戶，並且對我說：『你沒有母親，麥穗兒，而你的女兒沒有外婆，是不是？』『是的。』我回答。而月亮又說：『村子裡有個善良、孤獨的婦女，我曾欺負過她，現在我甚至不知爲什麼要欺負她。她既沒有孩子也沒有孫子。你到她那兒去，告訴她，請她原諒我。我老了，腦子也不聽使喚了。』它這麼說。後來它又補充說：『你可以在小山上找到她，因爲每個月，當我向世人展露我整個形象的時候，她都在那兒詛咒我。』於是我問它：『爲什麼你希望她原諒你？某個人對你的諒解對你有什麼意義呢？』它對此回答說：『因爲人的痛苦會在我的臉上刻出黑色的皺紋。有朝一日，我會由於人的痛苦而熄滅。』它是這麼對我說的，於是我就到這兒來了。」

弗洛倫滕卡向麥穗兒的眼睛投去犀利的一瞥。

「這是眞的？」

「眞的。千眞萬確。」

「它希望我原諒它？」

「不錯。」

「月亮想讓你當我的女兒，而她，當我的外孫女？」

「它是這麼對我說的。」

弗洛倫滕卡抬起臉朝向天空，她那雙憔悴的眼睛裡有點什麼東西在閃光。

「姥姥，這條大狗叫什麼名字？」小魯塔問。

弗洛倫滕卡眨了眨眼睛。

「山羊。」

「山羊？」

「不錯。你摸摸它。」

魯塔小心翼翼地伸出一隻手，把手放在狗的頭上。

「這是我的一位遠親。牠非常聰明。」弗洛倫滕卡說，麥穗兒看到了兩行淚水順著她那皺巴巴的臉頰流淌。

「月亮只是太陽的假面具。每當太陽夜裡出來照看世界的時候，就戴上假面具。月亮的記性不好，連一個月前發生的事它都不記得。它腦子裡總是亂成一團。你就寬恕它吧，弗洛倫滕卡！」

弗洛倫滕卡深深地嘆了一口氣。

「我寬恕它。不論是它還是我，我們倆都老了，我們還有什麼好吵的？」她低聲說：「我原諒你，你這個老蠢貨！」她接著又衝天空叫嚷說。

麥穗兒笑了，笑得越來越響亮，以至從睡夢中驚醒的狗紛紛跳了起來。弗洛倫滕卡也笑了起來。她站起身，張開雙手伸向天空。

「我寬恕你，月亮！我寬恕你對我所做的一切壞事！」她扯起有力的、刺耳的嗓門叫喊說。

驀地，無緣無故從黑河上刮來一陣清風，吹散了老婦人的一縷白髮。山下的房屋中有棟房子亮起了燈，有個男人的聲音喊叫道：

「安靜點兒，女人！我們想睡覺！」

「你們睡吧，叫你們睡到死！」麥穗兒背著身子，吼叫著回敬他：「人幹嘛要出生，就是爲了現在睡覺？」

魯塔的時間

「你可別到村子裡去，因爲你會給自己惹來麻煩。」麥穗兒對女兒說：「有時我想，他們那裡大家都喝醉了，所有的人都是無精打采，慢騰騰的。只有發生了什麼壞事才會使他們活躍起來。」

但是太古村吸引著魯塔。那兒有磨坊，有磨坊主人和磨坊主太太，有貧窮的長工，有拿大鉗子拔牙的海魯賓。孩子們在那兒跑來跑去，個個跟她一般大。至少看上去是如此。那兒有帶綠色護窗板的房屋，籬笆上曬著白色的內衣、被單、枕套一類的床上用品，那是魯塔的世界裡最潔白的東西。

每當她跟母親一道走過村子的時候，魯塔總是感覺到所有的人都在瞧著她倆。女人們用手遮住眼睛擋著陽光，而男人們則是偷偷地吐唾沫。母親對這種舉動毫不在意，但魯塔卻害怕那種眼神。她走路竭力靠近母親，緊緊抓住她那隻大手。

夏天，傍晚時分，當那些壞人都待在自己家中，忙著自己的各種事務時，魯塔總喜歡走近村莊，望著那些灰色的房舍和煙囪裡冒出的白煙。後來，當她稍微長大點之後，勇氣也大了，敢悄悄走到窗戶下邊朝屋子裡張望。塞拉芬夫婦家中總是有小不點的孩子在木頭地板上爬。魯塔常常花上幾個鐘頭觀察他們，看他們如何遇上一塊木頭便停住，伸出舌頭去舔；看他們如何把木頭放在胖乎乎的小爪子上轉來轉去；看他們如何把各種各樣的物件塞進嘴裡，去吸，去啃，彷彿那是糖果似的。他們有時鑽到桌子下邊，驚訝地久久凝視桌子下頭的天空。

最後人們把自己的孩子們都弄上床睡覺了，那時魯塔便觀察他們積攢起來的東西，各種器皿、瓦罐、沙鍋、餐具、窗簾、聖像畫、鐘錶、繡花台布、掛毯、花盆裡的花、鑲在框子裡的照片、鋪在桌子上的花漆布，鋪在床上的床罩、小籃子以及諸如此類的零雜物品，所有這些東西給人造成的印象就是，各家各戶都各有其特點，各不相同。她認識村子裡所有的物品，她知道這些物品屬於誰。弗洛倫滕卡只有網狀的白窗簾，馬拉克夫婦家裡有一套鍍鎳餐具。年輕的海魯賓太太用鉤針鉤出漂亮的枕頭。塞拉芬夫婦家裡掛著耶穌在船上布道情景的畫像。只有博斯基夫婦家裡才有印著玫瑰花的綠色床罩，而後來，當他們建在森林邊上的新房子即將落成的時候，他們又開始往屋子裡運送真正的寶物。

魯塔喜歡這棟房子。它是全村最大、最漂亮的房屋。它有帶避雷針的陡峭的屋頂，屋頂上有窗戶。它有真正的涼臺和玻璃門廊，還有第二個廚房的入口。魯塔在大丁香樹上給自己安了個坐墊，傍晚時分她從那裡觀察博斯基的家。她看到在最大的房間裡鋪上了柔軟的新地毯，神奇的地毯猶如秋天森林的林下灌木叢。當有人往屋子裡搬運一座大立鐘的時候，她正坐在丁香樹上，看到立鐘的心左右擺動，同時指出了時間。立鐘既然自己會動，想必是個有生命的活物。她看到小男孩——也就是米霞的頭生子——的玩具，而後來她又看到為下一個孩子而買的搖籃。

等她認識了博斯基夫婦新家的每一樣東西，每一件最細小的物品之後，她這才注意到一個跟她同齡的小男孩。丁香樹太矮，她沒法子看到小男孩在閣樓上的房間裡做什麼。她知道，那個小男孩名叫伊齊多爾，知道他跟別的孩子不一樣。她不知道這不一樣是好還是壞。伊齊多爾有個大腦袋，有張合不攏的嘴巴，口水從嘴裡不斷流到下巴。他是個高個子，瘦得就像池塘裡的蘆葦。

一天傍晚，伊齊多爾抓住了坐在丁香樹上的魯塔的一隻腳。她從他的手中掙脫出來，逃之夭夭。但過了幾天她又來了，而他正在等待她。她替他在樹枝間弄了個座位，緊挨著她自己。他倆整個傍晚一直坐在樹上，彼此沒有說一句話。伊齊多爾凝望著他的新家怎樣生活。他看到人們蠕動著嘴巴，但聽不見他們說些什麼。他看到他們從一個房間到另一個房間，到廚房，到儲藏室，雜亂無章的走動著。他看到安托希無聲的哭泣。

魯塔和伊齊多爾都很喜歡一道默默無言地坐在樹上。

他倆現在天天見面。他們從人們的眼前消失了。他倆鑽過柵欄上的洞來到馬拉克的田地上，沿著沃拉路朝森林的方向走去。魯塔常摘路邊的植物：角豆樹籽、灰菜、濱藜、羊蹄草。她把摘下的植物送到伊齊多爾的鼻子底下，讓他聞。

「這個可以吃。這個也可以吃。這個同樣可以吃。」

他們從黑河路看見綠色谷地的正中心有道閃光的裂縫。於是他們繞過一片幽暗的、瀰漫著蘑菇香味、長滿松乳菇的小樹林走進了森林。

「我們別走得太遠。」伊齊多爾開頭還表示抗議，可後來便完全信賴魯塔。

森林裡到處暖融融、軟綿綿的，就像鋪了絲絨的小盒子一樣，米哈烏的獎章就裝在這樣的一只小盒子裡。隨便往哪兒一躺，那兒鋪了松針的森林地面便會微微彎曲，形成與身體曲線相合的理想的凹槽。上面是高高懸在松樹梢上的藍天。到處瀰漫著香氣。

魯塔有許多好主意。他們玩捉迷藏，玩假裝樹木，玩老鷹捉小雞，用小木棍搭出各種造型，有的小得像手掌，有時搭出大的造型，占了一大塊森林。夏天，他們會找到整片長滿雞油菌的黃豔豔的林中草地，觀察穩重的蘑菇家族。

魯塔愛蘑菇勝過其他植物和動物。她說，眞正的蘑菇王國是藏在地下的，那裡永遠照不進陽光。她說，冒出地面的只是那些被判了死刑的、或是受罰給逐出王國的蘑菇。在這裡，它們或死於陽光，或死於人手，或遭動物踐踏。眞正的地下蘑菇王國是不死的。

秋天，魯塔的眼睛變成黃色，像鳥的眼睛一樣敏銳。魯塔搜尋、採摘蘑菇。她話說得比平常更少。伊齊多爾覺得她似乎不在自己身旁。魯塔知道在什麼地方，會有蘑菇的菌絲體冒出地面，在哪裡它會對世界伸出自己的觸毛。每當她一找到白蘑或哥薩克蘑，她總要躺在地上挨著這種蘑菇觀察良久，然後才把它採下來。不過魯塔最喜歡的還是蛤蟆菌。她知道這種菌類喜歡生長的所有林中草地。官道另一邊的小塊白樺林裡，蛤蟆菌最多。這一年，整個太古的人們特別清晰地感受到上帝的存在，那時在七月初，蛤蟆菌便出現了，樺樹林的林中草地長滿了紅色的小帽子。魯塔在蘑菇中間蹦來跳去，但她很小心，不糟踐那些紅小帽。然後她躺在蘑菇中間，從它們的紅衣衫下面觀察世界。

「注意，它們有毒。」伊齊多爾警告說，可魯塔卻笑了起來。

她向伊齊多爾展示各種各樣的蛤蟆茵，不僅僅是紅色的，還有白色的，略呈綠色的，或者是那種僞裝成別的蘑菇的，比方說，僞裝成傘菌的蛤蟆菌。

「我媽媽常吃它們。」

「你撒謊，蛤蟆菌是能毒死人的。」伊齊多爾生氣地說。

「可是它們對我媽媽無害。將來有朝一日我也能吃它們。」

「好吧，好吧。注意那些白色的。它們最毒。」

魯塔的勇敢令伊齊多爾敬佩。然而觀察蘑菇對於他來說遠遠不夠。他想更了解蘑菇，掌握有關蘑菇的知識。他在米霞的烹飪書中，發現了整整一章都是講各種蘑菇的。在某一頁上畫有各種食用蘑菇，而在另一頁上，則畫有各種非食用蘑菇和毒蘑菇的圖像。下次見面的時候，他把書藏在毛衣下邊帶進了森林，把書裡的圖畫指給魯塔看。她卻不相信。

「你讀吧，這兒寫的是什麼？」她用手指頭指著蛤蟆菌下的文字說。

「Amanita muscaria❶。紅色蛤蟆菌。」

「你怎麼知道這裡寫的就是它？」

「我會認字母。」

「這是什麼字母？」

「A。」

「A？再沒別的？只是A？」

「這是em。」

「em。」

「而這像半個m的是n。」

❶拉丁語，意爲：紅色蛤蟆菌。

「你教我讀書吧，伊杰克❷。」

於是，伊齊多爾教魯塔讀書認字。首先是用米霞的烹飪書教，後來他又把一本舊年曆帶進森林。魯塔學得很快，可是也同樣快地厭倦了。到了秋天，伊齊多爾幾乎把自己全部的學問都教給了魯塔。

有一回，他在長滿松乳蘑的小樹林裡等候魯塔。他翻閱著那本舊年曆，一道大大的陰影落到白色的書頁上。伊齊多爾抬頭一看，不禁大吃一驚。魯塔身後站著她的母親。她赤著一雙腳，又高又大。

「你不要怕我。我對你十分了解。」她說。

伊齊多爾沒有吭聲。

「你是個聰明的小伙子。」她在他身邊跪了下來，摸著他的腦袋說：「你有顆善良的心。你在自己的人生旅途上會走得很遠。」

她用一個堅定的動作將他拉進自己的懷中，摟抱著他。伊齊多爾受到麻木或恐懼的、致命的一擊，停止了思考，彷彿睡著了似的。

❷伊杰克是伊齊多爾的暱稱。

105

台北市南京東路四段25號11樓

大塊文化出版股份有限公司　收

廣告回信
台灣北區郵政管理局登記證
北台字第10227號

地址：　市　縣　鄉／鎮　市／區　路　街　段　巷　弄　號　樓

姓名：

（請寫郵遞區號）

謝謝您購買這本書！

如果您願意，請您詳細填寫本卡各欄，寄回大塊文化（免附回郵）即可不定期收到大塊NEWS的最新出版資訊及優惠專案。

姓名：＿＿＿＿＿＿ **身分證字號**：＿＿＿＿＿＿ **性別**：□男 □女

出生日期：＿＿年＿＿月＿＿日 **聯絡電話**：＿＿＿＿＿＿

住址：＿＿＿＿＿＿＿＿＿＿＿＿

E-mail：＿＿＿＿＿＿＿＿＿＿＿＿

學歷：1.□高中及高中以下 2.□專科與大學 3.□研究所以上

職業：1.□學生 2.□資訊業 3.□工 4.□商 5.□服務業 6.□軍警公教 7.□自由業及專業 8.□其他

您所購買的書名：＿＿＿＿＿＿＿＿＿＿＿＿

從何處得知本書：1.□書店 2.□網路 3.□大塊NEWS 4.□報紙廣告5.□雜誌 6.□新聞報導 7.□他人推薦 8.□廣播節目 9.□其他

您以何種方式購書：1.逛書店購書 □連鎖書店 □一般書店 2.□網路購書 3.□郵局劃撥 4.□其他

您覺得本書的價格：1.□偏低 2.□合理 3.□偏高

您對本書的評價：(請填代號 1.非常滿意 2.滿意 3.普通 4.不滿意 5.非常不滿意)

書名＿＿＿ 內容＿＿＿ 封面設計＿＿＿ 版面編排＿＿＿ 紙張質感＿＿＿

讀完本書後您覺得：

1.□非常喜歡 2.□喜歡 3.□普通 4.□不喜歡 5.□非常不喜歡

對我們的建議：＿＿＿＿＿＿＿＿＿＿＿＿

後來，魯塔的母親離開了他倆，魯塔用一根小木棍在地上刨土。

「她喜歡你。她老在打聽有關你的事。」

「打聽我？」

「你甚至不知道她有多大的力氣。她能舉起大石頭。」

「任何娘兒們都不可能比男人更有力氣。」伊齊多爾的神志已然清醒過來。

「她知道所有的祕密。」

「假若她眞如你所說的那樣，你們母女倆就不會住在倒塌了的森林破屋裡，而是住在耶什科特萊的市場旁邊。你們會足登皮鞋，身穿連身裙，會有帽子和戒指戴。她就會眞正是個了不起的人物。」

魯塔低下了頭。

「我給你看點東西，雖然這是祕密。」

他們一道走到韋德馬奇後邊，繞過一片幼闊葉林，走在一片樺樹林中。伊齊多爾先前從未到過這裡。他們定是離家很遠很遠了。

魯塔突然站住了。

「就是這裡。」

伊齊多爾驚詫地環顧四周，圍繞他們生長的全是樺樹。風把它們輕柔的樹葉吹得沙沙響。

「這裡是太古的邊界。」魯塔說，同時向前伸出一隻手。

伊齊多爾不明白她說的是什麼。

「太古就在這兒結束，再遠就什麼也沒有了。」

「怎麼會什麼也沒有？不是有沃拉、塔舒夫、凱爾采嗎？它們又是什麼？這裡應該有條路通向凱爾采。」

「凱爾采並不存在，而沃拉和塔舒夫都屬於太古。一切都在這兒結束。」

伊齊多爾笑了起來，他踩著鞋後跟轉了個身。

「你在瞎說些什麼？要知道有些人是經常去凱爾采的。我父親就經常去凱爾采。他們從凱爾采給米霞運來了家具。帕韋烏在凱爾采待過。我父親在俄羅斯待過。」

「那只不過是他們的錯覺而已。他們出門旅行，走到邊界，到了這裡就僵住不動了。他們大概是在做夢，夢見自己仍在繼續往前走，夢見有個凱爾采和俄羅斯。我母親曾經指給我看過那些硬得像石頭似的人。他們立在通往凱爾采的路上。他們一動不動，眼睛瞪得溜圓，模樣兒非常可怕。他們好像是死了一般，過了一段時間，他們甦醒過來，便回家去，他們把自己的夢當成了回憶。一切就是這個樣子。」

「現在我給你看點兒什麼！」伊齊多爾叫嚷說。

他後退了幾步，接著便朝魯塔說的邊界的地方奔跑。後來他突然站住了。他自己也不知道爲什麼站住。這裡有點不對勁。他向前伸出了雙手，所有的手指頭都消失不見了。

伊齊多爾覺得，他似乎從內裡分裂成兩個不同的男孩子，其中一個向前伸出雙手站立著，這個男孩明白無誤地看到自己缺了手指頭。另一個男孩站在旁邊，既沒有看到第一個男孩，更沒有看到缺少手指頭。伊齊多爾同時成了兩個男孩。

「伊齊多爾，」魯塔說：「我們回去吧。」

他一下子清醒了過來，把手插進了衣兜裡。他的雙重性漸漸消失。他倆往回走。

「這邊界在塔舒夫、沃拉和科圖舒夫的城關卡外就開始了。但沒有一個人能準確地知道究竟是從哪兒開始。這邊界會生出現成的人，而我們便覺得他們是從什麼地方來的。最讓我感到可怕的是，不能從那裡走出去。人就像待在罐子裡似的。」

伊齊多爾一路沒吭聲。直到他們走上了官道，他才開口說道：

「可以打個背包，帶上食糧，沿著邊界走，研究研究這條邊界。說不定什麼地方會有個洞。」

魯塔跳過螞蟻窩，轉向了森林。

「別擔心，伊杰克，別的世界對我們有什麼意義，我們幹嘛要去研究它們？」

伊齊多爾看到她的小裙子如何在樹木之間閃爍，然後小姑娘便消失不見了。

上帝的時間

奇怪的是，超時間的上帝經常出現在時間以及時間的各種變化上。如果不知道上帝「在哪裡」——人們有時會提出這樣的問題——就得看看所有的會變會動的東西，所有無定形的，所有起伏不定和容易消逝的，例如看看海面的漲落，日晷的飄悠、地震的顫動、大陸的漂移、雪和冰川的溶化，看看流向大海的江河，看看種子的發芽，看看刻蝕群山的風，看看母腹中胎兒的生長，看看眼睛周邊的皺紋，看看墳墓中屍體的腐爛，看看葡萄酒的釀熟，看看雨後冒出的蘑菇。

上帝就在每個變化過程中。上帝就在各種變化過程中搏動。有時上帝現身的次數多一點，有時少一點，而有時則乾脆不出現。因爲上帝甚至經常出現在沒有上帝的地方。

人們——他們本身就是一個過程——害怕不穩定的東西，害怕總在發生變化的東西，所以他們妄想某種根本不存在的東西：不變性。他們認定只有永恆的、不變的東西才是完美的。於是他們把這種不變性強加於上帝。這樣一來，他們也就失去了理解上帝的能力。

一九三九年夏天，周圍的一切事物裡都有上帝存在，於是便發生了各種離奇的、罕見的怪事。

起初，上帝創造了一切可能的事物，但他本身又同時是那些根本就不可能發生，或者很少發生的事物的上帝。

上帝出現在跟李子一般大小的漿果裡，它們生長在麥穗兒的屋前，在太陽裡成熟。麥穗兒摘下了一個最熟的漿果，用頭巾擦了擦它那藏青色的果皮，在它的反光裡，她看到了另一個世界。在這個世界裡，天空是幽暗的，幾乎是黑糊糊的，太陽又朦朧又遙遠，森林看起來就像插在地上的一排排光禿禿的枯枝，而土地，則像喝醉了酒似的搖搖晃晃，到處都是洞，痛苦不堪。人們從地上滑進了黑暗的深淵。麥穗兒吃下了這枚不祥的漿果，舌頭上感覺到了它那苦澀的味道。她明白了，她必須準備好過冬的生活用品，需要儲備比先前任何時候都要多得多的用品食物。

現在每天早上，天剛破曉，麥穗兒就把魯塔從床上拉了起來，母女倆一起走進森林，從森林裡帶出所有有價值的東西：一籃籃蘑菇，一箱箱草莓和漿果，鮮嫩的榛子，伏牛花，稠李，牛肝菌，山茱萸，乾果仁，山楂和沙棘。她們整天整天將這些收穫物放在太陽裡曬，放在蔭處晾。她們懷著惴惴不安的心觀望，看太陽是否跟先前一樣普照大地。

上帝還使麥穗兒的肉體不得安寧。祂出現在她的乳房。麥穗兒的兩個大奶突然神奇地漲滿了奶水。當人們打聽到這件事後，紛紛偷偷來到麥穗兒的家中，把身體的有病部位伸到麥穗兒的奶頭下，而她則朝那些部位噴射一股股白色的乳汁。奶水治好了小克拉斯內的眼睛發炎，治好了弗蘭內克·塞拉芬手掌上的贅疣，治好了弗洛倫滕卡的膿疱瘡，治好了耶什科特萊一個猶太孩子的苔癬。

所有經她治好了的人都在戰時死去。上帝就是這樣呈現自己的。

地主波皮耶爾斯基的時間

上帝透過遊戲向地主波皮耶爾斯基顯現自己。那一盒迷宮遊戲是一位矮小的拉比送給他的。地主曾多次嘗試過開始玩這套遊戲，但他很難弄懂所有稀奇古怪的要求。他從盒子裡拿出小小的說明書，讀上面的使用說明，一直讀到幾乎能背誦出來。要能開始遊戲，必須擲出骰子上面一的點，可是地主每次擲出來的都是八點。這跟機率所有的原則都是矛盾的，於是地主就想，他被騙了。奇怪的八邊形的骰子可能有詐。但他想老老實實地玩遊戲，就不得不再等一天——遊戲的規則就是如此——才重新擲骰子。第二天，他仍舊沒有成功。就這樣持續了整個春天。地主的樂趣變成了焦躁。一九三九年不平靜的夏天，那個固執的一點終於出現了，地主波皮耶爾斯基舒了口長氣。遊戲可以往下進行了。

現在他需要很多閒暇的時間和平靜。遊戲很有吸引力，但同時也很耗時。它要求玩遊戲的人甚至在不玩的時候都得集中精力。晚上他把自己關在書房裡，鋪開棋盤，手裡久久撫摸著八邊形的骰子，或是去執行遊戲的要求。使他著急的是，他不得不浪費這麼多的時間，但他卻又停不下來。

「要打仗了。」妻子對他說。

「文明的世界沒有戰爭。」他回答。

「文明的世界或許確實沒有戰爭。但這裡遲早會打仗。佩烏斯基夫婦去了美國。」

聽到「美國」這個詞，地主波皮耶爾斯基不安地動彈了一下，但是它已經沒有先前的那種意義。他的心已全被遊戲占據了。

八月，地主報名參軍，但由於健康原因未被接納。九月，在到處開始講德語之前，他們天天收聽廣播。地主太太深夜將銀器埋在園子裡。地主整夜整夜地將時間花在玩遊戲上。

「他們甚至沒有打就回家了，帕韋烏．博斯基手上壓根就沒有拿過武器。」地主太太哭訴著說：「費利克斯，我們輸了！」

他若有所思地點了點頭。

「費利克斯，我們輸掉了這場戰爭！」

「你讓我安靜點吧。」他說著，走進了書房。

每天的遊戲都向他揭示了某種新的東西，某種他所不知和不曾感受過的東西。這怎麼可能呢？

在第一批要求中有一個是夢。爲了能走下一步，地主必須夢見自己是條狗。「這是多麼稀奇古怪的事。」他心懷不快地思忖道。可他還是躺到了床上，腦子裡想著狗，想著自己或許也能成爲一條狗。帶著如此這般的冥想，他在入睡之前把自己想像成一條狗，一條跟蹤水禽、滿草地追索的獵犬。但在夜裡，他的夢想怎麼做就怎麼做，完全不照他的心意辦。在夢裡他很難做到不再是人。隨著他夢見池塘，才出現了某種進步。地主波皮耶爾斯基夢見自己是條茶青色的鯉魚。他在綠色的水裡游，太陽往水裡投下被沖洗過的淡淡的光線。他沒有妻室，沒有府邸，什麼都不屬於他，他對什麼都毫無興趣。那是個美好的夢。

德國人出現在他府邸的那一天清晨，地主終於夢見自己是條狗。他在耶什科特萊的市場上奔跑，在尋找著什麼。他自己也不知道究竟在尋找什麼。他從申貝爾特商店的下面刨出了殘羹剩飯和零星食物，他吃得津津有味。吸引他的是馬糞的臭氣和灌木叢中人的糞便。從鮮血中散發出來有如神仙食品般的香味。

地主醒來後驚詫不已。「這不合乎情理，太荒唐了。」他心想，但他也感到高興，遊戲可以進行下去了。

德國人很客氣，彬彬有禮。來的是格羅皮烏斯上校和另一個人。地主走到屋前見他們。他竭力跟德國人保持一定距離。

「我理解先生。」格羅皮烏斯上校對他那種酸溜溜的表情評述道：「很遺憾我們是作爲侵略者、占領者出現在先生面前。但我們是文明人。」

他們想買大量的木材。地主波皮耶爾斯基說，他將擔負木材供應工作，但在靈魂深處，他不打算中斷遊戲。占領者與被占領者的全部談話就此結束。地主回到了遊戲裡。他感到高興的是，他已經當過狗，現在可以繼續往前移動棋子了。

第二天夜裡，地主夢見自己在讀遊戲說明。文字在他睡意朦朧的眼前跳來跳去，因爲地主夢見的這一部分，他讀得不熟。

「第二世界」是上帝年輕時創造的。他當時還沒有經驗，所以在他所創造的這個世界，一切都是暗淡的，模糊不清的，而所有的東西也都更迅速地瓦解、分裂成齏粉。戰爭會永遠進行下去。人們出生，絕望地相愛，迅速暴死——暴死的事俯拾即是。生活給他們帶來的痛苦越多，他們就越渴望活著。

太古並不存在。太古甚至從來就没有出現過，因爲在通過那片或許有人能建立太古的土地上，總有成群結隊的、飢腸轆轆的軍隊不間斷地從東方向西方開拔。任何東西都没有名稱。土地讓砲彈炸得到處都是窟窿，兩條河，兩條病懨懨的、受傷的河都流淌著混濁的水，很難將它們區分開來。石頭在飢餓的孩子們手上瓦解，撒落。

在這個世界，該隱❶在田野遇到亞伯，對他說：「既沒有法律，也沒有法官！沒有任何彼世，對義人沒有獎賞，對惡人沒有任何懲罰。這個世界不是在充滿愛心的情況下創造出來的，統治這個世界的不是惻隱之心。否則爲何你的獻祭蒙上帝悦納，而我的卻遭到拒絕？一隻死羊對上帝有何意義？」亞伯回答道：「我的供物蒙上帝悦納，因爲我愛上帝；你的供物遭拒絕，因爲你恨上帝。像你這樣的人根本不該存在。」於是，亞伯殺死了該隱。

❶該隱和亞伯是《聖經·舊約》中的兩兄弟。哥哥該隱是農人，弟弟亞伯是牧人。兄弟二人各用自己的產物獻祭給上帝，上帝樂於接受亞伯的供物，看不中該隱的供物。該隱爲此忌恨亞伯，把他殺死在田野裡。

庫爾特的時間

庫爾特是從運送國防軍士兵的載重車裡見到太古的。對於庫爾特而言，太古與他在敵對的外國所經過的村莊毫無差別。他經過的所有村莊與他在寒暑假中見過的村莊差別也不大。這些村莊或許街道窄一點，房屋寒酸一點，歪歪斜斜的木頭柵欄十分可笑，還有那些刷白的牆壁。庫爾特不了解農村。他出身大城市，他思念大城市。他把妻子和女兒留在了城市裡。

他們沒打算駐紮在農民家裡。他們徵用了海魯賓的果園，自己動手搭建簡易木頭房屋。其中的一棟要用作廚房，由庫爾特管理。格羅皮烏斯上校用地方上的小汽車載著他去耶什科特萊，去地主府邸，去科圖舒夫和附近的村莊。他們買木材、乳牛和雞蛋，以他們自己定的非常低的價錢付款，或者根本就不給錢。那時庫爾特便從近處看到這個敵對的、被征服的國家，跟這個國家的人民面對面站在一起。他看到從儲藏室裡拿出來的一籃籃雞蛋，奶油色的蛋殼上還帶著雞糞的痕跡。他看到農婦們不懷好意的凶狠的眼神。他看到那些笨拙、瘦骨嶙峋、孱弱的乳牛，他驚詫人們竟以如此的溫情照料牠們。他看到在糞堆上覓食的母雞，在閣樓上風乾的蘋果，一個月烤一次的大圓麵包，赤腳、碧眼的孩子，他們尖細的叫喊聲使他想起自己的愛女。然而這一切對他都是陌生的。或許是由於人們所操的純樸、刺耳的語言，或許是由於面部線條的陌生。有時格羅皮烏斯上校嘆著氣，說該把這個國家夷為平地，再在這個地方建設新秩序。庫爾特覺得上校言之有理。若是果眞如此，這裡或許就會更乾淨，更漂亮。有時，他腦子裡也會產生一種令人難堪的想法，以爲他該回家，不要去打擾這片沙質的土地，這些人，這些乳牛和這一籃籃的雞蛋，讓他們過上安靜的日子。夜裡他常夢見妻子白皙、光滑的胴體，夢中的一切都散發著習慣、自如、親切、安全的氣息，與他在這裡感受到的大不相同。

「你瞧，庫爾特。」他們再次乘車外出辦食物儲備的時候，格羅皮烏斯上校說：「你瞧，這兒有多少勞動力，多少空間，多少土地！你瞧，庫爾特，你瞧瞧他們這些水量豐沛的江河。可以在這些立著原始的磨坊的地方建上水電站。拉上電線，建設工廠，把他們都趕去幹活。你瞧瞧他們這些人，庫爾特，他們根本就沒那麼壞。我甚至喜歡斯拉夫人。你可知道，這個人種的名稱來自拉丁語的 sclavus ❶，奴僕？這是個骨子裡就有種奴性的民族……」

❶拉丁語，意爲：奴僕、奴隸。

庫爾特沒有留神聽他的話。庫爾特在想家。

他們拿走落到他們手上的所有東西。有時，他們一走進農舍，庫爾特便有一種印象，覺得人們剛把糧食藏進角落裡。那時格羅皮烏斯上校總是掏出手槍，惡狠狠地叫嚷說：

「沒收作國防軍軍需。」❷

在這種時刻，庫爾特總是感到自己像個賊。

晚上他常祈禱：「但願別讓我再往東走。但願能讓我留在這裡，而後，沿著來的道路回家。但願戰爭早早結束。」

庫爾特逐漸習慣了這片陌生的土地。或多或少知道哪個農民住在哪裡，甚至對他們古怪的姓氏也產生了興趣，就像對這裡的鯉魚產生了興趣一樣。因爲他喜歡動物，便吩咐把廚房所有的殘羹剩飯送到他們女鄰居的屋前，女鄰居是個骨瘦如柴的老太婆，養了十幾條瘦骨嶙峋的狗。最後他竟能使得老太婆在見面的時候咧著無牙的嘴巴，默默地衝他微笑。森林邊上最後一棟新屋子裡的孩子們有時也來找庫爾特。男孩比小姑娘稍大一點。他倆的頭髮都是淺黃色的，幾乎是白色的，很像他自己女兒的頭髮。小姑娘有時還抬起胖呼呼的小手，含混不清地說一聲：

❷此句原文爲德語與波蘭語混合的語言。

「哈咿希特拉！」❸

庫爾特常給他們糖果。站崗的士兵笑咪咪地看著他們。一九四三年初，格羅皮烏斯上校被派往東部前線。顯然他沒有每天晚上作禱告。庫爾特升了官，可他一點也不高興。如今升官是件危險的事，使他遠離了家庭。供給越來越困難，庫爾特每天帶領一支人馬走遍附近的村莊。他操著格羅皮烏斯上校的腔調說道：「沒收作國防軍軍需！」然後將能夠拿走的東西全部拿走。

他跟手下的官兵曾多次幫助黨衛軍部隊鎮壓耶什科特萊的猶太人。庫爾特總是親自監督，將捉獲的猶太人裝上載重汽車。這對他是件極不愉快的事，雖說他相信那些人去的是個對他們更好的地方。令他感到厭惡的是，他們不得不搜遍各個地下室和閣樓，尋找猶太人逃亡者，跑遍諸多草地、牧場，追逐因恐懼而精神失常的婦女，從她們手上奪下她們的孩子。他曾下令朝那些瘋癲的婦女開槍，因為除此之外別無他法。他也曾親自開槍，必要時從不推諉。猶太人不肯上載重汽車，他們逃跑，叫喊。庫爾特寧願再也不去回想這件事。畢竟這是在打仗，戰爭就是戰爭。他每天都作晚禱：「上帝保佑，但願我無須離開這裡再往東走。但願我能在這裡堅持

❸這是小孩模仿德國士兵呼喊「希特勒萬歲！」的發音。

到戰爭結束。上帝，保佑我，但願不要把我弄到東部前線去。」上帝聽取了他的祈禱。

一九四四年春天，庫爾特接到命令，把營房搬遷到科圖舒夫，向西挪動了一個村莊，離家更近了一個村莊。人們都傳說，布爾什維克在進軍，雖然庫爾特無法相信這一點。後來，當人們紛紛將所有的東西都往載重汽車上拚命塞的時候，庫爾特經歷了俄國人的空襲。轟炸了塔舒夫的德國駐防軍、幾枚砲彈落到了池塘裡、一枚砲彈落到了養狗的老太婆的倉房、發了瘋的狗在小山上四處奔跑。庫爾特的士兵開槍射擊。庫爾特並沒阻止他們。這不是他們在開槍。開槍的是他們在一個陌生國家裡產生的恐怖情緒，以及對家園的思念，開槍的是他們面對死亡的恐懼。因恐怖而發瘋的狗群撲向了裝滿物資的載重汽車，啃汽車的橡皮輪胎。士兵們直接朝著狗的兩眼之間瞄準。射擊的力量掀翻了狗的身子，看上去彷彿就像狗在翻筋斗。在放慢了的翻筋斗動作中，噴射出深紅的鮮血。庫爾特看到，他認識的那個老太婆怎樣從屋子裡奔跑出來，試圖把那些活著的狗強行拉走，而把那些受傷的狗抱在手上送進果園。她那件灰色的圍裙驟然變成了紅色。她在叫嚷著什麼，那是庫爾特沒法兒弄明白的。他身爲指揮官，理應結束這種愚蠢的射擊，但有個突如其來的念頭困擾了他，他想，他就是世界末日的見證人，而且是屬於那些必須清除世界的汚垢和罪惡的天使之列。他想某些東西必須結束，以便新的東西能重新開始。他想，這是可怕的，但必須如此。他想，已經沒有退路了，這個世界注定要滅亡。

於是，庫爾特槍殺了相識的老婦。那老太婆見到他時總是咧開沒有牙齒的嘴巴，默默無言地衝他微笑。

整個地區的軍隊都集中到科圖舒夫。占領了空襲中倖存的所有房屋，建立了觀察點。庫爾特的任務就是監視太古。由於這個原因，儘管部隊已轉移，庫爾特仍然留在那裡。

現在他是隔著一定的距離，從森林及河流一帶的上游方向看太古，把太古作爲房屋分散的居民點來觀察。他相當詳盡地看到森林邊上的一棟新屋，裡面住著淺黃色頭髮的孩子。

夏末，庫爾特用望遠鏡看到了布爾什維克。他們豌豆粒般大小的汽車，在絕對的寂靜中，不祥地向前移動，像罌粟籽般從汽車裡撒出多得不可勝數的士兵。庫爾特覺得，這是無數能致人死命的、危險的小昆蟲的入侵。他打了個寒顫。

從八月到翌年的一月，庫爾特每天觀察太古幾次。經過這段時間的觀察，他熟悉了每棵樹，每條小徑，每棟房屋。他看到官道和金龜子山上的椴樹，看到牧場、森林和幼樹林。他看到人們如何坐在大車上離開村莊，消失在森林之牆的後面。他看到一些獨行的夜行強盜，遠遠看去，他們酷似狼人❹，他看到布爾什維克如何日復一日，時復一時地聚集越來越多的軍隊和裝備。有時，敵對雙方相互開始射擊，那射擊不是爲了傷害對方——須知時間尚未到來——而是爲了

❹根據波蘭過去的民間傳說，狼人是會變成狼的人，是一種極其凶惡、殘酷的生靈。

提醒對方，自己的存在。

天黑以後，他常常畫地圖，把太古搬到紙上。他懷著愉快的心情做這件事，因爲，說來也怪，他開始懷念太古。他甚至想，有朝一日他清除了世界的全部混亂，他或許就能帶著自己的妻女在這裡定居下來，養鯉魚，經營磨坊。

因爲上帝像看地圖一樣地看到了庫爾特的思想，而且也已習慣滿足他的願望，便允許他永遠留在太古。上帝從那些一顆又一顆的、偶然巧合的子彈中給他選定了一顆。人們常說，這種子彈是上帝送來的。

就在太古的人們壯著膽，埋葬一月攻勢留下的屍體前，春天便已經來臨，因此誰也沒能在德國士兵腐爛瓦解的屍體中辨認出庫爾特。人們把他和其他德國士兵的屍體一起埋在樺樹林裡，緊挨著神父的牧場，他至今仍躺在那個地方。

蓋諾韋法的時間

蓋諾韋法在黑河裡洗白色的衣物。她的雙手凍得發僵。她高高抬起雙手曬太陽。她從手指縫裡看到了耶什科特萊。她看見四輛軍用載重汽車，它們經過聖羅赫小禮拜堂，開進了市場，然後便消失在教堂旁邊的栗樹後面。當她重新把手浸到水中時，她聽見了槍聲。河水的激流從她手裡沖走了白色的床單。單發的槍聲變成了噠噠噠的一串，蓋諾韋法的心也開始怦怦地狂跳起來。她沿著河岸奔跑，追趕呆滯、遲緩地順流漂走的白色織物，直到它消失在河的拐彎處。

耶什科特萊上方出現了煙團。蓋諾韋法一籌莫展地站住了，她站立的這個地方離她的家，離裝衣物的桶子，離燃燒的耶什科特萊一樣遠。她想到了米霞和孩子們。她跑去拿桶子的時候，她的嘴裡發乾。

「耶什科特萊的聖母，耶什科特萊的聖母……」她重複了好幾遍，絕望地朝河對面的教堂瞥了一眼。教堂矗立著，跟先前毫無二致。

載重汽車開進了草地。從其中的一輛車裡擁出一群士兵，他們排成了橫向隊列。然後又接連出現幾輛飄著防水帆布篷的載重汽車。從栗樹的陰影裡浮現出一排排的人。他們奔跑著，摔倒了，又爬起來。他們有的拎著箱子，有的推著小車。士兵們把那些人往汽車裡塞。這一切發生得那麼突然，那麼迅速，以至於身爲事態見證人的蓋諾韋法都不明白究竟是怎麼回事。由於西下的太陽使她頭暈目眩，她把一隻手抬到眼瞼上方遮住陽光，這才看到戴著猶太人長袍的什洛姆、蓋雷茨夫婦和金德爾夫婦們淺黃頭髮的孩子們，穿藍色連身裙的申貝爾特太太，看到她女兒手上抱著吃奶的嬰兒，看到有人攙扶著小個子拉比。終於，她看到了埃利，非常清晰，看到他手上牽著自己的兒子。然後便出現了混亂，人群衝垮了士兵們的橫向隊列。人們朝四面八方逃散，那些已經上了載重汽車的人也紛紛從車上跳下來。蓋諾韋法用眼角餘光瞥見一枝槍的槍口冒火，緊接著便是許多自動步槍連射發出的震耳欲聾的霹靂聲。她的目光始終緊隨的那個男人，他的身影搖晃了一下，倒下了，還有別的許多人的身影也同樣倒下了。蓋諾韋法丟下手裡拎的桶子，跳進了河裡。激流扯拉著她的裙子，沖擊著她的雙腳。自動步槍靜了下來，似乎是疲乏了。

當蓋諾韋法站立在黑河另一邊的岸上時，一輛裝滿了人的載重汽車朝路的方向開走了。人們正在上第二輛載重汽車，默默無言，四周一派靜寂。她看到車上的人如何伸手拉車下的人上車。一個士兵用零散的射擊朝那些躺在地上的人補上一槍。又一輛載重汽車開動了。

突然一個身影從地上跳了起來，企圖朝河的方向逃跑。蓋諾韋法立刻便認出，那是申貝爾特家的拉海娜，跟米霞同年齡的人。她手上抱著吃奶的嬰兒。一個士兵蹲了下去，從容不迫地朝姑娘瞄準。她笨拙地繞著彎奔跑，試圖躲過槍口。士兵開了槍，拉海娜停住腳步。她向兩邊搖晃了片刻，而後便倒下了。蓋諾韋法看到士兵跑到姑娘跟前，用一隻腳將她翻了個仰面朝天。後來他又朝白色的襁褓開了一槍，回到那些載重汽車旁邊。

蓋諾韋法雙腿發軟，這使她不得不跪了下去。所有的載重汽車都開走了。她艱難地站起身，橫穿過草地。她的雙腿沉重，石頭般僵硬，不聽她使喚。水淋淋的裙子把她朝地上拉。

埃利偎依著青草躺著。許多年來第一次，蓋諾韋法再度從這麼近的距離看他。她坐了下去，挨著他，從此再也不能靠自己的雙腿站起來。

申貝爾特一家的時間

第二天夜裡，米哈烏叫醒帕韋烏，他倆一起到什麼地方去了。米霞再也無法入睡。她覺得依稀聽見了槍聲，遙遠的、無主的、不祥的槍聲。母親睜著雙眼，一動不動地躺在床上。米霞得不時檢查一下，看她是否仍在呼吸。

凌晨，男人們回來了，還帶回了些什麼人。他們把那些人領到地下室，關了起來。

「他們會殺死我們大家的。」帕韋烏回到床上的時候，米霞套著他的耳朵說：「他們會把我們排在牆下槍斃，還會燒掉房子。」

「這是申貝爾特的女婿和他帶著孩子的姐姐。沒有其他倖免於難的人了。」他說。

早上，米霞帶著食物來到地下室。她打開門，說了聲「早安」。她看到他們所有的人：一個略微發胖的健壯婦女，一個十幾歲的男孩和一個小姑娘。米霞不認識他們。但她認識申貝爾特夫婦的女婿，拉海娜的丈夫。他背對她站立，一次又一次單調地把頭往牆上撞。

「我們怎麼辦？」那婦女問。

「我不知道。」米霞回答。

他們在第四個，也是最黑暗的地下室裡一直住到復活節。只有一次，那婦女領著女兒到上面洗了個澡。米霞幫那婦女梳理烏黑的長髮。米哈烏每天傍晚帶著食物和地圖到地下室找他們。節日第二天夜裡，他打發他們去了塔舒夫。

幾天後，他跟鄰居克拉斯內一起站在柵欄旁邊。他們談起了俄國軍隊，說他們似乎已經不遠了。米哈烏沒有問到克拉斯內夫婦的兒子，他在游擊隊裡。這件事是不能說的。就在談話快要結束的時候，克拉斯內轉過身子，說：

「通往塔舒夫的路邊上，在新開墾的田地裡，躺著一些被殺害的猶太人。」

米哈烏的時間

一九四四年夏天，從塔舒夫來了俄國人。官道上過了整整一天的兵。塵土蓋滿了一切：他們的載重汽車、坦克、大砲、帶篷的大車，步槍，他們的制服、頭髮和臉。他們的模樣看上去就像在東方，統治者國度裡的童話軍隊。

人們沿著道路排隊，夾道歡迎行軍縱隊的先行隊伍。對民眾的笑臉相迎，士兵們的面部表情沒有任何回應。無動於衷的視線掠過歡迎者的臉龐。士兵們穿著稀奇古怪的制服，大衣下部撕得破爛不堪，大衣裡面不時閃現出令人驚詫的顏色——紫紅色的褲子、黑色的晚禮服背心和繳獲的金錶。

米哈烏將輪椅推到門廊，輪椅上坐著蓋諾韋法。

「孩子們在哪裡？米哈烏，把孩子們叫回來。」蓋諾韋法含混不清地反覆說。

米哈烏出了門廊走到柵欄外邊，猛地抓住安泰克和阿德爾卡的手。他的心在怦怦地跳動。

他看到的不是這一場，而是另一場戰爭。他眼前重新浮現出大片土地，曾幾何時他走過的那一片土地。這一定是夢，因爲只有在夢裡，一切才會像詩歌中的疊句那樣重複出現。他做著同樣的夢，無邊無際，沉默，可怕，猶如軍隊的行軍縱隊，猶如受到疼痛壓抑的、無聲的爆炸。

「外公，波蘭軍隊什麼時候會來？」阿德爾卡問，她舉著一面用木棍和破布做的小旗。他從外孫女手中奪過小旗，把它扔進丁香叢，然後把孩子們趕回家。他坐在廚房裡靠窗的地方，眼望著科圖舒夫和帕皮耶爾尼亞，那兒一定駐紮著德國人。他明白，沃拉路現在成了前線。道道地地的前線。

伊齊多爾衝進廚房。

「爸爸，快去！幾個軍官停了下來，沒往前走，他們想跟人交談，快去！」

米哈烏一下子變得麻木了。他任伊齊多爾領著，走下台階，來到屋前。他看到米霞、蓋諾韋法、鄰居克拉斯內夫婦，還有整個太古村的一群孩子。人群中停下一輛敞篷軍車，車上坐著兩個男人。第三個男人在跟帕韋烏談話。帕韋烏一如以往地擺出一副什麼都懂的神氣。看到岳父，他更加活躍了。

「這是我們的父親。他懂你們的語言。他在你們的軍隊裡打過仗。」

「在我們的軍隊裡？」俄國人吃驚地問。

米哈烏看到他的臉孔，感到渾身燥熱。他那顆心跳到了嗓子眼裡。他知道，此刻他該說點什麼，可他的舌頭麻木了。他在嘴裡把舌頭轉來轉去，就像含著個滾燙的馬鈴薯。他試圖用它說出個什麼詞兒來，哪怕是最簡單的，可他辦不到，他忘記了俄國話。

年輕軍官興味盎然地打量他。軍大衣下翹出黑色燕尾服的下擺。他那雙吊梢眼裡閃出歡快的光。

「喂，父親，您怎麼的？您這是怎麼一回事？」❶

米哈烏覺得，這所有的一切，這吊梢眼的軍官，這條路，這灰頭土臉的士兵行進隊伍，這一切曾幾何時都曾發生過，就連這句「您這是怎麼一回事」也曾聽過，至今還依稀在耳！他覺得，時間在回轉。他心中充滿了恐懼。

「我叫米哈烏．尤澤福維奇．涅別斯基。」❷他嘴裡迸出這麼一句俄語，聲音在發抖。

❶此句原文是用波蘭文拼寫的俄語。

❷此句原文是用波蘭文拼寫的俄語。

伊齊多爾的時間

這位年輕的吊梢眼軍官名叫伊凡·穆克塔。他是位陰鬱的、眼睛布滿血絲的團長的副官。「團長看中了你們的房子。團部要設在這裡。」❶他快活地說著，一邊把團長的東西都搬進屋子裡。他同時還擠眉弄眼扮鬼臉，逗得孩子們哈哈大笑。但他沒能把伊齊多爾逗笑。

伊齊多爾留心地打量他，心想，這下子看到的可真正是個陌生人。德國人儘管很壞，但看上去跟太古所有的人一模一樣。如果不看他們身上的制服，是無法識別他們的。同樣也很難識別耶什科特萊的猶太人，他們的皮膚或許曬得比較黑一點，眼睛的顏色也更深一些。但是伊凡·穆克塔完全是另一種人，跟這裡的任何人都不相像。他有一張圓乎乎的大胖臉，古裡古怪

❶此句原文是用波蘭文拼寫的俄語。

的膚色，彷彿是在陽光燦爛的日子裡，黑河流水的顏色。伊凡的頭髮有時看起來像是青灰色，而他的嘴巴則令人想起桑椹。在這一切中最奇怪的，還是他那雙眼睛，狹窄得像兩道裂縫，藏在伸長了的眼皮底下，烏黑，銳利。恐怕誰也不會知道那雙眼睛表現出什麼感情。伊齊多爾很難觀瞧到他那雙眼睛。

伊凡．穆克塔把團長安置在樓下最大、也最漂亮的房間裡，那兒有座大立鐘。

伊齊多爾找到了觀察俄國人的方法。他爬上丁香樹，從那兒朝房間裡張望。陰鬱的團長不是在看鋪在桌子上的地圖，就是低著頭，駝著背，久久俯身在食盤上。

伊凡．穆克塔卻是無處不在。他給團長送過早餐，擦過皮鞋之後，便到廚房去幫米霞的忙：劈柴，餵食母雞，摘茶藨子果煮水果湯，逗阿德爾卡玩，從水井裡打水。

「伊凡先生，這樣做從先生方面講當然很親切，不過我並不需要幫忙，我自己能應付得來。」開頭米霞如是說，但後來她顯然也開始喜歡他幫忙。

在開頭幾個禮拜裡，伊凡．穆克塔就學會了說波蘭語。

不讓伊凡．穆克塔從眼前消失，成了伊齊多爾最重要的任務。他把所有的時間都用來觀察這位副官。他擔心一旦沒盯牢，這個俄國人就會變成致命的危險。伊凡對米霞的挑逗也使他心煩意亂。他感到他姐姐的生活受到了威脅。於是，伊齊多爾尋找各種藉口賴在廚房裡不走。有時，伊凡．穆克塔也試著跟伊齊多爾閒聊，但小伙子總是顯得那麼激動，以至流下口水，並且加倍的口吃，結結巴巴地半天說不出一句完整的話來。

「他生來就是這樣。」米霞嘆息道。

伊凡．穆克塔經常坐到桌子旁邊喝茶，喝大量的茶。他總是自己帶糖來，要不就是砂糖，要不就是髒兮兮的糖塊。他常把這種糖塊含在嘴裡，就著茶吃糖。那時他常講一些最有趣的故事。伊齊多爾在這種情況下，故意以一舉一動顯示出自己的冷漠，但另一方面，俄國人講的那些有趣的故事……伊齊多爾不得不裝模作樣，表示他在廚房裡有什麼重要的事情要幹，儘管喝水或是往灶裡添柴火很難花上個把鐘頭。特別善解人意的米霞常推給他一盒馬鈴薯，再往他手裡塞把小刀，讓他削馬鈴薯。有一次，伊齊多爾深深吸了一口氣，突然迸出了這麼一句：

「俄國人說，沒有上帝。」

伊凡．穆克塔放下手裡的玻璃杯，用自己那雙神祕莫測的眼睛瞥了伊齊多爾一眼。

「問題不在於有上帝還是沒有上帝。不是這麼回事。相信，還是不相信，這才是問題所在。」

「我相信有上帝。」伊齊多爾說，剛毅地向前伸出下巴。「如果有上帝。我相信就能指望得到上帝的保佑。如果沒有上帝，而我相信有，我也不用付出什麼代價。」

「你想得不錯，」伊凡．穆克塔稱讚說：「不過信仰並非無需付出任何代價。」

米霞用一把木匙子在酒裡飛快地攪和，她乾咳了一聲，清了清嗓子。

「先生呢？先生怎麼想？有上帝，還是沒有上帝？」

「是這樣的。」伊凡說著，張開四個手指頭舉到臉的高度，而伊齊多爾覺得，俄國人瞇起了一隻眼睛衝他使眼色。但見伊凡彎下第一個指頭：

「或者現在有上帝，過去也有上帝。」說到這裡他彎下第二個指頭。「現在沒有上帝，過去也沒有上帝。或者，」他彎下第三個指頭。「過去有上帝，但現在已經沒有了。最後一點，」說到這裡，他用四根手指像雞啄食似地啄了伊齊多爾一下。「或者現在沒有上帝，將來會出現上帝。」

「伊杰克，去搬些木柴來。」米霞說，那語氣就像男人們在講淫穢的笑話時叫他走一樣。伊齊多爾走了出去，整個時間他都在想伊凡・穆克塔。他心想，伊凡・穆克塔定是有許多話要說。

幾天之後，他終於得以接近伊凡，而且當時他正好獨自坐在屋前的長凳上擦卡賓槍。

「你居住的那個地方是什麼樣子？」伊齊多爾大著膽子問道。

「跟這裡一模一樣。只是沒有森林。有一條河，但非常大，流得很遠。」

伊齊多爾沒有順著這個話題聊下去。

「你究竟是老還是年輕？我們都猜不透你有多大歲數！」

「我活到現在已有些年頭了。」

「比方說，你會不會已經有七十歲了？」

伊凡笑了起來，把卡賓槍放在一塊。他沒有回答。

「伊凡，你是怎麼想的，難道有這種可能性，眞的會沒有上帝？如果是這樣，那麼這一切又是從哪裡來的？」

伊凡捲了支香煙，然後吸了一口，撇了撇嘴做了個怪相。

「你往四周瞧一瞧。你看到了什麼？」

「我看到了道路，道路外邊是田野，李子樹，它們之間還有青草……」伊齊多爾疑惑不解地朝俄國人瞥了一眼。「遠處是森林，那裡肯定有蘑菇，只是從這裡看不見……我還看到天空，下面是藍色的，上面是白色的，還有成團的雲彩。」

「那麼這個上帝在哪裡呢？」

「上帝是看不見的。就在這一切的下面。他統治和管理這一切，他宣布法規，使一切彼此相互適應……」

「好啦，伊齊多爾，我知道你是個聰明的小伙子，雖說你看上去不像個聰明人。我知道，你有想像力。」伊凡壓低了嗓門，開始說得很慢：「現在你不妨想像一下，如你所說，在這一切下面，沒有任何上帝。任何人都不管任何事，整個世界是一團大混亂。或者，還要更糟，是一部機器，是一部壞了的除草機，它只是由於自身的動量而運轉……」

於是伊齊多爾按照伊凡．穆克塔的吩咐，又看了一遍。他集中了自己的全部精神，拼命瞪大眼睛，直到眼珠子蒙上了一層淚水。那時，在短暫的瞬間，他看到一切完全是另一種樣子。到處是空蕩蕩、無邊無際的空間。在這沒有生氣的、荒涼的空間存在的一切，凡是活著的，都是束手無策、孤立無援的。事情的發生總是帶有偶然性的，而當這個偶然性出了毛病，靠不住的時候，便出現了機械學的規律，出現了有規律的大自然的機器，出現了歷史的活塞和齒輪，出現了各種從中心腐爛、潰散成粉末的規律性。到處都籠罩著寒冷和憂傷。每個有生命的東西都渴望依偎點什麼，緊貼點什麼，或者彼此相擁相抱，但是從中得到的只是痛苦和絕望。

伊齊多爾看到的這類事物的特點，便是暫時性。在五色斑斕的外殼包裹下，一切都統一在崩潰、分解、府爛和毀滅之中。

伊凡・穆克塔的時間

伊凡・穆克塔讓伊齊多爾看到了所有重要的事物。

他首先是向伊齊多爾展示了一個沒有上帝的世界。

然後他把伊齊多爾帶進了森林，那裡埋著被德國人槍殺的游擊隊員。那些犧牲的男人中，有許多人伊齊多爾都認識。從森林回來後，他便發高燒，躺在陰涼的臥室裡，姐姐的床上。米霞不肯放伊凡・穆克塔進房到他身邊去。

「您展示所有那些可怕的事物給他看，尋他開心。其實他還是個孩子。」

但後來，她還是讓伊凡坐到病人的床邊。卡賓槍就放在他的腳旁。

「伊凡，你給我講講死亡，講講死後是怎麼回事。你講講，我是否有個永生不死的、永恆的靈魂。」伊齊多爾請求說。

「你身上有顆小小的火星兒，它永遠不會熄滅。我身上也有顆同樣的火星兒。」

「我們大家都有嗎？德國人也有？」

「所有的人都有。現在你得睡覺。等你康復了之後，我把你帶到我們那兒去，我帶你進森林。」

「請您走吧。」米霞說，同時從廚房向臥室裡張望。

伊齊多爾康復後，伊凡實踐了諾言。他帶著伊齊多爾到俄國的部隊裡，他們駐紮在森林之中。他允許伊齊多爾用他的望遠鏡瞭望科圖舒夫的德國人。伊齊多爾感到奇怪，通過望遠鏡看到的德國人跟俄國人毫無區別。他們的制服顏色相似，他們有一樣的戰壕，一樣的頭盔。因此他更加不能理解，爲什麼當伊凡掛著皮文件包，爲陰鬱的團長傳達命令的時候，他們要向伊凡開槍射擊。當伊齊多爾陪同伊凡傳達命令時，他們也向伊齊多爾開槍。伊齊多爾不得不要求任何人都不講這件事。如果父親知道了，定會揭他一層皮。

伊凡・穆克塔還讓伊齊多爾看到了某種他不能對任何人講的事情。不是因爲他不能講，不是因爲伊凡禁止他講，而是因爲一想到這件事，就會在他心中產生一種不安和羞愧感。這種事令人難以啓齒，不過在心裡想想倒也沒什麼了不起。

「所有的東西都要發生交媾，歷來如此。交媾的需要是一切需要中最強烈的。只要睜眼看看就會明白。」

伊凡蹲在林間小道上，用手指指著兩隻用腹部交媾的昆蟲。

「這是本能，是某種無法抑制的慾望。」

猝然，伊凡・穆克塔解開了褲子，抖了抖生殖器。

「這是交媾的工具。它跟女人兩腿之間的窟窿兒相配合，因爲這是世間的秩序。每樣東西都跟另一樣東西相配合。」

伊齊多爾的臉漲得通紅，宛如一個紅甜菜疙瘩。他不知道該說些什麼。他的目光低垂盯著小徑。他們走到小山後面的田野，那是德國人的射擊不可及的地方。在一些廢棄的建築物旁邊，有隻母山羊在吃草。

「如果女人太少，像現在這樣，這工具就只好去配其他士兵的手，去配屁股眼，去配在地上挖出的窟窿兒，去配各種動物。你站在這兒，瞧瞧吧。」伊凡・穆克塔說得很快，他把制服帽子和包包交給伊齊多爾，跑到母山羊跟前，把卡賓槍挪到背後，脫下褲子。

伊齊多爾看到伊凡如何緊貼著母山羊的臀部，開始有節奏地動著大腿。伊凡的動作變得越快，伊齊多爾也就越是僵住不動。

伊凡回來取制服帽子和包包。伊齊多爾哭了。

「你哭什麼？你可憐動物？」

「我想回家。」

「你走吧！既然你想回家，就走好了。」

小伙子一轉身就跑進了森林。伊凡用手擦去額頭上的汗珠，戴上了帽子，憂鬱地吹起了口哨，繼續朝前走。

魯塔的時間

麥穗兒害怕森林裡的那些人。自從他們一進入森林，用他們那嘰哩咕嚕的外國話打破了森林平靜的那一刻起，她便暗中觀察他們。他們穿著又粗又厚的衣服，即使在炎熱的夏天也不脫掉。他們身後拖著武器。他們尚未到韋德馬奇來，但她預感到，這種事或遲或早總會發生。她知道他們在相互跟蹤，爲的是相互屠殺。她同時也反覆考慮，她們母女倆逃往哪裡，方能躲開這幫人。過去她們經常留在弗洛倫滕卡家裡過夜，但麥穗兒住在村子裡總是惴惴不安。夜裡她常夢見天空是個金屬蓋子，誰也沒有能力舉起它。

麥穗兒好久沒有到太古村了，她不知道沃拉路已經成了俄國人和德國人之間的邊界。她不知道庫爾特槍殺了弗洛倫滕卡，而軍用汽車的輪子和卡賓槍也殺死了她的那些狗。她在自己的屋前挖掩蔽洞，一旦那些穿軍裝的男人來了，她們母女倆也有個藏身的地方。她埋頭挖避難所，忘記了一切。她太不小心了，竟讓魯塔獨自到村子裡去。她給女兒裝了一籃子黑莓和從地裡偷的馬鈴薯。魯塔剛走不久，麥穗兒便明白，她犯了個可怕的錯誤。

魯塔走出韋德馬奇到村子裡去，順著自己經常行走的那條路線到弗洛倫滕卡那兒去。她穿過帕皮耶爾尼亞，然後踏上沿著森林邊緣延伸的沃拉路。柳條籃子裡裝著送給老人的食物。她要去牽走弗洛倫滕卡的那些狗，提防牠們受到人們的傷害。母親對女兒說，只要是見到什麼人，無論是太古的某個人還是陌生人，她都得躲進森林裡，趕緊逃跑。

魯塔一心想的只是狗。當她見到一個人正朝一棵樹尿尿的時候，便站住了，慢慢向後退。那時，有個非常有力氣的人從背後抓住了她的兩臂，反擰起來，擰得很痛。那個尿尿的人跑到她跟前，對著她的臉，狠狠搧了她一巴掌，搧得那麼重，以至魯塔一下子就昏過去，倒在地上。男人們把來福槍放在一邊，強暴了她。起先是一個男人，後來是第二個，接著又來了第三個。

魯塔躺在沃拉路上，那條路已成了德國人和俄國人之間的邊界。她身旁躺著裝滿黑莓和馬鈴薯的籃子。第二支巡邏隊發現躺在地上的姑娘。現在這些男人穿的是另一種顏色的軍服。他們也輪流趴到魯塔身上，輪流拿著來福槍。然後，他們站在姑娘上方，抽著香煙。他們拿走了籃子和食物。

麥穗兒找到魯塔時已經太遲了。姑娘的連身裙給撩到臉上，遍體鱗傷。腹部和大腿被鮮血染紅，成群的蒼蠅向她飛來。她失去了知覺，不省人事。

母親抱著她，把她放進屋前挖好的洞穴裡。她把女兒放在牛蒡葉子上，牛蒡的氣味使她想起了她的頭胎孩子死的那一天。她躺在姑娘身邊，傾聽她的呼吸。然後她爬了起來，用顫抖的手攪拌草藥。草藥飄散出歐白芷的芳香。

米霞的時間

八月的某一天，俄國人告訴米哈烏，要他從太古將所有的人帶進森林。俄國人說，太古日內即將處於火線上。

他按俄國人的吩咐做了。他走遍了所有的農舍，告訴大家：

「太古日內即將處於火線上。」

由於跑得太快，一時收不住腳，他也跑到了弗洛倫滕卡的家。直到他見到空空如也的狗食盆，才想起弗洛倫滕卡已經不在了。

「你們怎麼辦？」他問伊凡・穆克塔。

「我們在打仗。這裡對我們而言是前線陣地。」

「我妻子有病，走不了。我們倆留下。」

伊凡・穆克塔聳了聳肩膀。

大車上坐著米霞和帕普加娃。她們懷中都摟著孩子。米霞的眼睛都哭腫了。

「爸爸，跟我們走吧。我求你，請跟我們一起走吧。」

「我倆要在這兒照看房子。什麼壞事也不會發生。我們經歷過更糟糕的事。」

他們給米哈烏留下一頭乳牛，另一頭乳牛繫在大車上。伊齊多爾把剩下的乳牛從牛欄裡趕了出來，摘掉牠們脖子上的繩索。那些乳牛都不肯走，帕韋烏從地上撿起一根棍子揍牛屁股。那時伊凡·穆克塔吹了一聲悠長的口哨，受驚的乳牛踏著碎步，穿過斯塔霞·帕普加娃的耕地，一溜煙跑進了田野。後來，他們從大車上看到那些牛都停住了，由於意想不到的自由而站著發呆。米霞一路上哭著。

大車離開官道進入森林，車輪沿著前面駛過的大車壓出的車轍前進，比他們更早進入森林的人們走的也是這條路。米霞領著孩子們跟在大車後面步行。路邊生長著許多雞油菌和牛肝菌。米霞不時停步，蹲下身子從地裡連同苔蘚和草皮拔出蘑菇。

「得留下根，得留點兒根在地裡，」伊齊多爾不安地說：「否則它們永遠再也長不出來。」

「讓它們長不出來好了。」米霞說。

夜晚很暖和，因此他們都睡在地上，躺在從家裡帶出來的被褥裡頭。男人們整天挖地堡，砍樹。婦女們像在村莊裡一樣，燒火做飯，彼此借鹽在煮熟的馬鈴薯上調味。

博斯基一家住在幾棵大松樹之間。在松樹的枝柯上晒尿布。馬拉庫夫娜❶姐妹倆在博斯基一家旁安置了下來。妹妹的丈夫參加了國家軍❷。姐姐的丈夫參加了「因德魯希游擊隊」。帕韋烏和伊齊多爾一起爲婦女們建好了地堡。

完全不用商量，人們就像住在太古一樣，分別安置了下來。在克拉斯內和海魯賓之間，甚至還留下一塊空地。在太古，那裡是弗洛倫滕卡的房子。

九月初的某一天，麥穗兒帶著自己的女兒來到這個森林中的居住點。看得出來，姑娘有病，身體虛弱得拖著腳步走。她渾身上下青一塊紫一塊，還發著高燒。帕韋烏・博斯基在森林裡擔起了醫生的責任。他拎著自己的手提包走到她們跟前，手提包裡裝有碘酒、紗布、治腹瀉的藥片和磺胺藥粉，但麥穗兒不許他接近女兒。她求婦女們給點開水，她親手爲魯塔泡草藥。米霞給了她一條毛毯。看起來麥穗兒似乎希望跟大家留在一起，於是男人們也給她在地上搭了個小屋。

到了晚上，森林寂靜了下來，大家坐在昏暗的篝火旁，豎起耳朵傾聽森林外面的動靜。有時，突然有一道閃光照亮了黑夜，彷彿有暴風雨在附近的地方肆虐。然後他們便聽見壓低的可

❶馬拉庫夫娜即馬拉克的女兒。

❷國家軍是第二次世界大戰期間，由流亡倫敦的波蘭政府領導的反法西斯武裝力量。

怕的隆隆聲穿過森林。

常有膽子大的人進入村莊。他們或是去挖宅旁園子裡已經成熟的馬鈴薯，或是回去拿麵粉，或是僅僅因爲他們無法忍受這種今日不知明日的、動盪不安的生活。最常去的是老塞拉芬諾娃❸，她已把生命視如糞土，將危險置之度外。有時，她的兒媳會有一個跟著她進村，米霞就是從她的一個兒媳的口中聽見：

「你已經沒有房子啦。只留下一堆瓦礫。」

❸塞拉芬諾娃即塞拉芬的妻子。

惡人的時間

自從人們離開太古逃進森林，生活在挖掘出來的地堡裡，惡人便無法在森林裡找到可以待的地方。人們無所不在，每個幼樹林，每個林間空地，到處都擠滿了人。他們挖泥炭，尋找蘑菇和核桃。他們走到匆匆建立起來的營地旁邊，直接往草莓叢或是鮮嫩的草地上小解。在比較暖和的晚上，他常聽見男男女女在灌木叢中交合的聲音。他驚訝地看著人們怎樣搭建簡陋的避難所，這工作花費了他們多少時間。

現在他整日整日地觀察他們，他觀察的時間越長，便越是害怕和仇恨他們。他們喧鬧，虛偽。他們不停地蠕動著嘴巴，從嘴裡吐出的聲音沒有任何意義。不是哭泣，不是叫喊，也不是滿意的嘟囔。他們說出的話起不了任何作用。他們到處留下自己的痕跡和氣味。他們既狂妄放肆，又粗心大意。一旦傳來那種不祥的轟隆聲，夜裡的天空染成了紅色，他們便陷入驚慌失措和絕望的狀態中，他們不知往哪裡逃，往哪裡躲藏。他感覺到他們的恐懼。他們一旦落入惡人設置的陷阱，便像耗子一樣發臭。

籠罩在他們周圍的氣味刺激了惡人。但其中也不乏令人愉快的香味，雖說是新的、不習慣的香味：烤熟的肉、煮熟的馬鈴薯、牛奶、羊皮襖和裘皮大衣的氣味，用乾菊苣根、草木灰和黑麥粒配製的代用咖啡的芳香。還有些可怕的氣味，非動物的、純粹是人爲的氣味：灰色的肥皀、石碳酸、強鹼、紙張、武器、潤滑油和硫磺的氣味。

惡人有時站立在森林邊緣，望著村莊。村莊已是空空如也，像一具獸屍一樣平靜下來，漸漸冷卻。有些房屋屋頂炸穿了，另一些房屋玻璃窗打碎了。村莊裡既沒有鳥，也沒有狗。什麼也沒有。惡人喜歡這樣的景象。既然人們都進入了森林，惡人便走進了村莊。

遊戲的時間

在《Ignis fatuus，即給一個玩家玩的有教益的遊戲》一書中，對「第三世界」的描述是這樣開頭的：

在地和天之間存在著八層世界。它們一動不動地懸掛在空間，猶如通風晾曬的羽毛褥被。

「第三世界」是上帝很早以前創造的。祂從創造海洋和火山開始，而以創造植物和動物結束。但是因爲在創造中，沒有任何壯麗輝煌和令人崇敬的東西，有的只是艱辛和勞動，上帝疲乏了，也感到失望和掃興。祂覺得新創造的世界枯燥乏味。動物不理解世界的和諧，沒有對世界表示驚嘆，當然也就沒有讚美上帝。動物只顧吃和繁殖後代。牠們没有詢問上帝，爲何創造出的天空是藍瑩瑩的，而水是濕淋淋的。刺蝟没有爲自己身上的刺感到驚奇，獅子也没有對自己的牙齒感到詫異，鳥兒没有去尋思自己的翅膀。

世界就這樣持續了很久，很久，使上帝厭煩得要死。於是上帝從天上到地上，將祂遇到的每一個動物強行安上手指、手掌、臉、嬌嫩的皮膚、理智和驚詫的能力——祂想把動物變成人。然而動物根本就不想變成人，因爲牠們覺得人很可怕，像妖魔，像怪物一樣可怕。於是牠們相互勾結，串通作惡，牠們抓住了上帝，把上帝淹死。這種狀況就這麼保留下來，延續至今。

在「第三世界」裡既没有上帝，也没有人。

米霞的時間

米霞穿上兩條裙子，兩件毛衣，用頭巾把腦袋裹得嚴嚴實實。爲了不驚醒任何人，她悄悄從地堡裡溜了出來。森林遮擋了遠方大砲單調的轟擊聲。她拿起背包就要動身，突然看到阿德爾卡。孩子走到她跟前。

「我跟你一道去。」

米霞生氣了。

「回到地堡裡去！聽話。我去去就來。」

阿德爾卡死抓住她的裙子不鬆手，並且哭了起來。米霞猶豫了片刻，然後她返回地堡拿女兒的短皮襖。

當她倆站在森林邊上，心想，她們就要看到太古了。可是已經沒有太古了。在昏暗的天空背景上，哪怕是最細小的一縷炊煙，一絲亮光都看不到，也聽不到任何一點犬吠聲。只是在西邊，在科圖舒夫上空，低垂的烏雲時而閃爍著棕紅色。米霞打了個寒顫，她記起了很久以前做的一個夢，夢裡見到的景象正是這副樣子。「我在做夢。」她心想：「我是躺在地堡裡的鋪板上。我哪兒也沒去。這是我夢裡見到的。」後來她又尋思，自己想必早就睡著了。她彷彿覺得她是躺在自己嶄新的雙人床上，身邊睡著帕韋烏。沒有任何戰爭。她做了個漫長的噩夢，什麼德國人，俄國人，火線，森林，地堡，全是夢中情景。這麼一想果然有效，米霞不再害怕了，她走出森林上了官道。路上濕漉漉的鋪石在她的皮鞋下面嘎啦嘎啦地響。那時米霞滿懷希望地尋思，那是自己更早以前做的夢。夢裡，她單調地轉著小咖啡磨的小把手，轉得很厭煩，就在磨房前邊的長凳上睡著了。她只有幾歲，這會兒正做著童稚的夢，夢見成年的生活和戰爭。

「我想醒過來！」她大聲說。

阿德爾卡驚詫地衝她瞥了一眼。米霞明白了，任何小孩子都不可能夢見槍殺猶太人，夢見弗洛倫滕卡的死，夢見游擊隊員，都不可能夢見那些人對魯塔的暴行，夢見轟炸，夢見強制搬遷，都不可能夢見母親的癱瘓。

她抬眼望天：天空像只罐頭盒子的底部，上帝把人封在這只罐頭盒子裡。

她們母女倆在黑暗朦朧中打某處的外緣經過，米霞猜到，那是她們家的糧倉。她走到一邊，朝黑暗伸出一隻手。她觸到了柵欄粗糙的木板。她聽見某種模糊不清、壓低了的古怪聲響。

「有人在拉手風琴。」阿德爾卡說。

她們站立在柵欄門的前邊，米霞的心怦怦跳動。她的房子還在。她感覺到了，儘管看不見它。她感覺到自己前方立著房屋四四方方的巨大牆體，感覺到它的重量，和它那種占滿空間的方式。她摸索著打開柵欄門，走進門廊。

音樂從屋內傳了出來。從門廊通向前廳的門被木板釘死，跟她們離開時的狀況一模一樣。於是她們母女倆走向廚房的入口。音樂變得清晰了。有人用手風琴演奏一支活潑的歌曲。米霞在胸前畫了個十字，緊緊拉著阿德爾卡的手，打開了廚房的門。

音樂戛然而止。她看到自己的廚房籠罩在一片煙霧和昏暗之中。窗戶上掛著毛毯。桌旁，牆角，甚至餐具櫃上坐的都是士兵。他們中有個人拿起來福槍朝母女倆瞄準。米霞緩緩舉起雙手。

陰鬱的團長從桌旁站起來。他伸手向上抓住她的一隻手，搖著她表示歡迎。

「這是我們的女領主。」❶他說，而米霞則笨拙地行了個屈膝禮。

伊凡．穆克塔也在士兵中間。他頭上纏著繃帶。米霞從他那裡得知，她的父母帶著一頭乳牛住在磨坊。除此之外，除此之外在太古已經沒有任何居民。伊凡帶米霞上樓，他在她面前打

❶此句原文是用波蘭文拼寫的俄語。

開了朝南房間的門。米霞看到的是冬天的夜空，朝南的房間已經不復存在。可她覺得這簡直是太不重要了。既然她預料已失去了整座房屋，喪失一個房間又算得了什麼。

「米霞太太，」伊凡在樓梯上說：「太太必須把自己的雙親從這兒弄走，藏進森林。在你們的節日過後，前線立即就會推移。這將是一場可怕的戰役。請太太千萬不要對任何人講。這是軍事祕密。」

「謝謝。」米霞說，過了片刻，她才意識到這些話隱含的全部危險性。

「上帝啊，我們怎麼辦？我們怎能在森林裡過冬？伊凡先生，爲什麼要打這場戰爭？是誰在進行這場戰爭？爲什麼你們自己要去送死，還要殺死別人？」

伊凡．穆克塔憂傷地瞥了她一眼，沒有回答。

米霞給稍有醉意的士兵們一人一把小刀，讓他們削馬鈴薯皮。她拿出藏在地下室裡的豬油，煎了一大盆馬鈴薯條。士兵們從沒看過炸薯條。起先他們不信任地打量著這些薯條，直到他們嘗試了第一口之後，才以越來越好的胃口吃了起來。

「他們不相信這竟是馬鈴薯。」伊凡．穆克塔解釋道。

桌上出現了一批又一批酒瓶。奏起了手風琴。米霞把阿德爾卡安置在樓梯下邊睡覺。她覺得那裡最安全。

婦女在場讓士兵們情緒更高漲。他們開始跳舞，先是在地板上跳，後來在桌子上跳。其餘的人都在按音樂的節拍鼓掌。燒酒不斷灌進他們的喉嚨，某種突發的瘋狂支配了他們——他們跺著腳，狂呼亂叫，用槍托擂打地板。這時，一個淡色眼珠的年輕軍官從皮套裡掏出手槍，對著天花板一連開了好幾槍，灰泥撒進玻璃杯。驚呆了的米霞雙手抱頭。猛然間，一切靜了下來，米霞聽見自己叫喊。伴隨她的尖叫的是樓梯下邊孩子恐怖的哭聲。

陰鬱的團長對淡色眼珠的軍官破口大罵，還伸手去摸自己的手槍皮套。伊凡·穆克塔跪在米霞身邊，對她說：

「請別害怕，米霞。這只不過是鬧著玩罷了。」

他們把一個完整的房間讓給了米霞。她檢查了兩遍，看是否鎖上了門。

清晨，她去磨坊的時候，淡色眼珠的軍官走到她跟前，帶著道歉的神情說了些什麼。他讓她看戴在手指上的戒指和一些紙張。跟往常一樣，伊凡·穆克塔不知從什麼地方突然鑽了出來。

「他有妻子和孩子，都在莫斯科。昨天晚上發生的事很對不起太太。是內心的憂煩、不安使他失態。」

米霞不知自己該怎麼辦。一種突如其來的衝動使她走向了那個男人，把他摟在了懷中。他的軍服散發著泥土的氣味。

「請先生留神，竭力別讓自己被打死了，伊凡先生。」她告別時對伊凡說。

他搖搖頭，淡淡一笑。他的一雙眼睛現在看起來就像兩道黑線。

「像我這樣的人不會死。」

米霞的臉上露出微笑。

「那就再見啦。」她說。

米哈烏的時間

他們跟乳牛一起住在廚房。米哈烏在門後，在那一向是放置水桶的地方給乳牛鋪了個窩。白天他常去糧倉拿乾草，然後餵牛，清掃乳牛身子下的牛糞。蓋諾韋法坐在輪椅上瞧著他幹活兒。他一天兩次拿來牛奶桶，坐在小凳子上盡其所能擠牛奶。牛奶不多，確切地說，勉強只夠滿足兩個人的需要。米哈烏還要從這點牛奶上撇取乳皮，爲的是將來有一天進森林能把乳皮帶給孩子們。

白天很短，彷彿有病，沒有力氣把自身的風采展現到底。天早早就黑了，因此夫妻倆常坐在桌旁，桌上點著一盞若明若暗的煤油燈。他們用床罩遮住窗口。米哈烏點著爐灶，敞開爐門，火使他們打起精神來。蓋諾韋法請求丈夫把她轉到火爐前面來。

「我不能動，簡直是個活死人。我是你沉重的負擔，這對你不公道。」有時她這麼說，那聲音是從腹部深處擠出來的，低沉陰鬱。

米哈烏安慰她說：

「我樂於照料你。」

晚上，米哈烏幫她坐上尿盆，給她擦洗身子，把她抱到床上，爲她撫直手和腳。他覺得，她似乎是從軀體的深部看著他，似乎她是被砰的一聲關在軀體內。夜裡她常悄聲說：

「摟住我。」

他倆一起傾聽火砲的響聲，最常聽到的是砲彈落在科圖舒夫附近某個地方的聲音，可有時一切都在顫抖，那時他們知道，砲彈打到了太古。夜裡常有些古怪的響動傳進他們的耳中：噼啪啪，喊喊喳喳，然後是人的或動物的急促的腳步聲。米哈烏感到害怕，但他不想表現出這一點。當他那顆心跳得過猛的時候，他便翻了個身。

後來，米霞和阿德爾卡來接他們夫婦。米哈烏不再堅持留在太古。世界的磨盤停止了轉動，它的機械損壞了。他們在官道上的積雪裡跋涉，走向森林。

「讓我再瞧一眼太古。」蓋諾韋法請求說，但米哈烏裝作沒有聽見她的話。

溺死鬼普盧什奇的時間

溺死鬼普盧什奇一覺醒來，浮出水面望著世界。它看到世界波翻浪湧，空氣流動得有如大爆炸激起的氣浪，急劇膨脹，迅猛翻騰，一團團升起，射向天空。河水洶湧著，變得混濁不堪。打在水上的是熱和火。凡是在上面的東西，現在都在下面；凡是在下面的東西，現在都奮力向上升騰。

好奇心和行動的願望主宰了溺死鬼。它想試試自己的力量，它從河上集結起一團團的霧和煙。現在灰色的雲團跟著他沿沃拉路向村莊移動。

在博斯基家的柵欄旁邊，它看到一條衰弱清瘦的狗。它朝狗俯下身子，沒有任何意圖。狗發出一聲刺耳的哀嚎，捲起尾巴逃之夭夭。這個舉動惹惱了溺死鬼普盧什奇，於是它將成團的霧和煙發送到果園上空，想將其塞進炊煙裊裊的煙囪，就像它往常幹的那樣，可如今煙囪沒有一點兒熱氣。普盧什奇圍著塞拉芬家的房屋轉了一圈，它看到那裡一個人也沒有。太古沒有一個人影兒。空中激蕩著被狂風吹動的糧倉大門發出的哐啷哐啷聲。

溺死鬼普盧什奇渴望在人的設備、用具中間溜達，跳舞，走動，爲的是讓世界對它的存在作出反應。它想主宰空氣，讓風停息在自己霧濛濛的軀體中。它想假扮水的形態，想誘惑和嚇唬人，想驚走動物。可是空氣的劇烈運動止息了，一切都變得空虛，寂靜無聲。

它停了片刻，感覺到瀰漫在森林裡某個地方微弱的熱氣，人散發出來的那種熱氣。溺死鬼非常高興，旋轉了起來。它沿著沃拉路往回走，重新去驚嚇那同一條狗。天空布滿了低垂的陰雲，這給溺死鬼增添了力量。太陽還沒有出來。

已經到了森林前邊，不知是什麼原因使它停止了腳步。它遲疑了片刻，然後就拐了彎，朝河的方向走去，不是走向神父的牧場，而是走得更遠，走向了帕皮耶爾尼亞。

稀疏的松樹林被毀壞，冒著煙。地上現出許多巨大的窟窿。昨天這裡想必經歷過世界的末日。高高的青草上躺著數百具漸漸冷卻的人類屍體。血化爲紅色的蒸氣升向灰暗的天空，以至東方逐漸被染成胭脂紅。

溺死鬼在這一派死亡的景象中看到了某種活動。太陽掙脫了地平線的羈絆，並且開始將靈魂從士兵們僵硬的屍體中解放出來。

掙脫了肉體的靈魂神態慌亂，困惑，傻呼呼，搖搖晃晃，像影子，像透明的小氣球。溺死鬼普盧什奇高興的程度幾乎不亞於活人。它進入稀疏的樹林，試圖使那些靈魂旋轉起來，跟它們一道翩翩起舞，嚇唬它們，把它們帶走。它們的數量是那麼龐大，數以百計，或許是數以千計。它們飛升了起來，在大地的上方猶豫不決地搖晃著。普盧什奇在它們中間移動，吆喝，呵斥，撫摸，旋轉，玩得像乳臭小兒一樣高興。但那些靈魂沒有注意到它，似乎它根本就不存在。它們在晨風中搖晃了片刻，而後就像放出去的氣球，向上飛升，消失在高空。

溺死鬼無法理解它們會離去，會有一個死後可以去的地方。它試圖去追趕它們，但它們已遵循了另一種規律，與溺死鬼普盧什奇的規律完全不同。它們對它的挑逗視而不見，聽而不聞，簡直是又瞎又聾。它們就像一群靠本能活動的蝌蚪，只知道洄游的方向。

樹林由於它們而變白，而後又突然變得空空如也。溺死鬼普盧什奇又是孤零零的一個。它怒氣沖天。它一扭身撞在一棵樹上。只有受驚的鳥發出一聲刺耳的尖叫，胡亂地朝河的方向飛走。

米哈烏的時間

俄國人從帕皮耶爾尼亞將己方陣亡者的屍體收走，用大車運到村莊。他們在海魯賓的地裡挖了個大坑，把士兵的遺體埋在那裡。他們把軍官的遺體放在另一邊。

所有回到太古的人都跑去觀看這場沒有神父、沒有演說、沒有鮮花的倉促的葬禮。米哈烏也去了，一不小心竟讓陰鬱團長的目光正好落到他身上。陰鬱的團長拍了拍米哈烏的背，吩咐他把軍官們的遺體運到博斯基家的屋前。

「不，你們別在這兒挖坑。」米哈烏請求說：「難道給你們的士兵建墳的土地還少嗎？爲什麼要埋在我女兒的花園裡？你們爲什麼要拔掉蔥和鮮花？你們去墳地埋屍吧，我還可以給你們別的地方。」

陰鬱的團長從前一向是彬彬有禮、溫文爾雅的，此刻卻把米哈烏猛地一推，而士兵中竟然還有人舉起槍來瞄準米哈烏。米哈烏只好退到了一旁。

「伊凡在哪裡?」伊齊多爾問團長。

「他死了。」❶

「沒有。」伊齊多爾說，團長的目光落在他身上停留了片刻。

「爲什麼沒有?」❷

伊齊多爾一轉身，撒腿便跑。

俄國人在花園裡，就在臥室的窗戶下邊，埋葬了八名軍官的屍體。每個人都給他們撒了一抔土。俄國人離開後，雪落了下來。

從此，誰也不願在朝花園的臥室裡睡覺。米霞捲起羽絨被褥搬到了樓上。

春天，米哈烏砍了棵小樹，削了個十字架，將它立在窗戶下。然後用木棍仔細地在土地上劃出一道小溝，撒上龍頭花籽。花開得很茂盛，色彩鮮明，張開的小嘴巴朝向天空。

一九四五年夏末，太古一帶已經沒有戰爭，一輛軍用「嘎斯」牌吉普車駛到屋前，車裡走出一位波蘭軍官和一個穿便服的人。他們說，要給那些軍官移葬。後來又出現了一輛坐著士兵

❶此句原文是用波蘭文拼寫的俄語。
❷此句原文是用波蘭文拼寫的俄語。

的卡車和一乘大車，人們從地裡挖出來的屍體全被安放在大車上。土地和龍頭花吸乾了他們的血和水分。毛料制服保存得最完好，是制服將腐爛的屍體保留完整。那些將屍體搬上大車的士兵都用大手帕紮住自己的嘴巴和鼻子。

官道上站立著太古的居民，他們試圖透過柵欄把遷墳的場面盡量看清楚點，然而當大車朝耶什科特萊的方向離去的時候，他們都默默無言地後退。最大膽的是那些母雞，牠們勇敢地追著在石頭地上顛簸的大車奔跑，貪婪地啄食從車裡掉落到地上的東西。

米哈烏在丁香叢中嘔吐。從此他再也不吃雞蛋。

蓋諾韋法的時間

蓋諾韋法的身子在靜止狀態中變硬，宛如放在燒紅的炭上烤乾的泥罐。它任人將它擺放到輪椅上。現在這副軀體是靠別人的慈悲而存在。由人將它搬到床上，由人給它清洗，由人讓它坐便盆，由人將它推到門廊。

蓋諾韋法的軀體是一回事，而蓋諾韋法又是另一回事。她是給封閉在軀體裡面，給砰的一聲關了起來，她被驚呆了。她能活動的只有手指尖和臉，但她已是既不會笑，也不會哭。從她嘴裡冒出像小石子似的，不連貫的、彆扭的、粗糙的話語。這樣的話語沒有權威。有時，她看到阿德爾卡打安泰克，她試圖訓斥外孫女，可是阿德爾卡並不太在乎她的威脅恫嚇。安泰克急得直往外婆的裙子裡躲，蓋諾韋法卻沒有辦法把他藏匿起來，或者哪怕是把他摟在懷中。她只能束手無策地望著個頭和力氣都大的阿德爾卡揪住哥哥的頭髮。她胸中充滿了憤怒，但這股怒火立刻便熄滅了，因爲她無法以任何方式宣泄出來。

米霞對母親說過許多話。她把輪椅從門邊推到廚房暖和的瓷磚前，開始絮絮叨叨地說個沒完。蓋諾韋法漫不經心地聽著，女兒講的那些事令她感到膩煩。她對誰活著，誰死了這類事情越來越不關心。彌撒、米霞在耶什科特萊的同學、豌豆防腐保鮮的方法、米霞邊聽邊作筆記的收音機廣播節目、米霞荒謬的疑慮和問題，也全都引不起她的興趣。蓋諾韋法寧願集中精力關注米霞在做什麼，家裡發生了什麼事。於是，她看到女兒的腹部第三次隆了起來，看到米霞揉麵做麵條的時候，麵粉像雪花似地從板子上飄落到地板，看到淹死在牛奶裡的蒼蠅，看到留在爐灶鐵蓋板上燒得通紅的火鉤子，看到母雞在過道裡啄鞋帶。這是具體的，可觸摸到的現實生活，這是日復一日從她身邊流逝的生活。蓋諾韋法看到，米霞無法打理雙親作爲禮品送給她的這座大房子。於是，她費勁地從嘴裡擠出了幾句話，勸女兒找個姑娘到家裡來幫忙。於是，米霞領來了魯塔。

魯塔長成了一個美麗的姑娘。蓋諾韋法望著她，頓感心臟一陣緊縮。她一直在守候她們倆，米霞和魯塔並排站在一起的時刻，那時她便反覆將她們倆作比較。「難道誰也看不出這一點？」她思忖道。她倆彼此是如此相像，簡直就是同一樣東西的兩個變種。一個略爲嬌小，膚色也稍微黑一點，另一個高一點，也更豐滿點兒。一個的眼睛和頭髮是栗色的，另一個是蜜色的。除此之外，一切都一模一樣。至少蓋諾韋法覺得如此。

她望著魯塔擦地板，把白菜頭切成絲，用擦缽研磨乾酪。她望著她的時間越長，對自己的看法越肯定。有時家裡洗衣服或者是做大掃除，而米哈烏又沒空，米霞就吩咐孩子們把外婆推到森林裡散步。孩子們小心翼翼地把輪椅搬出屋子，然後推到丁香叢外邊。從屋子裡已經看不見他們，於是他們便推著輪椅在官道上飛奔，輪椅上坐著軀體僵硬、神態莊嚴的蓋諾韋法。他們常常把外婆扔在一邊。外婆的頭髮散開了，一隻手無力地垂落在輪椅扶手的外邊，而他們自己卻跑進幼樹林採蘑菇或是摘草莓。

在這種日子裡的某一天，蓋諾韋法用眼角餘光看到麥穗兒走出森林，朝官道這邊來了。蓋諾韋法的頭動不了，因此只好等待。麥穗兒走到她跟前，好奇地圍著輪椅轉了一圈。她蹲在蓋諾韋法面前，望著她的臉。她倆彼此打量了片刻。麥穗兒再也不是當年赤腳在雪地裡奔走的姑娘。她壯實了，也更高大了。她的兩條粗髮辮如今已變成白色。

「你換走了我的孩子。」蓋諾韋法說。

麥穗兒粲然一笑。將蓋諾韋法癱瘓了的手放在自己溫暖的手掌中。

「你抱走了一個小姑娘，給我留下了一個小男孩。魯塔是我的女兒。」

「所有年輕婦女都是年老婦女的女兒。再說，你已經不需要女兒，也不需要兒子了。」

「我已經全身癱瘓不能動。」

麥穗兒捧著蓋諾韋法癱瘓的手，在它上面親了親。

「你起來，走！」她說。

「不！」蓋諾韋法悄聲說，並且以無意識的動作搖了搖頭。

麥穗兒大笑起來，朝太古的方向走了。

在這次邂逅之後，蓋諾韋法再也不想開口。她回答別人的問話僅僅是「是」或「不」。她偶爾聽見帕韋烏跟米霞竊竊私議，說中風也會侵襲人的頭腦。「讓他們說去。」她心想：「中風會侵襲我的頭腦，可我，依舊是我。」

吃過早餐後，米哈烏把蓋諾韋法推到屋子前邊。他把輪椅放在靠近柵欄的青草地上，而後自己就在長凳上坐了下來。他掏出捲煙紙，花了很長時間用手指將煙葉揉碎。蓋諾韋法望著自己前方的官道，她打量著光滑平整的鋪路石頭，她覺得這些鋪路石頭彷彿都是埋在地裡的、成千上萬的人的頭顱。

「你不冷嗎？」米哈烏問。

她搖搖頭。

後來米哈烏抽完了煙，走開了。蓋諾韋法待在輪椅上，她望著帕普加娃的花園，望著在綠色和黃色的斑點之間，彎彎曲曲延伸的田間砂石路。然後她又望著自己的腳、膝蓋、大腿，它們同樣是那麼遙遠，同樣不屬於她，就像那些砂石、田野和花園。她的軀體是用脆性的、人的物質搗碎後捏成的泥人兒。

令她感到奇怪的是，她的手指還能動，蒼白的手指尖還有感覺，她這雙手已有好幾個月不曾領略過勞動的疲累了。她把這樣的兩隻手放在失去知覺的膝蓋上，她用手指翻弄著裙子的皺褶。「我是一具活屍。」她自言自語說。而在蓋諾韋法的軀體內，像癌，像霉菌那樣殺人的景象已在不斷地擴大。屠殺的要害在於剝奪運動的權利，須知生命就是運動。被殺的軀體不能動，人就成了一具活屍。人所體驗到的一切，在軀體內都有個開頭和結尾。

有一天，蓋諾韋法對米哈烏說：

「我覺得冷。」

米哈烏給她拿來毛絨頭巾和手套。她動了動手指，但已感覺不到它們。因此她不知道手指在動，還是沒有動。她將目光投向官道，她看到許多死去的人回來了。他們沿著官道從切爾尼察向耶什科特萊走去，宛如大規模的聖像巡行，宛如去琴斯托霍瓦❶的朝聖隊伍。但朝聖總是伴隨著喧嘩、單調的歌曲、如泣如訴的連禱、鞋底磨擦石頭的沙沙聲。而這裡卻籠罩著一派寂靜。

他們有成千上萬之數。排著不整齊的、零零落落的隊列行進。他們在冰封的寂靜中快步走

❶琴斯托霍瓦是一波蘭城市，在今西里西亞省，濱瓦塔河，那裡的光明山爲天主教聖地。光明山上的大教堂和修道院歷來是朝聖的地方。

著。他們都是灰色的，彷彿都給抽乾了血。

蓋諾韋法在他們當中尋找埃利和申貝爾特家那個手上抱著吃奶嬰兒的女兒，但是那些死難的人移動得太快，她無法看清他們。直到後來，她看到塞拉芬夫婦的兒子，這只是由於他走得離她最近。他額頭上有個褐色的大窟窿。

「弗蘭內克。」她低聲叫道。

他扭過頭來，沒有放慢腳步地瞥了她一眼。她向他伸出一隻手。他的嘴巴動了動，但蓋諾韋法連一個字也沒聽見。

她看了他們一整天。直到傍晚，行進的隊伍依然沒有縮小。她閉上眼睛，他們仍在繼續向前移動。她知道，上帝也在瞧著他們。她看到了祂的臉，一張黝黑、可怕、傷痕累累的臉。

地主波皮耶爾斯基的時間

一九四六年，地主波皮耶爾斯基一直住在府邸，雖說眾所周知，他在那裡住不長久。他的妻子把孩子們送到克拉科夫，現在她是往返於克拉科夫和太古之間作搬家的準備。

看起來，地主似乎覺得他周圍發生的一切橫豎都是一樣的。他繼續做他的遊戲。他日日夜夜待在書房裡。他在雙人沙發上睡覺。他不換衣服，不刮鬍子。他妻子去看望孩子們的時候，他索性不吃飯，一連三四天餓肚子。他不打開窗戶，不跟任何人說話，不出門散步，甚至不下樓。有一兩回，縣裡有人拿國有化問題來找他。他們夾著裝滿法令和圖章的皮包。他們使勁捶門，拉扯門鈴。那時他便走到窗口，居高臨下地朝他們瞥了一眼，搓著手。

「一切都正確無誤！」他用已經不習慣於說話的嘶啞嗓音說：「我就要走到下一層了。」

有時，地主波皮耶爾斯基需要自己的書籍幫忙。

遊戲要求他掌握各種各樣的信息，不過他在這方面並沒有麻煩，一切他都能在自己的藏書中找到。由於做夢在遊戲中起了根本的作用，地主學會了按自己的意旨做夢。更有甚者，他逐漸贏得了對夢的控制，在夢中他想幹什麼就能幹什麼，這與在現實生活中完全不同。他能有意識地根據意旨做夢，另一方面，他也能同樣有意識地立刻從夢中醒來，如同從柵欄上的窟窿裡鑽出來一樣。他只需要片刻時間，就能完全清醒過來，然後便開始新的行動。

他所需要的一切，遊戲都能給予他，甚至比他需要的更多。他又何必走出書房？

這時，縣裡來的官員奪走了他的森林、整整一季採伐的木材、耕地、池塘和牧場。他們送來文件，文件上通知他，說他作爲年輕的社會主義國家的公民，礦廠、鋸木廠、釀酒廠和磨坊已不屬於他。最後，府邸也不屬於他。他們客客氣氣，甚至給他規定了移交財產的期限。他的妻子先是哭哭啼啼，後來只是祈禱，最後動手收拾東西，裝箱，打包。她是那麼消瘦，蠟黃，看上去就像彌留的病人床前點的蠟燭。她那突然變白的頭髮，在半明半暗的寒冷府邸裡，同樣閃爍著蒼白的光。

地主太太波皮耶爾斯卡沒有抱怨丈夫發了瘋。讓她心煩的是，她不得不自己作決定：什麼東西能帶走，什麼東西得留下。然而當第一輛汽車開來的時候，面色慘白、滿臉鬍子的地主波皮耶爾斯基走下樓來，手裡拎著兩隻皮箱。箱子裡裝的是什麼，他不肯給人看。

地主太太奔到樓上，聚精會神地凝視書房片刻。她的印象是，書房裡什麼也沒少，書架上沒有任何一點空出的地方，沒有搬動任何一幅畫、任何一件小擺設，什麼也沒動。她喚來搬運工人，他們信手把書籍胡亂塞進硬紙箱裡。後來，爲了幹得更快，他們從書架上把書籍成排地往下扒拉。書籍張開自己不會飛的翅膀，無力地散落成一堆。後來紙箱不夠用，工人們也不去管它們，搬起裝滿的紙箱就下樓去了。直到事後才發現，他們搬走了從字母A到L的所有書籍。

在這段時間內，地主波皮耶爾斯基站在汽車旁邊，滿意地呼吸著新鮮的空氣。在封閉的環境裡待了幾個月之後，突然接觸到新鮮的空氣，這使他頭暈目眩，像喝醉了酒似的。他想放聲大笑，想玩樂，想跳舞。氧氣在他稠濃的、緩慢流動的血液裡燃燒，使乾得黏結在一起的動脈膨脹開來。

「一切都像應有的那樣準確無誤，」他在汽車裡對妻子說，他們的車子沿著官道，駛在通往凱爾采的公路。「凡是正在進行的一切，都進行得很好。」

後來他又補充了這麼一句，使得司機、工人和地主太太彼此意味深長地瞥了一眼：

「梅花八給槍斃了。」

遊戲的時間

在作爲遊戲使用說明的《Ignis fatuus，即給一個玩家玩的有教益的遊戲》的小書中，在對「第四世界」的描述裡，出現了下列故事。

上帝在狂熱中創造了「第四世界」，這種狂熱爲承受著身爲上帝所必需承受的痛苦的祂帶來了輕鬆。

當祂創造了人，祂立刻就領悟到自己創造了奇蹟——人給了祂這樣一種印象。於是，祂便放棄了進一步創造世界。因爲祂想：「還能創造出什麼更完美的東西？」現在，祂在自己上帝的時間裡，讚賞自己的作品。上帝的目光越是深入到人的內裡，上帝心中便越是燃燒起對人的熾烈的愛。

然而人卻十分忘恩負義，他們忙於耕種田地、生孩子，全然不把上帝放在眼裡。那時，上帝的腦海中便出現了憂傷，從憂傷裡發送出黑暗。

上帝對人產生了單相思。

上帝的愛，如同其他每一種愛一樣，有時是贅人的，使人難以承受。人成熟了，就決心從糾纏不放的情人懷抱裡解脫出來。「請允許我離開！」人說：「讓我以自己的方式去認識世界，請給我準備好上路的用品。」

「沒有我，你毫無辦法。」上帝對人說：「你不要離開。」

「你別煩我啦！」人說，而上帝則傷心地向他垂下了蘋果樹枝。

上帝獨自留下，思念著人。上帝夢見是他自己將人逐出天堂的。被人拋棄的想法常使上帝痛苦萬分。

「你回到我身邊來。世界是可怕的，它會殺死你。你瞧瞧地震、火山爆發、火災和洪水！」上帝從雲層中發出雷鳴般的轟隆聲，威脅著。

「你別煩我，我自有辦法！」人回答上帝，他撒開大步走了。

帕韋烏的時間

「人總得活著，」帕韋烏說：「得養育子女，得掙錢，得受教育，得往高處走，得向上爬啊！」

他也眞的是這麼做的。

他跟蹲過集中營的阿巴·科杰尼茨基一道回到做木材的生意上。他們購買森林，進行採伐，組織加工和運送木材。帕韋烏買了一輛摩托車，跑遍周圍所有的地方尋找訂貨。他給自己買了一隻豬皮的皮包，裡面放有訂貨單據和幾支複寫筆。

因爲生意做得不錯，現金像小河淌水般不斷流進他的腰包。帕韋烏決定繼續自己的教育。把自己培養成醫生的計畫已不太實際，可他作爲一個衛生員和醫師，總能不斷提高自己的專業水準。現在帕韋烏·博斯基每天晚上都深入學習蒼蠅繁殖的奧祕，鑽研絛蟲複雜的生活鏈，研究營養品的維生素含量和肺結核、傷寒這些疾病的傳染途徑。上過幾年的短訓班和培訓班之後，他建立了一種信念，認為醫學和衛生一旦從黑暗、蒙昧和迷信的桎梏下解放出來，就能改造人的生活，而波蘭農村也將會成為文明的綠洲，擁有許多消過毒的鍋子，還有很多用來舒水滅過菌的農場院子。所以帕韋烏作為周圍一帶的第一個人，率先將自己家裡的一間房屋改造成盥洗室兼衛生間。那裡乾淨得一塵不染：搪瓷浴盆，擦洗乾淨的水龍頭，裝垃圾的帶蓋的金屬簍子，裝藥棉和木質素棉的玻璃器皿，還有帶鎖的玻璃櫃，櫃子裡裝有各種藥品和醫療器械。他上完了一系列的培訓班，取得護理執照，現在他就在這間屋子裡給人打針，同時也不忘以日常衛生為題給人們開些小講座。

後來他跟阿巴一起做的生意垮台了，因為所有的森林都已收歸國有。阿巴也要走了。臨行前他來告別，兩人像兄弟般擁抱在一起。帕韋烏・博斯基意識到，在自己的生活中已開始了一個新的階段，從今以後，他必須自己想辦法安排好自己的生活，再者，他們還處在一個全新的環境裡。靠打針無法養活一家人。

於是，他把各種培訓班所有的畢業證書裝進自己的皮包裡，開著摩托車到塔舒夫尋找工作。他在衛生防疫站——縣裡消毒、滅菌和化驗糞便的王國——找到了工作。從此，特別是在他入黨以後，便開始逐漸而不可逆轉地步步高升。

這種工作的內容是，騎著轟隆隆的摩托車跑遍周圍一帶的村莊，檢查各個商店、飯館和酒吧的清潔衛生狀況。他夾著裝滿各種文件的皮包，帶著裝化驗糞便的試管出現在哪裡，那裡便把他當成啓示錄的騎士大駕光臨。帕韋烏只要想這麼做，就可下令關閉每一個商店，每一個酒肆和飯館。他成了一個重要人物。人們紛紛送禮給他，請他喝酒，用最鮮美的豬腳凍招待他。

就這樣，他認識了烏克萊雅。此人是塔舒夫一家糖果店的店主，而且還是另外幾家不太合法的商店主人。烏克萊雅帶著帕韋烏進入一個書記和律師們的世界。這是一個離不開酒宴、狩獵、殷勤的大胸部女招待和酒精的世界，這個世界給他增添了勇氣，從生活中大把大把撈取好處的勇氣。

這樣一來，烏克萊雅便占據了阿巴・科杰尼茨基空出來的位置，也就是每一個男子在生活中給引路人和朋友留下的位置；沒有生活嚮導和朋友的人，便只能是在一個孤立無援、混亂和黑暗的世界裡無法被人理解的鬥士，而這種混亂和黑暗已充斥世界的每一個角落。只要轉動眼睛朝四處看看，它隨處可見，無所不在。

菌絲體的時間

菌絲體長滿森林，甚至可以說，也長滿了太古。在泥土裡，在柔軟的植被下，在草地和石頭下面，形成許多細線和細繩，彼此糾結，捲成一團，它們能纏住所有的東西。菌絲體的絲具有強大的力量，它能擠進每一小塊泥土之間，纏住樹根，能阻擋巨大的岩石沒完沒了地緩慢向前移動。菌絲體的模樣兒頗似霉——白、纖細，而且冷冰冰。新月形的地下花邊，菌體潮濕的抽絲如刺繡，世界滑溜溜的臍帶。它的生長超出牧場，在人的道路下漫遊，爬到人們房屋的牆上，而有時，它的力量增長到不知不覺地侵襲人的身體。

菌絲體既不是植物，也不是動物。它不善於從太陽吸取力量，因爲它的天性是與太陽爲敵的。溫暖的、活躍的東西不能吸引它，因爲它的天性既不溫暖，也不活潑。菌絲體之所以能生存，全靠吸取那種死亡、瓦解並滲入地裡的東西所殘餘的液汁。菌絲體是死亡的生命，是衰退、瓦解的生命，是一切死去東西的生命。

菌絲體整年都在繁殖自己陰冷、潮濕的子女，但只有那些在夏天或秋天出世的子女才是最美的。在人類的道路邊，長出的是大帽子、細長腿的大蒜菌。草地裡白花花地長出的，是近乎完美的馬勃菌和厚皮菌，而黃皮牛肝菌和多孔菌則喜歡占領病殘的樹木。森林裡充滿了黃色的雞油菌、黃竭色的紅菇和麂皮色的美味牛肝菌。

菌絲體既不壓制，也不突出自己的子女，它對所有的子女都賦予生長的力量和傳播小孢子的機能。它對一些子女賦予氣味，對另一些子女賦予在人類的眼前隱匿起來的能力，還有一些子女，則具有讓人一見就喘不過氣來的外形。

在地下的深處，在沃德尼察的正中央，搏動著一大團糾纏在一起的白色菌體，它是菌絲體的心臟。菌絲體從這裡向世界四面八方地擴展、蔓延。這裡的森林黑暗而潮濕。茂盛的懸鉤子纏住了樹幹。一切都長滿了青苔。人們本能地迴避沃德尼察，雖說，他們並不知道在這下邊跳動著菌絲體的心臟。

所有的人中，只有魯塔知道這一點。她是根據每年都在這兒生長的、最美的蛤蟆菌猜測出來的。蛤蟆菌是菌絲體的衛士。魯塔趴在地上，置身於蛤蟆菌之間，從下面觀察它們翻花的雪白襯裙。

魯塔曾經聽到過菌絲體的生活節奏。這是一種地下的沙沙聲，聽起來宛如低沉的嘆息。而後她聽見地裡的土塊輕微的破裂聲，那是菌絲體的絲從土塊中間往外擠。魯塔還聽到過菌絲體心臟的跳動，這種跳動每隔人類的八十年才出現一次。

從這時開始，她經常來到沃德尼察這個潮濕的地方，而且總是趴在濕漉漉的青苔上。她趴在地上的時間一長，對菌絲體的感覺就有所不同，因爲菌絲體會減慢時間的流逝。魯塔進入一種似夢非夢的狀態，完全以另一種方式觀看外界。她看到昆蟲緩慢地裊裊婷婷地飛舞，她看到螞蟻從容不迫地運動，她看到光的微粒落到樹葉的葉面上。所有高亢的響音——鳥的嚦嚦啼囀，獸的尖細嘶鳴——全都變成了嗡嗡聲和嘰喳聲，這嘈雜的聲響貼著地面移過，像霧一般。魯塔覺得，她就這麼躺臥了好幾個鐘頭，雖說剛剛只過了片刻。菌絲體就是這樣占有時間的。

伊齊多爾的時間

魯塔在一棵椴樹下等他。刮著風，樹沙沙地響，如泣如訴。

「要下雨了。」她這麼說道，代替了見面的寒暄。

他倆默默無言地順著官道走去，然後拐向沃德尼察後面，他們常去的森林。伊齊多爾走在魯塔後面，相距半步，偷偷望著姑娘赤裸的肩膀。她的皮膚看上去很薄，幾乎是透明的。他眞想碰碰她，撫摸撫摸。

「你還記得很久以前，我曾指給你看過的一條邊界？」

他點了點頭。

「那時我們還想好好地研究它一下。我有時不相信這條邊界。它把陌生人放了進來……」

「從科學的觀點看，是不可能存在這樣一條邊界的。」

魯塔大笑起來，抓住伊齊多爾的手。她把他拉到低矮的松樹之間。

「我再給你看一樣東西。」

「什麼？你還有多少東西要指給我看的？最好把所有的東西全都一次指給我看。」

「這辦不到。」

「是活的東西還是死的東西？」

「既不是活的，也不是死的。」

「是什麼動物？」

「不是。」

「植物？」

「不是。」

伊齊多爾站住了，惴惴不安地問：

「是人？」

魯塔沒有回答，鬆開了他的手。

「我不去。」他說，並且蹲下身子。

「不去就不去。我又不強迫你。」

她挨著他跪了下來，瞧著森林的大螞蟻來來回回奔走的蟻道。

「你有時是那麼聰明，可有時又是這麼蠢。」

「而且蠢的時候比聰明的時候多！」他傷心地說。

「我想把森林裡某種奇怪的東西指給你看。媽媽說，那是太古的中心。可你不想去看。」

「好吧，我們這就去。」

森林裡聽不見風聲，卻變得悶熱起來。伊齊多爾見到魯塔後頸上細小的汗珠。

「我們休息一會兒吧。」他從後面說道：「我們在這兒躺一會兒，休息休息。」

「馬上就要下雨了，快走。」

伊齊多爾躺在草地上，用手墊著頭。

「我不想看世界的中心。我想跟你一起躺在這兒。來吧！」

魯塔躊躇了一下。她離開了幾步，後來又返回來。伊齊多爾瞇縫起眼睛，魯塔變成了模糊不清的身影。朦朧的身影正向他靠近，坐到草地上。伊齊多爾向前伸出一隻手，觸到魯塔的一條腿。手指感覺到細小的汗毛。

「我想成爲你的丈夫，魯塔。我想跟你做愛。」

她將腿縮回來。伊齊多爾睜開眼睛，直視魯塔的臉。那張臉是那麼冷酷而倔強，完全不是他所熟悉的那副面容。

「我永遠不跟我所愛的人做這種事。我只跟我恨的人做。」她說，同時站了起來。「我要走了。如果你願意，就跟我來。」

他急忙爬起來，跟著她走。跟往常那樣，他走在她後面，相隔半步。

「你變了。」他悄聲說。

她猛地一轉身，站住了。

「不錯，我是變了。你覺得奇怪嗎？世界很壞。你也看到了。創造出這樣的世界，還算個什麼上帝？或者祂本身就壞，或者祂允許惡存在，或者祂腦子裡一切都亂了序。」

「不能這麼說……」

「我能。」她說，緊接著就向前跑走了。

森林裡變得異常寂靜。伊齊多爾沒聽見風聲，也沒聽見鳥鳴，也沒聽見昆蟲的嗡嗡聲。只有空虛、寂靜。他彷彿是掉進羽毛裡，掉進巨幅的羽絨被褥的正中央，掉進雪堆裡。

「魯塔！」他叫喊起來。

她在林木之間閃爍了一下，然後就消失不見。他朝她消失的方向奔去。他一籌莫展地環顧四周，因爲他明白，沒有她，他走不出森林，回不了家。

「魯塔！」他叫喊的聲音更響。

「我在這兒。」她說，從樹後走了出來。

「我想看看太古的中心。」

她把他拉進茂密的灌木叢，馬林果叢，野懸鉤子叢。植物常鉤住伊齊多爾的毛衣。他們前方，在高大的橡樹之間，有個小小的林中曠地。地上蓋滿了去年和今年的橡實。一些橡實已碎成粉末，另一些橡實發了芽，還有一些橡實閃爍著鮮艷的綠光。曠地的正中央，立著一塊高大的長方形白色砂岩石。在這塊石碑的上面躺著一塊更寬、更笨重的石頭，就像石碑戴上了一頂帽子。伊齊多爾在石帽下面發現了一張臉的輪廓。他走得近些，為了能仔細瞧瞧這張臉。那時他看到另外的兩邊又各有同樣的一張臉。就是說，這石碑有三張面孔。伊齊多爾突然體驗到一種扞格的深刻感覺，好似缺少某種特別重要的東西。他有個印象，覺得這一切都似曾相識，覺得他曾見過這林中曠地，見過曠地中央的石頭和它的三張面孔。他摸索到魯塔的手，但這並沒有使他感到安慰。魯塔的手拉著他跟在他身後，他們開始圍繞曠地，踏著橡實轉圈子。那時伊齊多爾看到了第四張面孔，它跟其餘的三張面孔一模一樣。他越走越快，後來鬆開了魯塔的手，因為他開始盯著石頭奔跑起來。他見到一張臉總是正衝著他，兩張臉從側面看著他。這時，他領悟到那種缺憾的感覺從何而來。這是一種作為世間萬物基礎的煩愁。每樣東西，每種現象裡，無所不在的煩愁，這煩愁自古以來綿綿不絕，它源於不能一下子把所有的一切都弄明白。

「無法看到第四張面孔。」魯塔說，她彷彿猜透了他的心思。「這正是太古的中心。」

下起了大雨，他們走到官道上時，都已渾身濕透。魯塔的連身裙緊緊貼在她的身上。

「到我們家去吧。把身上的衣服烤乾。」他提議說。

魯塔站立在伊齊多爾的對面。她背後是整個村莊。

「伊杰克，我要嫁給烏克萊雅。」

「不！」伊齊多爾說。

「我想離開這裡進城，我想出去旅遊，我想戴耳環，穿上不用繫鞋帶的漂亮鞋子。」

「不！」伊齊多爾重複了一遍，渾身打起哆嗦。水順著他的臉流淌，模糊了他看太古的視線。

「是的。」魯塔說，朝後退了幾步。

伊齊多爾兩腳發軟。他擔心自己會摔倒。

「我將住在塔舒夫。那裡並不遠！」魯塔叫喊起來，然後一轉身，鑽進了森林。

麥穗兒的時間

惡人總是在晚上來到韋德馬奇。他是黃昏時分從森林裡鑽出來的，看上去彷彿就像沒有粘牢，而從林木之牆上掉落下來。他臉色陰沉，臉上永遠印著不會消失的樹影。蜘蛛網在他的頭髮上閃閃發光，他的下巴來回爬著蠼螋和金龜子甲蟲——這使麥穗兒感到極其厭惡。他散發出的氣味也與眾不同，不像人散發出的氣味，而是像樹木、像青苔、像野豬毛、像野兎的皮散發出的氣味。她允許他接觸自己的時候，她知道，她不是在跟人交媾。這不是人，雖然具有人的形象，雖然他會說兩三句人話。每回這東西一趴到她身上，她就感到一陣恐怖，但同時也感受到一股衝動，她自己也變成了發情的母鹿，變成了母野豬，變成了母麋。除了是頭雌性的動物，什麼別的也不是。她與世上億萬的雌性動物毫無差異，而她自己身上趴著的這頭雄性動物，與世上億萬的雄性動物也毫無二致。在那種時候，惡人總要發出幽長、刺耳的嚎叫，整座森林想必都能聽見。

他總是在天亮時離開她，走時總要偷她一點食物。麥穗兒曾多次試圖跟蹤他穿過森林，以探出他的藏身之所。如果她知道他的隱匿處，她就能對他享有更大的權力，因爲無論是動物還是人，在躲藏的地方總會表現出自己天性中軟弱的一面。

她對惡人的跟蹤從未成功，最遠從未超過長著一棵高大椴樹的那個地方。她的目光只要稍稍離開惡人在樹木之間的駝背，哪怕只是短暫的一瞬間，惡人便會消失，猶如掉進地裡。

最後麥穗兒明白了，是她那人類的、女人的氣味暴露了她，因此惡人知道自己受到了監視。於是，她採了許多蘑菇，揭了許多樹皮，收集了許多針葉和闊葉，把這一切放進一個大石頭鍋裡。她往鍋中注進雨水，等了好幾天。惡人來找她交配。他在天亮的時候離開她，逃進森林，嘴裡叼著一塊豬油。她迅速脫光了衣服，用自己配的藥水塗了一身，跟在他後邊走。

她看到惡人坐在牧場邊緣的草地上，正津津有味地吃著豬油。然後他在地上擦淨雙手，走進高高的青草叢中。他在開闊的空間膽怯地東張西望，爲了辨別氣味，他用鼻子拼命地嗅來嗅去。有一次，他甚至趴在地上，直到過了片刻，麥穗兒才聽見沃拉路上大車的轆轆聲。

惡人走進帕皮耶爾尼亞。麥穗兒跟著撲進青草叢中，腰幾乎彎到地面，沿著他的蹤跡奔跑。等她終於跑到了森林邊上，卻哪裡都看不到他。他也試著學他的模樣用鼻子嗅，但什麼也沒嗅出來。她束手無策地在一棵高大的橡樹下面轉來轉去，驀地，在她身旁落下一根樹枝，然後又落下第二根和第三根樹枝。麥穗兒很快就悟出了自己判斷上的錯誤。她往上抬起了頭。惡人坐在橡樹的樹杈上，正衝著她齜牙咧嘴。她讓自己的黑夜情人嚇了一大跳。他那模樣完全不像人。他吼叫著對她發出警告，麥穗兒明白，她必須離開。

她徑直走到河裡，洗盡了自己身上的泥土和森林的氣味。

魯塔的時間

烏克萊雅的華沙牌小轎車能開多遠就盡量開多遠。後來，烏克萊雅不得不下車，最後的一段路只好步行。他在林間小道的車轍上磕磕絆絆地走著，嘴裡喃喃咒罵。最後他站在麥穗兒那間倒塌了一半的小屋前邊，悻悻地啐了一口唾沫。

「好女人，請到這兒來吧！我有事找您！」他叫喊道。

麥穗兒走到屋前，直視著烏克萊雅發紅的眼睛。

「我不會把她交給你。」

烏克萊雅在一剎那間失去了自信，但他立刻控制住情緒，打起了精神。

「她已經是我的人了。」他平靜地說：「只是她堅持說，必須得到你的祝福。我是來請求你把她嫁給我的。」

「我不會把她交給你。」

烏克萊雅轉身向小轎車的方向走去，他叫喊道：

「魯塔！」

過了一會兒，車門打開了，魯塔從小轎車裡走了出來。她的頭髮現在剪短了，燙成小卷從一頂小帽子的下邊露了出來。她穿了一條窄裙子，高跟鞋，顯得非常苗條，非常高。她穿著這樣的鞋子在砂石路上行走，十分費勁。麥穗兒貪婪地望著她。

魯塔走到烏克萊雅身邊停住腳步，猶豫不決地伸手挽住他的胳膊。這個動作最終爲烏克萊雅增添了勇氣。

「祝福女兒吧，女人，因爲我們沒有太多的時間。」

他把姑娘輕輕向前推。

「回家吧，魯塔。」麥穗兒說。

「不，媽媽，我想嫁給他。」

「他會欺負你的。我會由於他而失去了你。這是個會變成狼的、非常可怕的人。」

烏克萊雅笑了。

「魯塔，我們回去吧……這樣做是毫無意義的。」

姑娘猛然轉身衝著他，把手提包扔到他的腳下。

「沒有得到她的允許，我不走！」她激忿地叫嚷說。

她走到母親跟前。麥穗兒將她摟在懷中，她倆就這麼相擁著站立不動，直到烏克萊雅失去了耐性。

「我們回去，魯塔。你不必說服她。她不同意就不同意吧，沒什麼了不起！她又不是個有家產的闊太太……」

這時，麥穗兒越過女兒的頭頂對他說道：

「你可以把她帶走，但我有一個條件。」

「什麼條件？」烏克萊雅好奇地問。他喜歡討價還價。

「從十月到四月末她屬於你。從五月到九月她屬於我。」

大吃一驚的烏克萊雅瞥了她一眼，彷彿不明白她說什麼。後來，他開始掰起手指頭算月份，他算出這是一種不均等的分配，而他占了便宜。他分到的月份比麥穗兒多，便狡黠地一笑。

「行，就按你說的辦！」

魯塔抓起母親的手，貼到自己的臉頰上。

「謝謝你，媽媽。我會過得不錯的。我想要的一切，在那兒都能得到。」

麥穗兒親吻了女兒的額頭。他們離開的時候，她甚至沒有朝烏克萊雅看上一眼。小轎車在開動之前，放出一團灰色的煙霧，這是韋德馬奇的樹木有生以來，破天荒第一次嘗到了汽車廢氣的味道。

米霞的時間

爲了替彼得和帕韋烏過命名日，帕韋烏在六月舉行命名日招待會，邀請親屬、工作單位的同事們、書記們和律師們出席。但是過生日的時候，他一向總是只邀請烏克萊雅。生日宴會是爲朋友舉行的，而帕韋烏只有一個朋友。

孩子們聽到華沙牌小轎車低沉的轟隆聲，全都倉皇逃到樓梯下邊的密室裡躲藏起來。烏克萊雅沒有意識到自己竟會引起孩子們如此的驚慌，他給孩子們帶來了一大保溫瓶的冰淇淋，而在硬紙盒裡裝的是維夫餅乾。

米霞，身著藍色的孕婦連身裙，請他們到餐廳入座，但大家在就座時，彼此謙讓耽誤了一些時間。伊齊多爾在門口纏住了魯塔。

「我有新郵票。」他說。

「伊齊多爾，別煩擾客人！」米霞呵斥道。

「你穿這件皮大衣看起來很美，像白雪公主。」伊齊多爾悄聲對魯塔說。

米霞開始上菜。端上桌的是豬腳凍和兩種涼拌菜。還有幾盤薰製的食品和塡餡的雞蛋。爐灶上熱著酸白菜燉肉，鍋裡是噼啪作響的炸雞腿。帕韋烏斟滿了酒杯。男人們相對而坐，聊著塔舒夫和凱爾采的皮革價錢。後來，烏克萊雅拋出了一些淫穢的笑話。酒消失在喉嚨裡，可是酒杯看起來似乎太小，難塡肉體可怕的慾望。兩個男人的外表看起來仍然是清醒的，雖說他們的臉已通紅，而且兩人都解開了領扣。後來，他們的眼睛變得越來越渾濁，彷彿是從內裡凝結了。這時，魯塔跟著米霞走進廚房。

「我來幫你忙。」她說，米霞遞給她一把刀。魯塔的兩隻大手切起大蛋糕，紅指甲在白奶油上方閃爍，猶如一滴滴鮮血。

男人們開始唱了起來，米霞不安地瞥了一眼魯塔。

「我得打發孩子們去睡覺。你送蛋糕給他們。」她請求說。

「我在這兒等你。我把餐具洗乾淨。」

「魯塔！」喝醉了的烏克萊雅從餐廳裡突然嚎叫起來：「過來，你這個小娼婦！」

「快去！」米霞匆匆說，同時端起了裝蛋糕的托盤。

魯塔放下手裡的刀，不情願地跟著米霞走出了廚房。她們各自坐到丈夫身邊。

「瞧瞧，我給老婆買了怎樣的胸罩！」烏克萊雅叫嚷著，伸手就去撕扯老婆身上的襯衫，露出她長了雀斑的胸部和雪白的花邊胸罩。

「法國牌子！」

「你別胡來！」魯塔悄聲說。

「什麼別胡來？難道我不能這麼做？你是我的，你整個人和你身上所有的東西都是我的。」

烏克萊雅望著開心的帕韋烏，又重複了一遍：

「她整個都是我的！她身上所有的一切都是我的！整個冬天她屬於我，夏天滾到她媽那兒去。」

帕韋烏端給他斟滿的酒杯。他們沒有注意到，兩個婦女又走出餐廳進了廚房。魯塔坐在桌邊，點了一支香煙。這時，一直在窺視她的伊齊多爾不失良機，拿著裝郵票和明信片的小盒子走進來。

「你瞧瞧。」他鼓勵說。

魯塔拿起那些明信片，每一張都看了好一會兒。縷縷白煙從她鮮紅的嘴唇裡吐出來，口紅在香煙上留下神祕的痕跡。

「我可以把它們都給你。」伊齊多爾說。

「不，我寧願在你這兒看，伊杰克。」

「到了夏天，我們將會有更多的時間，不是嗎？」

伊齊多爾見到魯塔被油墨弄得僵直的眼睫毛上，停著一顆碩大的淚珠。米霞遞給她一杯酒。

「我很不幸，米霞。」魯塔說，禁錮在眼睫毛上的淚珠順著臉頰滾落下來。

阿德爾卡的時間

阿德爾卡不喜歡父親的同事們，不喜歡那些衣服散發出香煙和塵土臭氣的男人。那些人中最顯要的是烏克萊雅，多半是因爲他生得那麼高大，肥胖。不過每逢維迪納先生乘轎車來拜訪她父親的時候，連烏克萊雅也變得討人喜歡、彬彬有禮起來，嗓門也細了許多。

司機送維迪納先生過來後，一整個晚上都待在屋前的小轎車裡等他。維迪納穿一身綠色的獵裝，禮帽上插了一根鳥翎。見面時他總是拍拍帕韋烏的背，放蕩地長時間親吻米霞的手。米霞吩咐阿德爾卡照看好小維泰克，而自己則從儲藏室裡拿出最好的儲備物。她切乾香腸和火腿的時候，刀在她手裡閃爍。帕韋烏談起維迪納時總帶著自豪。

「在如今這種時代，有這樣的熟人關係眞是太好了。」

父親的這些熟人確實嘗到了狩獵的滋味。他們經常掛滿野兔或野雞從大森林來到她的家中。他們把所有的獵物放在前廳的桌子上，在尚未入席就座之前，先灌下半玻璃杯的酒。屋子裡飄散著酸白菜燉肉的香味。

阿德爾卡知道，在這樣的晚上她必須演奏。同時她還得照應安泰克，讓安泰克帶著自己的鍵盤式手風琴，時刻不離她左右。她最害怕的是父親發脾氣。

時間一到，母親就吩咐他們拿著樂器，走進那個既是餐廳又是客廳的大房間。男人們點著了香煙，房間裡鴉雀無聲，一派靜寂。阿德爾卡調好音，開始跟安泰克一起演奏。在演奏《滿洲里的山丘》時，帕韋烏拿起自己的小提琴加入二重奏。米霞站在門口，內心充滿自豪地望著他們。

「將來，我要給這個最小的買把低音提琴。」

維泰克見人們的目光都轉向了他，趕忙躲到了母親身後。

在演奏的整個時間裡，阿德爾卡想的都是前廳桌子上那些死了的動物。所有的動物都睜著眼睛。鳥的眼睛看上去就像指環上的寶石，但兎子的眼睛卻是那麼可怕。阿德爾卡覺得，它們在監視她的每一個動作。鳥是幾隻一起躺在桌上的，腳捆成一束，猶如小紅蘿蔔。野兎都是單個兒躺著的。她在它們的皮毛和羽翎裡尋找過子彈的傷口，但只偶爾找到凝結了的圓圓的痂。死野兎的血從鼻子裡滴落到地板上。它們的小臉蛋跟貓臉相似。阿德爾卡常給它們調整一下頭的姿勢，讓腦袋能擱在桌子上面。

有一次，在射死的野雞中間，她覺察到一種不同於野雞的鳥。這隻鳥比較小，有種漂亮的藍色翎毛。這顏色令她神往。阿德爾卡渴望得到這種翎毛。她不知道可以拿這種翎毛做什麼，她只知道，她想要這漂亮的翎毛。她小心翼翼地拔下這些翎毛，拔了一根又一根，直到手裡捏著一把藍色的羽毛花束。她用一條白色的束髮緞帶將它捆扎起來，正想拿給母親看。剛一走進廚房就迎面碰上了父親。

「這是什麼？你幹了什麼？你可知道，你幹了什麼？」

阿德爾卡往餐櫃旁邊退縮。

「你拔光了維迪納先生的松鴉的毛！這隻松鴉他是專門爲自己射殺的。」

米霞站在帕韋烏身邊，廚房門口出現了客人們好奇的腦袋。

父親用一隻鐵打似的手緊緊抓住阿德爾卡的肩頭，把她領進那個大房間。他怒氣沖沖地將她猛地一推，讓她恰好站在正在跟人交談的維迪納面前。

「怎麼回事？」這一位不清醒地問了一句。他的目光是混濁的。

「她拔光了您的松鴉！」帕韋烏叫嚷說。

阿德爾卡把羽毛花束伸到自己的前方。她的手在發抖。

「把這些翎毛交給維迪納先生。」帕韋烏衝她吼：「米霞，拿豌豆來！我們得懲罰她，以儆效尤。對孩子們就得狠一點……得嚴加管束。」

米霞不情願地遞給他一小袋豌豆。帕韋烏把豌豆撒在了房間的角落裡，命令女兒跪在豌豆上。阿德爾卡跪下了，頃刻之間，餐廳裡鴉雀無聲。阿德爾卡感覺到，所有的人都在看著她。她心想，這會兒她眞該死掉。

「滾她媽的松鴉！倒酒，帕韋烏！」在這寂靜裡，響起了維迪納咕嚕咕嚕的聲音，餐廳裡的談話重新活躍了起來。

帕韋烏的時間

帕韋烏仰面朝天躺在床上，他知道，今夜已無法入睡。窗外呈現出一片灰色。他頭疼欲裂，渴得要死，特別希望有口水喝。但他確實太累了，太沮喪了，以至於這會兒，他連爬起來到廚房裡喝口水的力氣都沒有。於是他便試著回憶昨天整個晚上的經歷，回憶那盛大的酒宴和頭幾輪的祝酒，因爲後來接二連三的乾杯，他已不記得多少了。他還回憶起烏克萊雅粗俗拙劣的玩笑，跳舞，婦女們某些不滿的表情，某些抱怨。而後他又想到，他已滿四十歲，自己生命的第一章已然結束。他已達到了頂峰！現在，他正帶著難以忍受的醉後綜合症，仰面朝天地躺在床上，望著正在流逝的時光。他開始回憶另一些時光，另一些晚上的事。他的眼前像看電影似地看到那些流逝的日子，只不過這部電影是倒著放的，從結尾放到開頭——荒誕，可笑，沒意思，一如他的生活。他看到所有的畫面，連同一些細節，可他覺得那些都是不重要的、沒有意義的。他以這種方式看到了自己全部的過去。在這裡面，他沒有找到任何值得他自豪，高興，哪怕是能激起他一點點好感的東西。在這整個稀奇古怪的故事裡，沒有任何可靠的、穩定的、可以抓住的東西。有的只是拼搏、掙扎、絞盡腦汁，有的只是沒有實現的夢想，沒有滿足的欲望。「時至今日，我仍一事無成。」他思忖道。他眞想大哭一場。於是他試著哭出聲，但他哭不出來，他大概是忘記了怎麼哭，因爲他打孩提時代起就沒有哭過。他咽下一口稠濃、苦澀的唾液，想從喉嚨裡，從肺裡發出孩子式的啜泣。可是，即使是這樣也做不到。於是他把思路轉向未來，他竭力去思考將來會怎樣，還有什麼事情可做，他想到再上短訓班，這樣伴隨而來的是晉升、送孩子們上中學、擴建房屋、增添幾個房間出租，甚至不是幾個房間，而是開個旅館，爲那些從凱爾采和克拉科夫來避暑的人們，建棟度假的小房子。他內心深處活躍了起來，有那麼一會兒他忘記了頭痛，忘記了口乾舌燥，忘記了被咽下的哭聲。但沒過多久，這可怕的鬱悶又回來了。他想到他的未來，跟他的過去一模一樣，會發生各種各樣的事，那些事全都沒有意義，他達不到任何目的。這想法在他心中引起了恐懼，因爲在這一切的後面，在短訓班、晉升、旅館、擴建房子……在這一切奇思妙想，一切行動的後面隱藏著死亡。帕韋烏・博斯基意識到，在這個得了醉後綜合症的不眠之夜，他是在束手無策地看著自己的死亡日趨臨近。生命正午的鐘聲已然敲響，現在正緩慢地、逐漸地、詭祕地、不知不覺地一步步逼近黃昏，走向黑暗。

他感覺自己像個被遺棄的孩子，像坨被拋到路旁的土塊。他仰臥在粗糙的、難以捉摸的此時此刻上頭，他感到自己每秒鐘都在瓦解成虛無，並且同虛無一起瓦解、崩潰。

魯塔的時間

魯塔甚至準備要愛烏克萊雅。她可以像對待一頭巨大的、有病的動物那樣對待他。但烏克萊雅不想要她的愛，他想要的是對她的支配。

魯塔有時覺得，烏克萊雅是那個毛茸茸的惡人的化身，他像惡人趴在母親身上一樣，趴在她自己身上。但母親是面帶笑容允許惡人這樣做的，而在那種時候，在魯塔心中激起的是憤怒和仇恨，這種情緒會像發酵的麵團，不斷增長和膨脹。事後，烏克萊雅總是趴在她身上睡著，他的胴體散發出酒精的氣味。每碰到這種情況，魯塔便從他的身子下面溜出來，走進盥洗間。她注滿一浴盆水，躺在水裡，直到水完全變涼。

烏克萊雅常把魯塔獨自關在家中。廚房裡有大量從「幽靜」餐廳買來的美食：冷盤雞肉，火腿，魚肉凍，蔬菜沙拉，澆沙拉油的雞蛋，奶油拌生青魚，凡是菜單上列出的應有盡有。在烏克萊雅家裡，她什麼都不缺。她從一個房間走到另一個房間，聽廣播，連身裙換了一件又一件，不停地試穿皮鞋，試戴帽子。她有兩衣櫥衣服，小匣子裡放滿了金首飾。她有十幾頂帽子，幾十雙皮鞋。可說是琳琅滿目。一開始，她確實想過，她可以穿戴上這身行頭到塔舒夫的街道上散步，到教堂前邊的市場上炫耀炫耀，聽聽別人的嘆息，用眼角瞧瞧那些充滿讚賞的目光。可是烏克萊雅不允許她獨自出門。她只能跟丈夫一起外出。而他總是把她帶到自己的狐朋狗友那裡，撩起她身上的綢裙，爲的是向人炫耀她的大腿。或者是把她帶到太古，博斯基夫婦的家裡，或是到那些律師和書記的家裡玩橋牌，在那些地方，她總是感到無聊至極，常常一連幾個鐘頭望著自己的尼龍絲襪。

後來，烏克萊雅從一個欠他債的攝影師那裡，接收了一部有三角架的照相機，還有洗印照片的暗室裝備。魯塔很快就明白了照相是怎麼回事。照相機立在臥室裡，烏克萊雅每次上床之前，總要按下自拍器。後來又在暗室的紅光下，魯塔看到了烏克萊雅石堆般的軀體，看到了他的屁股，看到了他的那條肥大、像婦女的乳房一樣，鼓脹脹的蓋滿了黑色剛毛的生殖器。她也看到了給壓得透不過氣來，被分割成胸部、大腿和肚子幾個部分的自己。於是在她獨自留在家裡的時候，她換上了連身裙，灑上香水，漂漂亮亮地站立在鏡頭前面。

「咔嚓！」照相機讚嘆道。

米霞的時間

時間的流逝令米霞特別焦躁不安的是每年的五月。五月在月份的排列中，迅猛地擠到自己的位置上，爆炸開來。世界萬物蓬蓬勃勃地生長，開花，而且是在眨眼之間一齊行動起來。

米霞從廚房的窗口看慣了早春灰白的景色，無法適應五月慷慨賦予的每日的變化。起先，在兩天之內，牧場突然披上了綠裝。緊接著是黑河閃爍出發青的色彩，投進水中的光線從這天起，每天變幻著不同的色調。帕皮耶爾尼亞的森林變成淡綠色，然後變成葱綠色，最後變成陰翳的暗綠色，沒入一派昏暗的陰影之中。

五月，米霞的果園鮮花怒放，這是個信號，說明該把冬天所有發霉的衣服、窗簾、被褥、地毯、餐巾、桌布、床罩統統拿出來洗滌、晾晒。她在繁花滿枝的蘋果樹之間拉上繩子，使粉紅粉白相間的果園充滿了姹紫嫣紅的色彩，絢麗奪目。孩子們、母雞和狗跟在米霞身後，踏著碎步忙來忙去。有時，伊齊多爾也來到果園，可他總是說些米霞不感興趣的事情。

在果園裡，她經常思考的是，不能阻止樹木開花，花瓣不可避免地會凋謝、飄散、樹葉會隨著時間的流逝而逐漸變成褐色，然後紛紛飄落。她想，明年此時又會是這樣繁花似錦，但這想法並沒有給她慰藉，因爲她知道，這不是眞的。到了明年，樹木將是另一種樣子。它們會長大，它們的枝柯會撐得更開，明年將是別的青草，別的果實。永遠不會重複現在這開花的枝杈。「永遠不會重複這晾晒洗過的衣物。」她想：「我也是永遠不會重複今日的我。」

她回到廚房動手做午飯，但她所做的一切，在她看來都是那麼簡單，那麼笨拙。餃子的形狀不規範，不勻稱，麵疙瘩大小不一，麵條粗劣臃腫。削得乾乾淨淨的馬鈴薯突然出現了芽眼，得用刀尖將它們挖掉。

米霞就像這果園，就像世上一切遵循時間法則的事物一樣。生第三個孩子之後，她發胖了，她那頭秀髮失去了光澤，由自然捲曲而變直。她的眼睛現在有種苦味巧克力的色調。

她如今是第四次懷孕，也是她頭一次想到她自己生得太多了。她不想要這個孩子。

兒子降生了，她給他取名叫馬雷克。是個不吵不鬧的安靜的孩子。

從一出生，他就整夜睡覺。只有見到媽媽的乳房時，他才變得比較活潑。帕韋烏又出門參加幹部培訓去了，照料米霞坐月子的事就落到了米哈烏頭上。

「對你來說，四個孩子太多了。」他說：「你們應該避孕。再說在這方面，帕韋烏也懂。」

不久，米霞便確信，帕韋烏和烏克萊雅一起在外面搞女人。按說，她不應爲此生他的氣。

首先是她懷孕了——大著肚子，整個人都發脹了。然後是分娩，坐月子期間，她始終感覺不太舒服。可她還是生他的氣。

她知道，他摟抱所有小販賣部的女掌櫃、肉鋪的女老板、餐廳的女服務員，經常跟她們發生不正當的關係——需知他是作爲政府官員，監督這些部門的衛生情況的。她先在帕韋烏的襯衫上發現了口紅的痕跡和一根根的長頭髮。隨後，她便開始在丈夫的衣物裡探察陌生的氣味。終於，她發現了一包打開的避孕套。而在他們夫妻做愛的時候，他是從來不用那玩意兒的。

米霞喊伊齊多爾下樓，兩人一起把她臥室裡的大雙人臥榻分開。她看到伊齊多爾很喜歡這個主意。他甚至還自己給臥室的新布置錦上添花，他搬來一盆大棕櫚樹，放在兩張床之間。米哈烏從廚房裡望著他們姐弟倆忙，他抽著煙，一聲不吭。

有一天，帕韋烏回家來，略帶幾分醉意。米霞將四個子女送到他跟前。

「如果你再幹這種事，我會殺了你。」她說。

他眨了眨眼睛，但並不打算裝模作樣，說他不知妻子講這話是什麼意思。後來他脫下皮鞋，往房間的角落裡一扔，快活地大笑起來。

「我會殺死你！」米霞重複了一遍，她的語調是那麼陰沉，以至抱在手上吃奶的嬰兒哀傷地哭了。

晚秋的時候，馬雷克患了百日咳，死了。

果園的時間

果園自己有兩個時間，這兩個時間交替出現，年復一年。這是蘋果樹的時間和梨樹的時間。

每年三月，土地變暖，果園開始顫動，並以地下骨骼粗大的爪子抓住大地的軀體不放。樹木吸吮土地，宛如幼獸，而它們的殘株也逐漸變得溫潤有生氣起來。

在蘋果樹年，樹木從地裡吸收具有變化和運動能力的地下河流的酸水。這種水裡蘊藏著植物生長、擴張不可或缺的東西。

梨樹年就完全是另一種樣子。梨樹的時間就是靠樹根從礦物中吸吮甜汁，輸送到樹葉，進行緩慢而溫和的光合作用。樹木停止生長，品嘗著生存本身的甜蜜。沒有運動，沒有發展。果園看起來似乎是一成不變的。

在蘋果年，花期很短，但花開得最美。它們經常受到嚴霜的傷害，或是受到狂風的搖撼。果實結得多，但個頭兒小，也不太漂亮。種子離開了降生地，漂泊遠方：蒲公英的種子絮球跨過河流，青草的草籽飛越森林落向別的牧場，有時，風會帶著它們漂洋過海。動物的幼獸孱弱，但那些能活過頭幾天的，就會長成健康和機敏的個體。在蘋果年裡出生的狐狸會毫不猶豫地悄悄走近雞窩，鷹和黃鼠狼也是如此。貓咬死耗子不是因爲飢餓，而純粹是爲了殺戮。蚜蟲侵襲人類的菜園，蝴蝶在自己的翅膀塗上最鮮艷的色彩。蘋果年讓人產生新的構想。人們踩踏出新的小徑。他們砍伐森林，栽種幼樹。他們在江河上築壩，購買土地；他們挖地基蓋建新房。他們想周遊列國。男人們背叛自己的女人，而女人背叛男人。孩子突然之間就變成了大人，離開父母自己過日子。人們無法入睡。他們縱酒狂歡。他們作出重大決策，著手去做那種迄今從未做過的事，不斷產生新思想。政府更迭，層出不窮。股市動盪，有人一天就變成了百萬富翁，有人一天就失去萬貫家財，變得一無所有。革命經常爆發，制度不斷改變。人們想入非非，常將幻想與他們認爲是現實的東西混淆在一起。

在梨樹年裡，不會發生任何新鮮事。凡是已經開始的，繼續存在。凡是目前還沒有的，都在虛無縹緲中積蓄力量。植物都在盡力使自己的根和莖長得強壯，花開得緩慢，懶洋洋，直到盛開怒放。玫瑰叢中，玫瑰花開得不多，但其中每一朵都開得很大，有如人的拳頭。梨樹時間內的果實也是這樣，甜蜜可口，芳香四溢。種子落到哪裡，就在那裡發芽，長出強壯的根。穀物的穗子又粗又重，假若沒有人幫忙，種子的重量會把穗子壓進地裡。動物和人都迅速長出肥肉，因爲糧倉裡收穫的穀物滿溢。母親們生出肥大的嬰兒，雙胞胎比往常更容易出世。動物一胎往往也生出許多頭小獸，而乳房裡的奶汁也足夠餵養所有的小生命。人們考慮的是建造房屋，甚至整座城市。他們繪製藍圖，丈量土地，但不開工。銀行顯示出巨大的利潤，而那些大工廠的倉庫裝滿了商品。政府得以鞏固。人們想入非非，最後他們都認爲，他們的每個幻想都能實現——哪怕實現的時間來得太遲了。

帕韋烏的時間

由於父親去世，帕韋烏不得不向機關請幾天假。父親是在進入瀕危狀態之後的第三天死去的。開始時，看上去似乎就要嚥下最後一口氣了，但過了一個鐘頭，老博斯基竟然又能起床，並且走到官道上。他站在官道旁邊，不住地搖頭。他和斯塔霞兩人一起挽住父親的胳膊，把他送回床上。在這三天的時間裡，父親一聲沒吭。帕韋烏覺得父親總是在央求地望著他，似乎想要點什麼。但帕韋烏認爲，他所能做的一切全都已經做了。整個時間他一直待在父親身邊，餵他水喝，爲他換被單。他不知道自己還能爲彌留的父親做些什麼。

最後，老博斯基死了。帕韋烏在黎明之前打了個瞌睡，一個鐘頭後他醒來，看到他的父親已停止了呼吸。老人瘦小的軀體癟下去，枯乾萎頓，酷似一只空麻袋。毫無疑問，在這軀體裡已經沒有生命。

帕韋烏不相信靈魂不死的說法，因此他覺得這景象非常可怕。他一想到，自己不久以後也會變成這樣一團沒有生命的軀殼，心中便充滿了恐懼。有朝一日，他身後留下的也就這麼一點東西。兩行熱淚不禁從他眼裡滾落了下來。

斯塔霞表現得非常平靜。她讓帕韋烏去看父親爲自己做的棺材。在糧倉裡，棺材靠牆立著，棺材蓋是用木瓦做的。

帕韋烏現在不得不料理有關喪葬的事，不管他願意還是不願意，他都必須去找教區神父。他在神父住宅的庭院裡見到神父正在清理他的汽車。教區神父請他進入清涼、陰暗的辦公室，然後坐在閃亮的油漆辦公桌後面。神父花了很長時間，在死亡登記簿裡找出相對照的那一頁，認眞塡寫了老博斯基的死亡日期。帕韋烏站在門邊，他不喜歡覺得自己是在求人，於是主動走到辦公桌旁的椅子跟前，坐下了。

「辦這喪事的費用是多少？」他問。

教區神父放下手裡的自來水筆，目不轉睛地注視著他。

「我已有好幾年不曾在教堂裡見過你啦。」

「我是不信教的，神父先生。」

「做彌撒時也很難見到你父親。」

「他常參加聖誕節彌撒。」

教區神父嘆了口氣，站起來。他開始在辦公室踱起方步，同時把手指擺弄得噼啪響。

「你呀，我的上帝，」他說：「參加聖誕節彌撒，這對於一個值得敬重的、守規矩的天主教徒是遠遠不夠的。『記住，逢聖日你得做聖事』，是這樣寫的不是？」

「我在這方面沒研究過，神父先生。」

「假若在最後十年裡，死者每個禮拜天都參加聖彌撒，都往托盤裡投進俗話說的一文錢，你可知道，這能積聚多少？」

教區神父在腦子裡默算片刻，然後說道：

「喪事的費用是兩千茲羅提。」

帕韋烏感到他身上的血一下子全都湧到頭上。他縱目四望，到處都是紅色的斑點。

「我看這一切統統都是瞎扯淡！」他說，同時從椅子上跳起來。

一秒鐘內，他已走到了門口，抓住了門把手。

「好吧，博斯基，」他聽見辦公桌那邊傳來的聲音。「那就兩百茲羅提吧。」

死者的時間

老博斯基一死，他便處在死者的時間裡。這時間，以某種方式，受耶什科特萊的墓地支配。墓地牆上鑲有一塊石板，石板上歪歪斜斜地刻著幾行字：

上帝在關注，
時間在流逝。
死亡在追逐，
永恆在等待。

博斯基一死，立刻就悟出自己犯了一個錯誤，他死得糟糕，死得冒失；選擇死是打錯了算盤。他知道他將不得不把這一切重新經歷一次，他也悟到他的死一如他的一生，都是一場夢。

死者的時間禁錮了那些天眞地認爲死亡無須學習的人，那些像通不過考試一樣通不過死亡的人。世界越是進步，對生的讚美就越過分，對生的眷戀也越強烈，在死者的時間裡出現更大的擁擠，墓地也變得愈加熱鬧。一直要到躺在墓地裡，死者才慢慢醒悟過來：他們已經失去了曾經給予他們的時間。死後，他們終於發現了生的祕密，然而這種發現已毫無用處。

魯塔的時間

魯塔在家裡熬過節吃的酸白菜燉肉，她往鍋裡扔進了一小把豆蔻。她之所以扔進豆蔻是因爲豆蔻的種子很漂亮：理想的外形，閃爍著黑色的光澤，而且芳香四溢。甚至它們的名稱也是美的。聽起來就像是一個遙遠國度的名稱——「豆蔻王國」。

在酸白菜燉肉裡，豆蔻失去了黑色的光澤，可它的香氣滲透進圓圓的白菜裡。

魯塔做好了聖誕節晚餐，等待著丈夫回家過節。她靠在床上染指甲。然後從床底下拖出一捆烏克萊雅帶回家的德文報紙，她好奇地翻看著，看得津津有味。她最喜歡的是那些遠方國家的照片。照片上展示著異國情調的海水浴場的情景：晒得黑油油的漂亮男人，苗條、光潤的嬌媚女人。在所有看過的報紙上，魯塔只認識一個字：「巴西」。她知道這「巴西」是個國家。在巴西流淌著一條大河（它比白河跟黑河合起來還要大一百倍），生長著巨大的森林（它比太古的大森林還要大一千倍）。在巴西，城市擁有全部財富，人們看起來幸福又滿意。忽然之間，魯塔思念起母親，雖說現在正是隆冬季節。

烏克萊雅很晚才回來。當他穿著撒滿雪花的皮大衣站在門口，魯塔一眼就看出他喝醉了。他不喜歡豆蔻的香味，也不喜歡酸白菜燉肉的味道。

「你為什麼從來不做貓耳朵和紅甜菜湯？要知道這是聖誕節前夜！」他吼叫道：「你只會撅屁股。無論跟誰都一樣，無論跟俄國人，跟德國人，還是跟那個白痴伊齊多爾。你腦子裡裝的只有這件事，你這條母狗！」

他腿腳不穩，搖搖晃晃地走到她跟前，狠狠搧了她一記耳光。她摔倒在地。他在她身邊跪下去，企圖逼她行房，但他那根發青的生殖器不聽使喚。

「我恨你！」她從牙縫裡擠出這麼一句，衝著他的臉啐了一口唾沫。

「很好。恨和愛一樣強烈，一樣刺激。」

她終於從醉鬼肥胖的身軀下掙脫了出來。她把自己反鎖在臥室。過了片刻，裝滿酸白菜燉肉的鍋重重地砸在門上。魯塔不顧她被打破的嘴唇正淌著鮮血。她站在鏡子前面，試穿自己的連身裙。

整夜，豆蔻的香氣從所有的縫隙裡滲進她的臥室。房間裡有股皮裘和口紅的氣味。這是遠遊和異國情調的巴西的氣息。魯塔無法入睡。她試穿了所有的連身裙，搭配了所有的皮鞋和帽子，然後她從床下拉出兩只小箱子，把她所有最珍貴的東西全都塞進去：兩件貴重的皮大衣，一條銀狐皮領、首飾盒和一張登載巴西情況的報紙。她穿得暖呼呼地，拎著兩只小箱子，踮起腳尖，悄悄溜過餐室，烏克萊雅手腳伸開地躺在長沙發上打呼嚕。

她走出塔舒夫，踏上通往凱爾采的公路。她拖著兩只小箱子，在積雪中艱難地跋涉了幾公里，最後總算在黑暗中辨識出，可以進入森林的地點。此時，刮起了風，並紛紛揚揚地飄起了雪花。

魯塔走到太古的邊界。她轉過身去，臉朝北方站住，這時有一種感覺在她心中油然而生，她覺得自己能通過所有的邊界，能衝破一切禁錮，能找到走出國境的大門。她滿懷溫情地在內心深處將這種感覺保持了好一陣子。暴風雪開始肆虐，魯塔自始至終在這暴風雪中向前走著，走著……

遊戲的時間

玩家終於找到了通向「第五世界」的出口。可他拿不定主意下一步該怎麼走，於是他在說明書，也就是《Ignis fatuus，即給一個玩家玩的有教益的遊戲》裡尋找提示。他找到如下的內容：

在「第五世界」裡，上帝不時自言自語，因爲孤獨感特別使祂煩躁不安。

上帝以觀察人爲樂，祂特別喜歡觀察他們中一個名叫約伯❶的人。「假如我剝奪他所有的一切，剝奪他賴以建立他這種信念的一切，假如我一層一層地剝奪他所有的財富，他還會是現在這樣的一個人嗎？他會開口妄加評論我，褻瀆我嗎？儘管他的一切盡皆喪失，他仍然會敬重我，愛我嗎？

上帝居高臨下地察看約伯，心想：「肯定不會。他尊重我，只是因爲我賜給他財富。我要奪走我賜給約伯的一切。」

於是，上帝像剝洋葱一樣，一層一層剝奪約伯。上帝出於惻隱之心爲約伯而哭。首先，上帝剝奪了約伯所擁有的一切：房屋、田地、羊群、僕人、牧場、樹木和森林。然後又奪走了他所有心愛的人：子女、妻子、家人和親戚。最後，上帝剝奪了約伯之所以爲約伯的一切：健康的軀體、健全的頭腦、生活習慣和愛好。

現在，上帝望著自己的傑作，祂不得不瞇縫起自己那上帝的眼睛。約伯閃閃發光，跟上帝閃耀的光輝一模一樣。約伯的光輝甚至更爲強烈，因爲上帝不得不瞇縫起自己上帝的眼睛。上帝嚇了一大跳。匆匆忙忙依次歸還了約伯所有的一切，甚至還給他增

❶按《聖經·約伯記》所說，約伯是個「敬畏上帝」、正直、遠離惡事的人。他在遭受種種災難之後，仍然認爲上帝的「旨意不能攔阻」，自己只有奉行上帝的意志。由於他的虔誠，最後得到上帝的恩賜，「賜福給約伯比先前更多。」

添了新的財富。上帝發行了可供兌換的貨幣，連同貨幣一起創立了保險櫃和銀行。上帝賜給他漂亮的物品、時裝、願望和慾念，還賜給他無止無休的恐懼。上帝以這一切的慷慨恩賜淹沒了約伯，使他的光輝逐漸熄滅，以至最後完全消失。

莉拉和瑪婭的時間

兩個小姑娘出生的這一年，米哈烏在塔舒夫的醫院裡死於心臟病，而阿德爾卡上了高中。她倆的出生使阿德爾卡頗為不快。從此，她再也不能隨心所欲地盡情讀書。母親常從廚房裡扯起破嗓門喊叫，求她幫忙。

這是些倒霉、貧困的年頭，如今窮得只好把戰前磨得都脫了線的女西裝上衣拿出來當大衣穿，窮得儲藏室裡永遠只有一罐豬油和幾玻璃罐蜂蜜。

阿德爾卡記得母親生雙胞胎妹妹的那個夜晚，記得那時母親痛哭失聲。外公那時已有病，就坐在母親床邊。

「我已是個四十歲的人了。我如何養育這兩個小姑娘？」

「就像養育其他孩子一樣。」外公說。

可是，養育雙胞胎而加倍麻煩的全副重擔都落到了阿德爾卡的頭上。母親有許多別的活兒要做——做飯、洗衣、打掃。父親晚上才出現在家裡。父母彼此之間經常是惡言相向，彷彿是一看到對方就不能忍受，彷彿突然之間就相互憎恨了起來。父親一回家就立刻鑽進地下室，他在那裡非法鞣製皮革——他們正是靠此為生。阿德爾卡一放學就直奔嬰兒車，推著兩個小姑娘去散步，然後跟著母親二人，一起給兩個小傢伙餵食、換尿布，晚上還得幫助母親為她們洗澡。直到她們都睡著了，她才總算能坐下來做功課。所以當她們兩個一齊得了猩紅熱，她就想，要是她們都死了，對大家都有好處。

她們躺在自己的雙人小床上，發燒得迷迷糊糊，經受著一般孩子雙倍的痛苦。醫生來了，吩咐用濕床單把她們裹起來，這樣可以讓她們降溫。醫生說完便收拾好自己的手提包往外走。他走到柵欄的小門旁，又對帕韋烏說，在黑市可以弄到抗生素。這個詞聽起來帶有一些不可思議的意味，就像童話中的活命水，於是帕韋烏騎上摩托車。在塔舒夫他聽人說，史達林死了。

他艱難地穿過正在融化的積雪，好不容易到了烏克萊雅的家，可在那裡他沒有見到任何人。於是他到了市場，走進市委會，尋找維迪納。女祕書哭腫了眼睛，對他說，書記不接見他。她無論如何都不肯放他往裡走。帕韋烏只好走出市委會，來到外面，一籌莫展地茫然環顧這座小城市。「有人已經死去，有人將要死去，塔舒夫充滿了死亡的氣息！」他思忖道。他靈機一動，何不去喝杯酒？馬上就去，立即就去。他的雙腿自動地把他送到了「幽靜」餐廳，他徑直走向小販賣部。櫃台後邊坐著炫耀蜂腰巨奶的巴霞。在她那濃密的秀髮上，卡了一塊白色的花邊。

酒。

帕韋烏有心走進櫃台裡邊，偎依在她那香噴噴的裸露的胸口上。她給他倒了一百西西的

「你可聽說出了什麼事嗎？」她問。

他脖子一仰，一口就喝光了酒，這時巴霞又遞給他一小盤澆了奶油的生青魚。

「我需要抗生素。盤尼西林。你知道這是什麼嗎？」

「是誰病了？」

「我的兩個女兒。」

巴霞走出小販賣部，將冬大衣披在肩頭上。她領著帕韋烏穿小胡同往下走，一直走到河濱，來到猶太人留下的那些小房子中間。她那兩條穿著尼龍絲襪的強壯的腿，在泡脹了的馬糞堆之間跳來跳去。走到一幢小房子前面，她站住了腳步，吩咐他原地等候。一分鐘後她返回了，報出了價錢。令人暈眩的天價！帕韋烏給了她一卷紙幣。過了片刻，他手上便拿著幾只小小的硬紙盒，盒子上面的說明，他看懂的唯有這幾個字：made in the United States❶。

「你什麼時候來找我？」他騎上摩托車的時候，她問。

❶英語，意爲：美國製造。

「最近不行。」他說，親吻了她的嘴巴。

晚上，兩個小姑娘退了燒，第二天便都痊癒了。米霞向耶什科特萊的聖母，抗生素的女王，虔誠祈禱，才有這突如其來的康復。夜裡，她又去檢查了一次，兩個雙胞胎姐妹的額頭都是涼涼的，她鑽進帕韋烏的被窩裡，整個身子依偎著他。

椴樹的時間

從耶什科特萊一直延伸到凱爾采公路的官道兩旁，長滿了高大的椴樹。它們開頭看起來是那種樣子，最後還是那種樣子。它們有粗大的樹幹和深深扎進地裡的、粗壯的樹根，這些樹根在土壤裡跟所有存在著的東西的底部相遇。冬天，椴樹粗大的枝柯在積雪上投下清晰的影子，爲短暫的白天標明時間。春天，椴樹長出成百萬綠色的葉子，它們把太陽從天上引到地面。夏天，椴樹芳香的花朵吸引了大群昆蟲。秋天，椴樹給整個太古平添了一層紅色和古銅色的光彩。

椴樹像所有的植物一樣，活著就是一場永遠不醒的夢，夢的開頭蘊藏在樹的種子裡。夢不會生長，不會跟樹一起長大，夢永遠都是那副樣子。樹木被禁錮在空間裡，但不會被禁錮在時間裡。它們的夢將它們從時間裡解放了出來。而夢是永恆的。樹木的夢不會像動物的夢那樣產生感覺，不會像人的夢那樣產生形象、情景。

樹木是透過物質，透過來自大地深處的汁液，透過使樹葉朝向太陽，進行光合作用而生存的。樹木的靈魂是在經過多種生存狀態的輪迴之後，處於休息狀態的。樹木僅僅是憑藉物質來感受世界。暴風雨對樹木而言，是一種暖到冷、緩到急的水流。一旦暴風雨來臨，整個世界就都成了暴風雨的世界。對於樹木而言，暴風雨前的世界和暴風雨後的世界毫無二致。

樹木不知道在一年四季的變化中存在著時間，不知道這些季節是一個接著一個輪流出現的。對於樹木而言，所有四種季節都一起存在。冬天是夏天的一部分，秋天是春天的一部分。熱的一部分是冷，出生的一部分是死亡。火是水的一部分，而土地則是空氣的一部分。

在樹木看來，人是永恆的——總是有人穿過椴樹的樹蔭在官道上行走，人不是凝固的，也不是活動的。對樹木而言，人是永遠存在的，然而同樣也意味著，人似乎從來就沒有存在過。篤篤斧聲，虺虺雷鳴，驚破了樹木永恆的夢。人們稱之爲樹木死亡的，只不過是樹的夢受到暫時的騷擾而已。在人們稱之爲樹木的死亡裡，有一種近乎動物的、不平靜的生存狀態。因爲意識越是清晰，越是敏銳，其中蘊含的恐懼就越多。但樹木永遠也無法到達動物和人的忐忑不安的王國。

一棵樹死了，另一棵樹就會接收它的夢，將這種沒有意義，沒有印象的夢繼續做下去。所以，樹木永遠不會死亡。在對生存的無知中，蘊含著從時間和死亡概念的解脫。

伊齊多爾的時間

打從魯塔離開了太古，並且顯然不會回來後，伊齊多爾便決定進修道院。

在耶什科特萊，有兩個修道院，女修道院和男修道院。修女們照料老人之家。伊齊多爾經常見到，她們用自行車將商店裡購買的物品遠送到老人之家。她們在墓地照料被人遺棄的墳墓，她們那黑白兩色的修女服與世界被沖淡了的灰色，形成了鮮明的對照。

男修道院有個「上帝的宗教改革家」的名稱。伊齊多爾在打定主意要進修道院之前，曾長久觀察這座陰森，未經修飾的建築物，它隱藏在頹圮的石頭圍牆裡面。伊齊多爾注意到，園子裡全部時間總是同樣的兩名修士在勞動。他們默默無言地種植蔬菜和白色的鮮花。單單只有白色的——百合花、雪蓮花、銀蓮花、白芍藥、白色天竺牡丹。修士中的一個，肯定是個最重要的人物，經常去郵局和負責採購。其餘的修士就一直封閉在神祕的修道院內，獻身於上帝。這正是伊齊多爾最喜歡的一點：遠離塵世，專心致志地鑽研上帝；認識上帝，研究上帝造物的秩序，最終找到一系列問題的答案：魯塔爲什麼會離開他，母親爲什麼會生病和死去，爲什麼在戰爭中會屠殺人和動物，爲什麼上帝會容忍惡行和苦難存在？

假若修士們能接受伊齊多爾進修道院，帕韋烏就再也不會稱他爲米蟲，再也不會挖苦他，再也不會滑稽地模仿他的舉止。他，伊齊多爾，就再也不用看到那些令他想起魯塔的地方。

他向米霞吐露了自己的想法和打算。米霞聽後笑了笑。

「你去試試吧。」她邊說邊給孩子揩屁股。

第二天，他便去了耶什科特萊，拉響了舊式的門鈴，叫修道院的門。許久許久沒有動靜——這大概是考驗他的耐性。但最後，門閂還是咯吱咯吱地響了起來，一個穿深灰色僧袍的老年男子替他開了門，這位男子他從未見過。

伊齊多爾說明他來此的意圖。修士沒有表示驚詫，沒有笑容。他只是點點頭，吩咐伊齊多爾在門外稍候。門重又咯吱咯吱地關上了。過了十幾分鐘，修道院的門再次打開，允許伊齊多爾進入修道院內。現在修道士領著他穿過走廊、過道，踏著樓梯一會兒向下走，一會兒又向上走，終於走進一個寬敞的、空空蕩蕩的大廳。大廳裡有一張辦公桌，兩張椅子。他又在那裡等了約莫十來分鐘，這時，另一個修道士進了大廳，就是那位經常上郵局的修士。

「我想進修道院。」伊齊多爾聲明道。

「爲什麼？」修道士簡短地問。

伊齊多爾乾咳了一聲，清一清嗓子。

「我想跟她結婚的那個女人走了。我的雙親都過世了。我感到孤獨，我思念上帝，雖說我不理解祂。我知道，倘若我能進一步認識上帝，我們彼此之間或許就能相處得更好。我渴望透過書本認識祂，透過各種外語的書籍，各種理論的書籍認識祂。可是鄉裡的圖書館能提供的書不多，藏書很少……」伊齊多爾不得不打住自己對圖書館的抱怨。「不過修士兄弟您千萬別以爲我只會一個勁兒地讀書，讀書。我還想做點什麼有益的事。我知道，這個修道院是『上帝的宗教改革家』，這正合我意。我想讓世界變得更好，我想糾正所有的惡行……」

修士從椅子上站起來，打斷了伊齊多爾的話。

「改造世界，你說。這很有意思，但不實際。世界既不會被你改造得更好，也不會被你改造得更壞。世界只能是現在這個樣子。」

「嗯，不過，你們不是自稱爲改革家嗎？」

「哎呀，你理解錯了，我親愛的小伙子。我們沒有以任何人的名義改造世界的意圖。我們是在改造上帝。」

頃刻之間，大廳裡籠罩著一派寂靜。

「怎能改造上帝呢？」伊齊多爾終於問了一句，修士的話是他完全沒有料到的。

「能。人在變。時代在變。小汽車、人造衛星……上帝有時看起來似乎是……該怎麼說呢……有點兒老骨董的味道。而祂本身又太偉大，太強勁，這樣一來，要適應人的想像力就顯得有點不靈光，有些遲鈍了。」

「我原以爲上帝是不變的。」

「我們每個人都會在某些實質性問題上犯錯誤。這純粹是人的特點。聖米洛，我們修道院的締造者曾經論證過，他說，假如上帝是不變的，假如上帝停住不動，世界就不再存在。」

「我不相信這種話。」伊齊多爾堅定地說。

修士從椅子上站了起來，於是伊齊多爾也只好起身告辭。

「什麼時候你有需要，就回到我們這兒來。」

「我不喜歡這種說法。」伊齊多爾回到廚房，對米霞說。

後來他躺在自己的床上。他的床不偏不斜正好在閣樓的中央，就在小天窗的下邊。小小的一塊長方形的天空，是一幅畫，是一幅簡直可以掛在教堂裡的聖畫。

每逢伊齊多爾看到天空和世界的四個方向，他總想要祈禱，但他年齡越大，他就越難將那些熟悉的祈禱詞背誦出來，因爲他腦子裡出現了許多想法，將他的祈禱弄得支離破碎，撕成了碎片。於是，他便試著集中精力，在繁星燦爛的畫面上想像永遠不變的上帝的形象。想像力總能創造出理智無法接受的畫面。有一次，他想像的上帝是個伸開手腳、懶洋洋地靠在寶座上的老人。祂的目光是那麼嚴峻，那麼寒氣逼人，這使伊齊多爾立即眨巴起眼睛，把祂從天窗的畫框裡趕走。另有一次，上帝成了某種被吹散了的、飄忽不定的幽靈，祂那麼多變，那麼無定形，因而使人無法忍受。有時在上帝的形象裡頭鑽進了一個現實的人，這個人常常是帕韋烏，那時伊齊多爾便失去了祈禱的欲望。他坐在床上，翹起兩條腿在空中搖晃。後來伊齊多爾發現，妨礙他想像上帝的，是上帝的性別。那時，全無某種負疚感，他看到天窗畫框裡出現的上帝是個女人，或者可以稱之爲一位女上帝。這給他帶來些微慰藉。他以一種從未感受到的輕鬆心情向她祈禱。他對她講話，就像對母親講話一樣。這種情況持續了一段時間，可最後有種無法形容的、惴惴不安的心態開始伴隨著他的祈禱，他的體內有股熱浪在湧流。

上帝是位女性，強勁，偉大，濕漉漉，冒著熱氣，宛如春天的大地。女上帝像蓄滿大量水分的雷雨雲一樣，存在於空間的某個地方。她的威力壓倒一切，她使伊齊多爾記起了某種令他恐懼的童年經歷和感受。每次只要他對她說點什麼，她回答他時發表的見解往往會讓他語塞，使他無法再說下去。在這種情況下，祈禱也就失去了思路，失去了目的、意圖，對女上帝也就不能表示任何心願和希望，只能爲她陶醉，吸吮她的氣息，只能融入對她的讚美之中。

有一天，伊齊多爾望著自己的那一小塊天空，突然恍然大悟。他明白了，上帝既不是男人，也不是女人。這是在他說出「上帝啊」這個詞時領悟到的。這個詞解決了上帝的性別問題。「上帝啊」聽起來如同說「太陽」，如同說「空氣」，如同說「地方」，如同說「田野」，如同說「海洋」、「糧食」一樣，都是中性名詞。跟「黑暗的」、「光明的」、「寒冷的」、「溫暖的」這些中性形容詞也沒有什麼區別。伊齊多爾激動地、一再重複他所發現的，上帝的眞正名字。隨著每一次重複，他知道的也就越來越多，越來越多。他知道上帝是年輕的，而同時又是自開天闢地以來便已存在了，甚至存在得更早（因爲「上帝啊」聽起來跟「永遠」是一樣的），上帝對於一切生命都是不可或缺的（如同「食物」），而且無所不在（如同「到處」），但是若有人試圖找到祂，卻必是徒勞（如同「任何地方都沒有」）。上帝滿懷愛與歡樂，但有時也會是殘酷、可怕的。上帝身上蘊含著人世間所有的一切特點和品性。上帝接納每一種物品，每一個事件，每一個時代的形態。上帝既創造，又破壞，或者是親自破壞，或者是允許別人破壞祂所創造的事物。上帝是不可預測的，像個孩子，像個狂人。上帝在某種意義上跟伊凡・穆克塔相似。上帝以如此一目了然的方式存在，眞使伊齊多爾驚詫不迭。他之前爲何沒有意識到這一點！

這個發現給他帶來眞正的寬慰。他一想到這一點就覺得好笑。伊齊多爾的靈魂在咯咯地笑。他不再上教堂，這一舉動受到了帕韋烏的讚許。

「不過，我並不認爲他們會因此而接受你入黨。」吃早飯時帕韋烏說，爲的是使小舅子可能產生的希望化爲泡影。

「帕韋烏，牛奶湯不需要嚼。」米霞提醒他說。

伊齊多爾把黨和上教堂都放在一邊。眼前他需要時間思考，回憶魯塔，讀書，學德語，寫信，集郵，凝望自己的小天窗，以及緩慢、懶散地感受宇宙的秩序。

帕普加娃的時間

老博斯基蓋成房子，但沒有打出一口水井，因此斯塔霞．帕普加娃不得不到住在鄰近的兄弟家的水井裡打水。她肩上扛一根木扁擔，兩頭繫兩隻水桶。她一路走去，扁擔有節奏地咯吱咯吱地響著。

帕普加娃從井裡打滿兩桶水，偷眼環顧房子周圍。她看到晾曬的被褥，搭在長竿子上蓬鬆的羽絨被褥和輕柔的被單。「我才不想要這種羽絨被子哩。」她心想：「這種被褥太暖和，而且羽毛總愛朝腳的那一頭滑，我寧願套上棉布套子的輕毛毯。」水桶裡撒出的冰涼的水淋在她的赤腳上。「我也不想要這種大玻璃窗，清洗起來多費勁。我也不要這種透花紗窗簾，隔著窗簾，什麼也看不清楚。我也不想要這麼多孩子。高跟鞋傷腳，走路也不方便。」

米霞想必是聽見了扁擔的咯吱聲，因爲她走出屋子，站到台階上，請斯塔霞進屋坐一坐。斯塔霞將水桶留在混凝土井台上，走進博斯基夫婦的廚房，那裡總是飄散著燒糊的牛奶和午餐食物的氣味。她在爐邊的一只凳子上坐了下來，她從來不坐椅子。米霞把孩子們打發到一邊，接著便跑進樓梯下邊的儲藏室。

她總能從那裡掏出點什麼有用的東西：給雅內克的褲子，安泰克穿過的毛衣和皮鞋。米霞穿過的衣服，帕普加娃總要進行一番修改，因爲她穿嫌小。但她喜歡一覺醒來，便坐在床上縫縫補補。她拼上一塊接角布，鑲上條花邊，添上條皺邊，再拆掉褶縫，如此修修改改的，一件合身的衣服就出來了。

米霞用土耳其咖啡招待斯塔霞。

咖啡煮得很好，有一層厚厚的凝皮，糖往往要在上面待一會兒，然後才沉底。米霞將咖啡豆撒進小磨，然後轉動小把手，斯塔霞對米霞那修長的手指怎麼看也看不夠。最後小咖啡磨的小抽屜裝滿了，廚房便瀰漫著新磨的咖啡粉的芳香。斯塔霞喜歡這香味，但她覺得咖啡本身太苦，味道也不好喝。於是她往玻璃杯裡加了好幾匙糖，直到甜味蓋過苦味。她用眼角的餘光偷看米霞是怎樣喝得津津有味，怎樣用小匙子輕輕把咖啡和糖攪勻，怎樣用兩個手指端起玻璃杯舉到嘴邊。然後她也學著這樣做。

她們談起孩子、園子和烹調。但有時米霞變得好尋根問柢：

「沒有男人，你的日子怎麼過？」

「我有雅內克呀！」

「你明白我指的是什麼。」

斯塔霞不知如何回答。她用小匙子在咖啡裡攪和。

「沒有男人的日子眞難過。」晚上她躺在床上思忖道。斯塔霞的胸部和腹部都想依偎著男人的軀體，堅硬而散發著在太陽裡勞動的馨香的軀體。斯塔霞把枕頭捲成筒，抱在懷裡，彷彿摟抱著的是另一個人的軀體。就這樣她睡著了。

太古沒有商店。所有的物品都得到耶什科特萊去購買。斯塔霞產生了一個想法。她向米霞借了一百茲羅提，買了幾瓶酒和一點巧克力糖。後來這些東西都賣出去了。會有幾個人晚上需要喝上半公升。有時在禮拜天，也有人樂於邀鄰居在椴樹下對酌一番。太古的人們很快都了解到斯塔霞・帕普加娃有酒出售，而且賣得比商店貴不了多少。有人給老婆買巧克力，爲了使老婆不會因他喝酒而發脾氣。

這樣一來，斯塔霞的生意便越做越興盛。剛開始，帕韋烏還爲此而生她的氣，可後來，他自己也常派維泰克到她那兒去買上一瓶酒。

「你可知道，這樣做有什麼危險嗎？」他皺著眉頭問姐姐，但斯塔霞有把握，萬一（上帝啊，但願不要出現這種萬一）出了事，單憑兄弟的熟人關係，他們也不會讓她過不去，受欺負。

不久，她就開始每個禮拜兩三次去耶什科特萊進貨。她還擴大了經營的範圍。她出售的商品中有烤麵食用的發酵粉和香草精——一些每個家庭主婦在禮拜六烤糕點時，可能會突然發現缺少的東西。她那兒有各種香煙、醋和食油。一年後她買了冰箱，也開始出售黃油和人造奶油。所有的商品她都放在加蓋的廂房裡，這間廂房跟她所有的房間一樣，也是她父親給她建造的。廂房裡放著電冰箱，還有個長沙發，斯塔霞常常就睡在這長沙發上。那裡還有鑲了瓷磚的廚房、桌子和用褪色的印花布遮掩的貨品架。打自雅內克到西里西亞上學之後，她就沒有使用過正房。

非法出售酒類——官方語言是這麼稱呼斯塔霞的生意的——大大豐富了她的社交生活。形形色色的人物都成了她的顧客，有人甚至從耶什科特萊和沃拉來到她這裡。禮拜天一大早，就有宿醉未醒的林場工人騎著自行車來了。有些人一買就是半公升的整瓶酒，另一些人買四分之一公升，還有些人買上一百西西就地喝掉。斯塔霞給他們用小玻璃杯斟上一百西西的酒，用酸黃瓜招待他們，當做是不要錢的下酒菜。

有一天，有個年輕的護林員來到斯塔霞的鋪子買酒。那天天氣炎熱，因此斯塔霞就請他坐下休息一會兒，喝杯摻果汁的涼水。他道了謝，一口氣灌下兩杯。

「這果汁太好喝了。是太太您自己做的嗎？」

斯塔霞點點頭，不知何故，她竟怦然心動。護林員是個英俊的男子，雖說還非常年輕，太年輕。他個頭兒不高，但很強壯。他蓄著兩撇漂亮的八字鬍，有一雙活潑的深棕色的眼睛。她將他買的酒瓶用報紙仔細地捲起來。後來護林員又來，她再次請他喝果汁。他們聊了一會兒。又過了些日子，某天晚上，他來敲門，她那時已脫衣睡覺了。他喝得微帶醉意。她匆匆穿上了連身裙。這一次他卻不肯買好了酒就把酒瓶帶走。他想在店鋪裡喝。她給他斟了一杯酒，而自己就坐在長沙發邊上，望著他怎樣一口喝得精光。他點著香煙，朝加蓋的廂房四周察看了一番。他乾咳了一聲，清了清嗓子，好像有話要說。斯塔霞感到這是個不同尋常的時刻。她又拿出第二隻酒杯，將兩隻酒杯都斟滿了酒，滿得都要溢出來了。他倆端起酒杯碰了碰。後來他突然把手放到斯塔霞的膝蓋上。這一接觸，竟使她像中了魔法那樣飄飄然，軟綿綿起來。她渾身乏力，不覺向後一倒，仰面躺在長沙發上。護林員趴到她身上，開始親吻她的脖子。那時斯塔霞心裡想的是，自己穿的是經過拼接的、打了補丁的舊胸罩，以及一條撐鬆了的褲衩。於是就在他親吻她的時候，斯塔霞主動將兩者都從自己身上褪了下來。護林員迅猛狂暴地占有了她，那是斯塔霞一生中最美好的幾分鐘。

一切過後，她躺在他下面連動都不敢動一下。他連看都不看她一眼，站了起來，扣好褲子。他嘴裡嘟囔了句什麼，便徑直朝門口走去。她望著他如何笨拙地拉拽門鎖。他走了出去，甚至沒有關上身後的門。

伊齊多爾的時間

自從伊齊多爾學會了讀和寫，就迷上了各種信件。他收集郵寄到博斯基夫婦家的所有信件，裝在一隻皮鞋盒子裡。根據信封上寫的「公民」或「同事」這一類的稱呼，就可辨認出這些主要是政府公文。裡面充滿了一些神祕的節略語：「即」、「等等」、「諸如此類」。盒子裡還有許多明信片——黑白的塔特拉山全景畫，黑白的海景畫——寫的是年復一年、一成不變的文字：「寄自克雷尼察的熱情問候」，或「寄自高峻的塔特拉山的衷心問候」，或是「祝節日快樂和新年幸福」。每隔一段時間，伊齊多爾就把他那不斷擴大的收藏拿出來欣賞一番，他看到墨跡在逐漸消退，日期逐漸變得有趣地遙遠。「一九四八年復活節」，這是怎麼一回事？「一九四九年十二月二十日」，「一九五一年八月，克雷尼察」，這又是怎麼回事？何謂似水流年一去不返？莫非就像人們走過時，身後留下的景色那樣流逝？可景色依舊留在某個地方，對另一些人的眼睛來說，它們依然存在。莫非時間寧願拭去自己身後的痕跡，將過去化為灰燼，將過去徹底消滅，使其一去不返？

由於這些信件，伊齊多爾發現了郵票。它們雖說是那麼小，那麼脆弱，那麼易受損壞，可它們包含著無數微型的世界，他對這小小的郵票眞感到無法理解。「完全跟人一樣。」他心想。他借助水壺冒出的蒸氣，小心翼翼地揭下信封和明信片上的郵票。他將郵票擺在報紙上，就能瞧上好幾個鐘頭。郵票上有各類動物、遙遠的國度、各種寶石、遠方大海的魚類、輪船、飛機、著名的人物和各種歷史事件的畫面。只有一點讓伊齊多爾心煩，那就是郵戳的墨跡常常破壞它們精緻的畫面。父親去世前曾向他演示過，郵票上的墨跡可用相當簡單的家常方法去掉。只需用點蛋白和一點耐心。這是他從父親那兒獲得的最重要的學問。

這樣一來，伊齊多爾便收藏了不少品質優良的郵票。現在，假如他有寫信的對象，他自己就能寫信了。他想到魯塔，每次一想起魯塔就令他心痛。魯塔不在了，他不能寫信給她。魯塔，跟時間一樣，對於他已是一去不返，化爲灰燼，化爲烏有。

一九六二年左右，由於烏克萊雅的原因，博斯基夫婦家裡出現許多彩色廣告的德文雜誌，色彩非常漂亮。伊齊多爾一天到晚看著這份雜誌，對雜誌上那些長得難以發音的詞語驚嘆不已。他在鄉圖書館翻出一本戰前的德波詞典，詞典裡的德語詞彙遠遠多於太古所有的居民在戰時學會的 raus、schnell 和 Hande hoch[1]。後來到太古避暑的人中，有個人送給伊齊多爾一本小字典，作爲他個人私有。伊齊多爾寫了有生以來第一封信，是用德文寫的：「請給我寄來汽車說明書和旅遊說明書。我叫伊齊多爾・涅別斯基。我的地址如下……」他從自己收藏的郵票中，挑了幾張最漂亮的貼到信封上，然後前往耶什科特萊的郵局寄信。身著黑色閃光罩褂的郵局女職員從他手上接過信，瞥了一眼郵票，就把信放進一個小格子裡。

「行了，謝謝。」她說。

伊齊多爾兩隻腳來回調換著，依舊站在小窗口的前邊。

「它不會寄丟嗎？會不會給遺失在某一個地方？」

「如果你懷疑，就寄掛號信好了。不過寄掛號要貴一點。」

伊齊多爾補貼了郵票，花了好長時間塡寫掛號單。郵局女職員給他的信註上號碼。

幾個禮拜後，厚厚一封裝在白色信封裡、用打字機打出地址的信件送到伊齊多爾手中。伊齊多爾有了外國的、完全是另一種的郵票，這郵票是他從未見過的。信封內裝的是朋馳公司的汽車廣告，以及各旅行社的旅遊說明書。

伊齊多爾平生從未曾感到自己是個如此重要的人物。當他晚上再度觀賞說明書的時候，他又想起了魯塔。

❶德語，意爲：出來，快一點，和舉起手來。

朋馳公司和德國旅遊局爲伊齊多爾壯了膽，使他的勇氣達到了某種程度，以致他一個月要寄出好幾封掛號信。他還請求在離凱爾采不遠的寄宿學校讀書的阿德爾卡和安泰克，爲他帶回所有的舊郵票。在消掉郵戳印痕之後，他把這些郵票貼到寄出的信封上。偶爾他還成功地將某些說明書賣給什麼人，換幾個小錢。他不斷地收到新的說明書和新的地址。

現在他跟形形色色的旅遊公司建立了聯繫：有德國的，瑞士的，比利時的和法國的。他收到蔚藍海岸❷的彩色照片，刊有布列塔尼陰鬱風景，和阿爾卑斯山水晶般、純淨透明景色的遊覽指南。他會整夜整夜地觀賞它們，眞可謂心醉神迷、樂此不疲，雖然他知道，這些景色對他來說，只是印在光滑的、飄散著油墨香味的紙張上。他把這些印刷品拿給米霞和兩個小外甥女看。米霞說：

「這眞是太美了。」

後來發生了一件小事，但它卻改變了伊齊多爾的生活。

丟失了一封信。一封伊齊多爾寄給漢堡一家生產照相器材公司的掛號信。當然，他只是請對方寄給他說明書。那家公司每一次都會回信，可這一次卻如石沉大海，沒有任何回音。伊齊

❷即法國科特達祖爾，地中海旅遊勝地。

多爾思考了整整一個晚上，既然郵局開了收條，給了號碼，那麼掛號信又怎麼會丟失呢？難道這不應是萬無一失的保證嗎？郵局有可能將它滯留在國內嗎？會是某個喝醉酒的郵差把它弄丟了？還是大洪水或者載著郵件的火車出了軌？

第二天一早，伊齊多爾就去了郵局，穿黑色罩褂的女職員建議他提出賠償要求。他在索賠單上，透過兩張複寫紙塡寫了公司的名稱，而在「寄信者」一欄塡寫自己所有的資料。塡好索賠單，他便回家去了，但他滿腦子想的只是掛號信丟失的事，別的什麼都不想。如果信件是在郵局丟失的，那麼郵局就不是他滿懷欽佩想像的那種郵局。他想像的郵局，作爲神祕的龐大組織機構，在地球上的每一個地方，都有自己的辦事人員。郵局是有影響的機構，是世上所有郵票的母親，是所有穿藏青色制服的郵差的女王，是千百萬封信件的庇護人，是文字的統治者。

兩個月後，郵局對伊齊多爾造成的心理創傷已開始癒合，那時它寄來一封官方公函，公函裡，波蘭郵局向「伊齊多爾·涅別斯基公民」表示歉意，說沒能找到丟失的那封信。與此同時，德國照相器材公司聲明，他們沒有收到「伊齊多爾·涅別斯基公民」寄去的掛號信，因此兩國郵政當局都感到該對丟失的信件負起責任，並決定對遭受損失的「伊齊多爾·涅別斯基公民」賠償兩百茲羅提的現款。同時波蘭郵政局對發生的事件表示道歉。

伊齊多爾就這樣成了一筆可觀的現款的主人。他把一百茲羅提順手交給米霞，用餘下的錢給自己買了一本集郵簿和好幾大張用來發掛號信的郵票。

從此以後，只要某一封掛號信沒有收到答覆，他就上郵局提出賠償要求。如果他的信件找到了，他必須支付一個半茲羅提的索賠費用。這不算多。可是他每回寄出的數十封信中，總會有某一封信丟失，或者有人忘記了把信交給收件人，或者外國的收件人忘記了該信已經收到，而對郵局寄去的詢問郵件是否已收到查詢單感到意外，並回答說：non❸，nien❹，no❺。於是，伊齊多爾便經常領到賠款。他成了家裡擁有充分權利的成員。他會賺錢養活自己了。

❸法語，意爲：不；沒有。
❹德語，意爲：不；沒有。
❺英語，意爲：不；沒有。

麥穗兒的時間

在太古，如同在世界各處一樣，總有些物體會自己形成，出現，自己從一無所有中產生。當然，這往往只出現在現實中的一小塊土地，對於整體沒有實質性意義，因此也不會對世界的平衡構成威脅。

這種地方出現在沃拉公路旁邊，在一個斜坡上。看上去並不起眼——猶如鼴鼠洞穴，猶如大地軀體上無關緊要，但永遠癒合不了的傷口。只有麥穗兒知道這個地方，在去耶什科特萊的路上，她常常停下來瞧瞧這世界的自我創造。那裡有許多古怪的東西和什麼也不是的東西：與其他任何石頭都不相像的紅色石頭、一小段多節疤的木頭、長刺的種子。她後來在小園子裡種下這些種子，後來長出瘦弱的小花，出現橙黃色的蒼蠅，而有時只是發出某種氣味。麥穗兒常常覺得，不起眼的鼴鼠洞穴也在創造空間，她常常覺得路旁的斜坡在緩緩擴大。這樣一來，馬拉克家的田地就每年都在增大，但他對此絲毫沒有覺察，照樣在地裡栽種馬鈴薯。

麥穗兒不免產生了奇思異想：說不定有一天，她能在這兒發現一個孩子，一個小姑娘，她就可以帶她回家，讓她塡補魯塔的位置。可是有一年的秋天，鼴鼠洞穴消失了。麥穗兒試圖去揭開那冒泡兒的空間的祕密，但什麼也沒有發現。於是她認爲，自我創造的排氣口跑到別的什麼地方去了。

第二個這樣的地方，有一段時間似乎是出現在塔舒夫市場的噴水池裡。噴泉發出響音，產生颯颯聲和沙沙聲，而有時，在噴泉的水裡，有人發現某種凍膠狀的軟膏、一束束密集的髮絲、植物的綠色大碎塊。人們認爲，噴水池裡有鬼嚇人，於是就把噴水泉炸毀，建了一個汽車停車場。

當然，如同在世界各地一樣，太古也有這樣的地方。在那兒、現實中存在的小片土地自行捲了起來，並從世界上溜走，如同空氣從氣球裡溜走一般。這種情況在戰後不久就出現在山後邊的田野上，從那時起溜走的土地就明顯增大。在地裡形成了一個坑口，它將黃沙、一片片青草和田野的石頭往下拉，拉向不爲人知的去處。

遊戲的時間

奇怪的是，說明書的規則也是奇怪的。有時玩家覺得，一切都似曾相識，覺得從前什麼時候也曾玩過類似的東西，或者是從夢裡，或者是從童年時曾去過的某個鄉圖書館的一些書裡見過這種遊戲。在說明書中，以「第六世界」爲題的內容是這麼寫的：

上帝偶然地創造了「第六世界」，然後就離去了。這一次的創造具有隨意性和暫時性。在上帝的作品裡滿是漏洞和不完善。沒有任何明確的和穩定的東西。黑的常變成白的，惡看起來有時似乎成了善；同樣，善看起來經常像惡。它就這麼自個兒留下來，無可依傍，於是「第六世界」就開始自行創造。微不足道的創造行爲，突然之間就出現在時間和空間裡。物質本身會自行發芽生殖變成具體的東西，物體夜裡自行仿造，複製，地裡長出了石頭和金屬礦脈，而谷地也開始流淌著新的江河。

人學會靠自己的意志力創造自己，他們自稱爲神。世界上現在充滿了數以百萬計的神。但意志是服從於一時的衝動，故而，混亂又回到「第六世界」。一切都太多，雖說仍在不斷產生新的東西。時間飛快流逝，而人，爲了努力創造出眼下還沒有的東西而累得要死。

終於，上帝回來了，祂讓這種雜亂無章弄得心煩意亂。祂一時心血來潮便摧毀了全部創造物。現在「第六世界」空無一物，沉寂得有如混凝土的墳墓。

伊齊多爾的時間

有一回，伊齊多爾帶著一打信去郵局，穿閃光罩褂的郵局女職員猝然將腦袋伸出小窗口，說道：

「局長對你非常滿意。他說過，你是我們最好的顧客。」

伊齊多爾一下愣住了，手裡握著的複寫筆停在索賠單的上方。

「怎麼會呢？畢竟我給郵局造成了損失。不過我做的一切都是合法的，我沒幹壞事……」

「唉呀，伊齊多爾，你什麼也不明白。」椅子移動的喀嚓聲響起，那婦女半身探出了小窗口。「郵局在你身上還有賺頭呢。所以局長才會爲像你這樣一個人恰好就出現在我們分局的工作區而慶幸。你知道，各國之間的協議是這樣的，每丟失一封國際信件，兩國郵局分別各賠償一半。我們支付給你茲羅提，而他們用馬克支付。我們再按國家匯率給你換算那些馬克，一切都符合規章。我們賺，你也賺。說實在的，誰也沒有損失。怎麼樣，難道你不滿意？」

伊齊多爾疑惑地點了點頭。

「我滿意。」

女職員從小窗口退了回去。她從伊齊多爾手中拿走賠償單，開始機械地在索賠單上蓋郵戳。

伊齊多爾回家的時候，屋子前面停著一輛黑色的汽車。米霞已經在門邊等他。她面色灰暗，一動不動。伊齊多爾當即就明白，發生了可怕的事了。

「這些先生是來找你的。」米霞用死板的聲音說。

在客廳兼餐廳的房間裡，桌旁坐著兩個穿淺色風衣戴禮帽的男子。他們關注的是那些寄出的信件。

「你常給誰寫信？」男子中的一個問，同時點了香煙。

「哦，給一些旅遊公司。」

「這事散發著一股間諜活動的臭氣。」

「我跟間諜活動能有什麼關係？上帝保佑，您知道，我剛一見到汽車，還以爲孩子們出了什麼事……」

兩個男子交換了一下眼色。抽煙的那一個惡意地望著伊齊多爾。

「你要這許多花花綠綠的廣告單幹什麼？」第二個猝不及防地問。

「我對世界感興趣。」

「對世界感興趣……你幹嘛要對世界感興趣？你可知道，從事間諜活動會有什麼樣的下場？」

那男子在脖頸上做了一個快速的動作。

「你們要宰我？」被嚇破了膽的伊齊多爾問道。

「你爲什麼不工作？你靠什麼爲生？你每天都在幹些什麼？」

伊齊多爾感到自己的手心在出汗。他開始結巴起來。

「我本想進修道院，可他們不接受我。我幫姐姐和姐夫幹家務。我劈柴，我帶孩子。將來我或許多少能領到點撫恤金。」

「那得有病殘證明。」抽煙的那一位嘟噥道：「你常往哪裡寄信？莫非是寄往自由歐洲？」

「我只給各個汽車公司或旅遊公司寄信……」

「是什麼使你和烏克萊雅的妻子聯繫在一起的？」

過了片刻伊齊多爾才明白，他們是爲魯塔來的。

「可以說，所有的一切；也可以說，什麼也沒有把我們聯繫在一起。」

「別在我們面前賣弄哲學。」

「我們是同一天出生的，我原本想娶她爲妻……可是她走了。」

「你知道她現在何處？」

「我不知道。您知道嗎？」伊齊多爾滿懷希望地問。

「這不關你的事。是我在問你。」

「先生們，我是無辜的。波蘭郵局對我很滿意。他們剛才對我講過這一點。」

兩個不速之客站了起來，向門口走去。他們中的一個還回過頭來，說道：

「記住，你是受監視的！」

幾天之後，伊齊多爾收到一封皺巴巴、髒兮兮、貼著外國郵票的信，他從未見過這種郵票。他本能地朝寄信人地址瞥了一眼，讀出：亞馬尼塔・穆斯卡利亞。

這些文字令他奇怪地覺得似曾相識。「或許是某家德國公司。」他心想。

可是這封信是魯塔寄來的。他一瞧見那歪歪扭扭的孩子氣的字體，就猜到了。「親愛的伊杰克，」她寫道：「我如今在很遠的地方，在巴西。有時我睡不著覺。我想念你們。可有時我壓根兒就不想你們。我有許多事要做。我住在一座非常大的城市裡，到處都是各種膚色的人。你身體好嗎？我希望我媽媽也是健健康康的。我非常想念她，可我知道，她沒有法兒在這裡生活。我在這裡想要什麼有什麼。你別代我問候任何人，甚至我的媽媽也一樣。讓他們盡快忘記我。亞馬尼塔・穆斯卡利亞。」

伊齊多爾一夜無眠到天明。他躺在床上，眼睛望著天花板。魯塔還在他身旁的那個時代的畫面和氣息一齊回到了他的心中。他記得她說的每一句話，每一個手勢。她的一顰一笑都依次在他的腦海裡還原。當陽光射到屋頂東邊的窗口時，淚水從伊齊多爾的眼裡滾落下來。他翻身坐起，尋找地址：在信封上，信紙上，甚至在郵票下面，在郵票複雜的圖案裡，到處都找遍了，但是沒有找著。

「我要去找她。我要積攢錢到巴西去。」他大聲地自言自語道。

然後，他便開始實踐安全局的密探無意中向他暗示的主意。他從練習本上撕下一張紙，寫道：「請給我寄來廣播時刻表。問候。伊齊多爾・涅別斯基。」他在信封上寫下了地址：「自由歐洲廣播電台，慕尼黑，德國。」

郵局的女職員見到這個地址，臉刷地一下變白，一言不發地遞給他一張掛號單。

「我要求同時給我索賠單。」伊齊多爾說。

這是一宗非常簡單的買賣。伊齊多爾每月寄出一封這樣的信。顯而易見，這種信不僅到不了收信者手中，甚至壓根兒就出不了縣界。每個月他都能收到這種信件的賠償金。最後他只往信封裡裝上一張空白紙。索取廣播時刻表已毫無意義。這是賺錢的最好辦法。伊齊多爾把賺到的錢放進裝過烏龍茶的茶葉罐裡。他打算用它來買飛機票去巴西。

第二年春天，穿淺色風衣的密探把伊齊多爾帶到塔舒夫。他們用強烈的燈光照射他的眼睛。

「密碼！」其中的一個密探說。

「什麼『密碼』？」伊齊多爾問。

第二個密探在伊齊多爾的臉上搧了一巴掌。

「快交出密碼！你是怎樣把情報譯成密碼的？」

「什麼情報？」伊齊多爾問。

他又挨了一記耳光，這一次更重。他感覺到嘴唇上有血。

「我們用一切可能掌握的方法檢查了每一個字，檢查了信紙和信封的每一平方厘米。我們把紙揭了一層又一層。我們檢查了郵票。我們用放大鏡看了幾十遍。我們在顯微鏡下研究過郵票鋸齒形邊緣和漿糊的成分。我們分析過每一個字母，每一個逗點和句號。」

「我們什麼也沒有找到。」第二個說，他就是那個搧耳光的密探。

「那裡沒有任何密碼。」伊齊多爾低聲說，用手帕擦去了鼻子下邊的血。

兩個男人縱聲大笑。

「那好，」第一個密探又開口說：「讓我們事先約定，我們再一次從頭開始。我們保證對你什麼也不幹。我們將在審訊記錄中寫上，說你不是個完全正常的人。反正所有的人都是這樣看待你的。我們會放你回家。可你得告訴我們，這一切是怎麼一回事，我們是在什麼地方出了差錯？」

「那裡什麼也沒有。」

第二個密探比較神經質。他把臉湊近伊齊多爾的臉。他噴著一股煙臭。

「你聽著，賣弄聰明的傢伙。你寄了二十六封信到自由歐洲。在其中的大部分裡頭只是一張白紙。你玩火，可現在玩出了麻煩。」

「你最好是直截了當地告訴我們，你是怎樣把情報譯成密碼的。說出來就沒事。你便可以回家。」

伊齊多爾嘆了口氣。

「我看得出，先生們很在乎這一點，可我實在沒法兒幫你們的忙。那裡沒有任何密碼。那只是些空白紙。什麼也沒有。」

這時，第二個密探從椅子上跳將起來，對著伊齊多爾的臉狠狠打了一拳。伊齊多爾從椅子上癱倒在地，失去了知覺。

「這是個瘋子。」第一個說。

「你記住，朋友，我們永不會讓你安寧。」第二個咬牙切齒地說，一邊按摩自己的拳頭。

伊齊多爾被拘留四十八個鐘頭。後來看守來看他，一句話沒說，便打開他面前的牢門。

整整一個禮拜，伊齊多爾沒有走下自己的閣樓。他把裝在茶葉罐裡的錢拿出來數了一遍，確定自己已有了一筆正直的款子。反正他也不清楚去巴西的飛機票得花多少錢。

「寄信的事結束了。」他終於下了樓，走進廚房，這麼對米霞說。米霞衝他淡淡一笑，輕鬆地舒了一口氣。

洋娃娃的時間

動物的時間永遠是現在式。

「洋娃娃」是條火紅色毛茸茸的母狗。牠有一對古銅色的眼睛，這對眼睛有時會閃著紅光。洋娃娃最愛米霞，所以總是竭力使米霞處在牠自己紅色視線的範圍之內。那時便一切各就各位，諸事順心。洋娃娃跟著米霞去井台，去小園子，跟著她出門走上官道看世界。牠不讓米霞離開自己的視線。

洋娃娃不會像米霞或別的人那樣思考。在這個意義上，洋娃娃和米霞之間存在著一道鴻溝。因爲若會思考就得吞下時間，把過去、現在、將來和它們持續不斷的變化化爲內在的東西。時間在人的頭腦內部工作。人頭腦之外的任何地方都沒有時間。在洋娃娃小小的狗腦裡沒有這種腦溝，沒有這種過濾時間流逝的器官，因此洋娃娃是住在現在的時間裡。所以每當米霞穿戴整齊出門，洋娃娃便會覺得她是永遠地走了：每個禮拜天，她上教堂都是一去不返的，她到地下室取馬鈴薯就永遠地待在地下室裡。只要她從洋娃娃的視線裡消失，便是永遠消失。那時，洋娃娃的憂傷是無邊無際的，母狗將牠的嘴貼在地上，嗚嗚地叫著，痛苦不堪。

人給自己的痛苦套上了時間。人因爲過去的緣由而痛苦，又把痛苦延伸到未來。這樣便產生了絕望。洋娃娃的痛苦只發生在此時此地。

人的思維是跟不停地吞嚥時間不可分割地聯繫著的。這是一種囫圇吞嚥，吞得喘不過氣來。洋娃娃是把世界作爲一幅靜態的圖畫，一幅由某位上帝繪出的圖畫來接受的。對於動物而言，上帝是位畫家。上帝以全景畫的形式將世界鋪展在動物面前。這幅畫的深度蘊藏在各種氣味、各種觸覺、各種味道和各種聲音裡，在這些裡頭不含有任何意義。動物不需要意義。人在做夢的時候，有時也有類似的感覺。然而人在清醒的時候需要意義，因爲人是時間的囚徒。動物是在無止無休地、徒勞無益地做夢。從這個夢中醒來，對它們而言，便是死亡。

洋娃娃靠世界的畫面生活。牠參與了人用自己的心智創造的畫裡的活動。每當米霞說一聲「我們走吧」，便見到洋娃娃在搖尾巴，她就以爲洋娃娃像人一樣能聽懂她的話。但洋娃娃搖尾巴不是對米霞說的話做反應，不是對概念做反應，而是針對從米霞的頭腦裡萌生出來的畫面做反應。在這畫面裡，有牠所期待的東西：運動，不斷變幻的風景，搖曳的青草，通向森林的沃拉公路，蚱蜢的嬉戲，嘩嘩流水的河。洋娃娃常趴在米霞腳前，注視著米霞，那時，牠總會看見人在無意中創造的畫面。這常常是些充滿了憂傷或憤怒的幻景。這樣的畫面甚至是非常清晰的，因爲畫中搏動著激情。那時洋娃娃便完全無力自衛，因爲牠自身沒有任何辦法保護自己，使自己不致陷入那些陌生的、陰鬱的世界，牠沒有任何具有魔力的自己的主張，沒有意識到「自我」的強大能力。因此牠總是被世界征服。所以狗總是承認，人是牠的主子。所以即便是一個最卑賤的人，只要跟自己的狗在一起，也會自覺是英雄。

洋娃娃體驗激情的能力與米霞毫無差異。動物的激情甚至更爲純潔，因爲沒有任何思想攪渾它。

洋娃娃知道，有上帝存在。牠隨時隨地持續不斷地覺察到上帝的存在，而不像人只是在少有的瞬間才覺察得到。洋娃娃在青草叢中聞到了上帝的氣息，因爲時間沒有將牠和上帝分開。因此洋娃娃對世界懷有那麼強烈的信賴，那種信賴是任何人都望塵莫及的。只有在主耶穌掛在十字架上的時候，才懷有類似的對世界的信賴。

波皮耶爾斯基的孫子輩的時間

往往學年剛一結束，波皮耶爾斯基的女兒——就是當年牽著一條大狗在園林裡散步的那位小姐——立即就把她自己的孩子和她那些兄弟的孩子領到了太古。米霞早已給他們準備好樓上的三個房間，而如果有必要，樓下的一個房間也可歸他們使用。於是到了六月末，帕韋烏・博斯基所期望的旅館便開始完全運轉起來。

地主波皮耶爾斯基的孫子輩都長得勻稱、個頭大、活潑好動且鬧騰得厲害，與他們的祖父毫無相似之處。就像在許多優秀的家族裡一樣，他們都是些男孩子，其中只有一個小姑娘。照料他們的是個阿姨，每年都是同一個人。阿姨的名字叫蘇珊娜。

孩子們整天待在河上一個稱爲洩水閘的地方，方圓一帶的年輕人都到那兒進黑河裡游泳。地主波皮耶爾斯基當年在河裡建了這座閘門，用來調節流入池塘的水量。如今池塘已不復存在，但在夏天，內行地操縱閘門，便能造出一個河灣和一公尺高的瀑布。地主波皮耶爾斯基多半不曾料到，他爲自己的後代弄出了這麼一個娛樂的去處。

孩子們回家吃午飯，米霞經常把午飯安排在園子裡的栗樹下邊。午飯後，他們又回到河上去了。晚上蘇珊娜招呼他們玩紙牌，玩「國家城市」的遊戲，或是別的隨便什麼牌戲，只要他們不吵不鬧就行。有時，比他們大不了多少的維泰克在山後爲他們燃起一堆篝火。

每年聖約翰節的夜晚，地主波皮耶爾斯基的孫子們都進去森林，尋找蕨類植物的花。這種探險成爲一種節日的固定儀式，而有一年的夏天，蘇珊娜允許他們自己進入森林。地主的孫子們利用這個機會，瞞著所有的人，到耶什科特萊買了一瓶廉價的葡萄酒。他們拿了夾肉麵包、幾瓶檸檬汽水、甜食和手電筒。他們坐在屋前的長凳上等待天黑。他們嬉戲著，吵鬧著，爲了藏匿的那瓶葡萄酒而興高采烈。

地主波皮耶爾斯基的孫子們進了森林之後才安靜下來。並非他們到了森林裡情緒不高，而是因爲在黑暗裡，森林顯得既可怕又強大。他們壯著膽子想要走到沃德尼察去，然而黑暗妨礙了他們的願望。沃德尼察是個鬧鬼的地方。他們要去赤楊林。那裡生長的蕨類植物最多。他們要在那裡喝酒，抽大人禁止他們抽的香煙，就像太古的農民那樣。

孩子們排成一排朝河的方向走去，手挽著手，步伐整齊。

天黑得那麼厲害，伸出的手掌在黑暗中成了勉強能分辨的忽隱忽現的斑點。跟包裹在黑暗中的世界相比之下，只有天空略顯明亮——竹篩似的天空漏出的星光，給莊嚴的世界鑿了好些個洞。

森林表現得猶如野獸，不許孩子們進入自己的領地。森林在他們頭上抖落露水，派出貓頭鷹嚇唬他們，命令野兎猝不及防地從他們腳下躥出來。

孩子們走進赤楊林，摸索著進行野餐。香煙的火星閃爍。有生以來第一次就著瓶口喝下的葡萄酒替他們增添勇氣。然後，他們分散開來在蕨叢中奔跑，直到他們當中有人在蕨叢裡發現一個閃光的東西。不安的森林喧鬧了起來。發現者召喚其餘的人。他非常激動，興奮不已。

「我大概找到啦！我大概找到啦！」他反覆說。

在糾纏在一起的懸鉤子灌木叢中，在濕漉漉的蕨葉上，有個銀色的東西閃閃發光。孩子們用棍子分開那些碩大的葉片，借助手電筒射出的亮光，他們看到一個閃亮的罐頭盒。大失所望的發現者用棍子挑起它，遠遠地拋進灌木叢中。

地主的孫子們又坐了片刻，喝光了葡萄酒，然後就回到路上去了。

直到此時，空罐頭盒才又神采煥發地散射出神奇的銀色光芒。

麥穗兒總是在夏至這一天的夜裡採集草藥，她見到這離奇的景象，可她已經太老了，也就不想許什麼願，而且她清楚，蕨的花能鬧出多少麻煩。於是她遠遠避開，繞道走了。

地主波皮耶爾斯基的時間

「米霞，你幹完活樂意跟我一起喝杯茶嗎？」波皮耶爾斯基夫婦的女兒問，她的身材總像未出嫁時那個模樣。

米霞從裝滿待洗的餐具盆上伸直了腰，用圍裙擦乾了手。

「我不喝茶，但我很樂意喝杯咖啡。」

她們端著托盤來到蘋果樹下，在桌子兩邊，面對面坐下來。莉拉和瑪婭合力洗完那些不乾淨的餐具。

「你一定非常累，米霞。你每天要做這麼多份午餐，要洗這麼多的餐具……為這等辛勞我們非常感激你。假如不是你們，我們眞是連個落腳的地方都沒有。要知道，這兒是我們的故鄉。」

當年的地主小姐，很久很久以前曾帶著一群大狗在牧場上奔跑的姑娘，這會兒傷心地發出一聲浩嘆。

「假如不是你們，我們只靠帕韋烏的薪金是無法過活的。出租房間是我對養家作出的貢獻。」

「你可不能這麼想，米霞。需知婦女在家裡幹活，生孩子，主持家務，對這些你自己了解得最清楚……」

「但這些不能掙錢養家，不能給家裡帶回鈔票。」

幾隻黃蜂飛到桌上，輕柔地舔著蜜糖餅乾上的巧克力糖衣。米霞對此並不在意，可波皮耶爾斯基小姐卻害怕黃蜂。

「我小的時候，一隻黃蜂螫了我的眼皮。我當時跟父親在一起，母親到克拉科夫去了……那可能是一九三五年或一九三六年的事。父親驚慌失措，在屋子裡跑來跑去，衝我大叫大嚷，後來他用汽車把我送到一個什麼地方。我依稀記得，是送到小鎮上的猶太人那兒去了……」

波皮耶爾斯基小姐用一隻手支著下巴，而她的目光則在蘋果樹和椴樹的樹葉之間飄遊。

「波皮耶爾斯基地主……是個與眾不同的人。」米霞說。

波皮耶爾斯基小姐褐色的眼睛裡淚光閃爍，宛如點點甘露。米霞猜到，她私人的、內在的時間流正在往回流，每個人身上都有這麼一種時間流，此刻過往的畫面，在樹葉之間的空隙裡，像放映電影似地一幕幕出現在她眼簾。

波皮耶爾斯基夫婦當年去了克拉科夫，此後便一直受窮受苦，他們只好忍痛割愛，靠出售銀器勉強度日。分布在全世界的波皮耶爾斯基龐大的家族親戚們，爲他們的族人提供了一點幫助，盡其所能地送給他們一點美元或黃金。地主波皮耶爾斯基曾被指控與占領者合作，理由是他曾跟德國人做過木材生意。他蹲了幾個月的監獄，但最後考慮到他患有心理障礙而把他釋放了。當然，在這個過程中，受到賄賂的精神病學家稍許誇大了他的病情——但並不算太過分——這對他得以被提前釋放不無幫助。

出獄後的地主波皮耶爾斯基，在薩爾瓦多街狹窄的住宅裡來回踱步，他從這面牆走到那面牆，固執地嘗試著，在唯一的桌子上擺開自己的遊戲。然而妻子以那樣一種目光望著他，使他不得不把一切重新裝進盒子裡，並且重新開始他那沒完沒了的散步。

時間流逝，地主太太在自己的禱告中留下一點空間，用來對時間表示感激，感謝它在流逝，在運動，從而也爲人的生活帶來變化。家族，波皮耶爾斯基的整個家族，重新逐漸集聚起力量，在克拉科夫做起小買賣。地主波皮耶爾斯基根據家族的不成文協議被分配來監督皮鞋生產，具體地說，是生產鞋底。他監督一個小工廠的工作，工廠裡有台從西方引進的液壓機，機器會吐出塑料的涼鞋底。開頭地主波皮耶爾斯基並不太想幹這份工作，但後來整個事業吸引了他，就像一個地主常有的那樣——把他完全捲了進去。令他入迷的是，能爲無定形、不確定的物質賦予不同的形狀。他甚至開始滿懷熱情地進行各種實驗。他製成了一種完全透明的糊狀物，然後賦予它各種顏色和色調。後來，居然發生了這樣的事，在女鞋流行趨勢上，他聰明地感受到了時代精神——他生產的有著閃閃發光的、高統塑膠底的哥薩克皮靴賣得就像流水一般。

「父親甚至建了一個小實驗室。他就是這麼一個人，只要著手做某件事，就會全心全意地投入，賦予這件事某種絕對意義。在這一方面，他是令人難以忍受的。看他那股辦事的勁頭，似乎他的鞋底和哥薩克皮靴具有救世之功。他喜歡上各種試管，蒸餾器，總是在熬製什麼，總是在給什麼東西加熱。

「最後，由於這些化學實驗，他終於得了皮膚病。或許是由於燙傷，或許是由於放射性物質作祟。總而言之，他的模樣看起來可怕極了。他身上的皮膚大塊大塊地脫落。醫生們說，這是一種皮膚癌。我們把他送到住在法國的親屬那裡，找最好的醫生診治。但皮膚癌無藥可治，這裡沒有，那裡同樣沒有。至少在當時是一種絕症。最奇怪的是，他對待這種——當時我們都已知道——致命疾病的態度。『我在蛻皮。』他說，看上去他對自己非常滿意，簡直是自豪。」

「他是個怪人。」米霞說。

「可是他不是瘋子。」波皮耶爾斯基小姐趕緊補充說：「他總是心神不定。我想，是由於這場戰爭和遷出府邸時受到的衝擊驚嚇到他。戰後，世界發生了巨大的變化。他在這個世界上找不到自己的位置，所以他死了。他去世前始終神志清醒，泰然自若。那時我不明白其中的道理，我以爲是疼痛使他精神失常。你知道，他非常痛苦。最後癌細胞擴散到全身，而他卻像個孩子一樣，一再說他只是在蛻皮。」

米霞嘆了口氣，喝完了最後一滴咖啡。玻璃杯底沉積了一層古銅色的咖啡渣，太陽的反光在上面搜尋著什麼。

「他吩咐將那個古怪的盒子跟他一起埋進墳墓，可在辦喪事的忙亂中，我們把這件事忘到九霄雲外去了……我爲此一直受到可怕的良心譴責，內疚我們沒有實現他的遺願。喪事過後，我跟媽媽一起去看了看那只盒子。你可知道，我們發現了什麼？那是一塊舊亞麻布，一個木頭做的骰子，還有各種各樣的棋子：有動物的，人的，各種物品的，就像一些兒童玩具。我們還發現了一本破破爛爛的小書，上面寫的全是些無法理解的胡言亂語。我跟媽媽一起把那些東西全倒在桌子上。我們無法相信，那些小小的玩具對於他，竟是如此珍貴！至今我還記得那些玩意兒，好像是昨天才見到的那樣：小小的黃銅塑像，有男人和女人，動物，小樹木，小房子，小府第，各種微型物品。啊，比方說，只有小指甲大小的小書，帶把手的小咖啡磨，紅色的郵政信箱，帶有水桶的扁擔，一切都做得非常精緻……」

「你們是怎麼處置那些東西的？」米霞問。

「起先，所有的東西都擱在我們放相簿的抽屜裡。後來孩子們拿出來玩耍。肯定還在家裡的什麼地方。或許是在積木堆裡？我不知道，得問問……我一直感到內疚，沒有把這個盒子給父親放進棺材裡。」

波皮耶爾斯基小姐咬緊嘴唇，她的眼中又是淚光閃爍。

「我理解他。」過了片刻，米霞開口說：「當年我也有過自己的抽屜，那裡放著所有最重要的東西。」

「可你那時是個孩子。而他卻是個成年男子。」

「我們有伊齊多爾……」

「或許每個正常的家庭都必須有這麼一個正常狀態的安全閥，有這麼一個人，這個人能承受所有的瘋狂行爲，就像我們所承受的這些。」

「伊齊多爾並不是他看上去的這種樣子。」米霞說。

「唉呀，我講這話並無惡意……我父親也不是個瘋子。難道他會是個瘋子嗎？」

米霞迅速搖頭否認。

「我最擔心的是，米霞，他的怪癖可能會遺傳後代，或許會讓我的孩子們中的某一個恰巧給碰上了。而我關心他們。他們都在學習英語，我想把他們送到法國的親戚那兒去，讓他們看看世界。我希望他們都能受到良好的教育，能到西方的某個大學學習資訊學，經濟學，學習某種具體的、有點前途的專業知識。他們都會游泳，打網球，都對藝術和文學感到興趣……你自己不妨瞧瞧，他們都是些健康的正常的孩子。」

米霞順著波皮耶爾斯基小姐的目光望去，看到地主的孫子們正好從河上回來。他們穿著五顏六色的浴衣，手裡都拿著潛水用具。這會兒正吵吵嚷嚷、推推搡搡地擁進柵欄的小門。

「一切都會好起來的。」波皮耶爾斯基小姐說：「如今的世界已不同於昔日。變得更好，更廣闊，更光明了。現在有預防各種疾病的疫苗，沒有戰爭，人活得更長久……你也是這麼想的嗎？」

米霞看了看殘留著咖啡渣的玻璃杯，搖了搖頭。

遊戲的時間

在「第七世界」裡，第一批人類的眾多後代漂泊人間，從一個國度到另一個國度，後來終於來到一個美得出奇的谷地。「讓我們繼續幹下去，」他們說：「讓我們給自己建一座城市和一座直插雲霄的通天塔，讓我們成爲一個民族，而且讓上帝也不能將我們驅散。」於是他們立即著手建設，他們搬運石頭，用焦油取代砂漿。就這樣，一座規模宏大的城市誕生了，城市的中央聳立著一座高塔，高得從塔尖可以看到「第八世界」以外的東西。有時，當天空晴朗的時候，那些在最高處工作的人們，爲了不讓陽光照得他們目眩，他們手遮著眼睛，於是他們看到了上帝的腳掌，以及吞噬時間的巨蟒那龐大軀體的輪廓。

他們當中有些人還試圖用木棍伸到更高的地方。

上帝不時朝他們瞥上一眼，憂心忡忡地想道：「只要他們仍然是同樣的人民，說的是同樣的語言，將來他們就能做到他們腦子裡想到的一切事情……不行，我得下去把他們的語言搞亂，我得讓他們自我封閉起來，使他們彼此聽不懂對方的語言。這樣，他們彼此就會反目成仇，而我便會太平無事。」上帝也就這樣做了。

人們分散到世界的四面八方，彼此成了仇敵。但他們的記憶仍留下了他們見過的事情，永不磨滅。誰只要見過世界的邊界一次，這個人就會椎心地感受到自己遭受的禁錮。

帕普加娃的時間

斯塔霞・帕普加娃每個禮拜一都去塔舒夫趕集。每到禮拜一，公共汽車總是非常擁擠，以至常常繞過森林裡的車站，不在那兒停車。於是斯塔霞只好站在路邊搭順風車。起先是美人魚牌和華沙牌的轎車，然後是大、小飛雅特牌的汽車。她笨手笨腳地爬進轎車裡，總是以同樣的方式開始同司機攀談：

「先生可認識帕韋烏・博斯基？」

偶爾會遇上幾個司機回答說：認識。

「他是我的兄弟。是位督察員。」

司機每每轉過腦袋，滿腹狐疑地望著她。於是她又說了一遍：

「我是帕韋烏・博斯基的姐姐。」

司機不大相信。

斯塔霞老來發胖了，也變矮了。她那本來就引人注目的大鼻子變得更大，而眼睛卻失去了光彩。她的一雙腳總是腫脹的，所以只能穿男人的便鞋。她那一口漂亮的牙齒也只剩下兩顆。時間對斯塔霞·帕普加娃是無情的，難怪司機不肯相信她是帕韋烏·博斯基的姐姐。

不久前，就在一個熱鬧的、趕集的禮拜一裡，一輛小汽車撞倒了她。她從此失去了聽力。在她頭腦裡，有一種連續不斷的嗡嗡聲將世上的聲響都淹沒了。有時在這一片嗡嗡聲中，也出現某種聲音，斷斷續續的音樂，可是斯塔霞分不清它們來自何方——不知是來自外部，還是源於她自身。她一邊掛著襪子，或是沒完沒了地修改米霞穿剩的衣物，一邊凝神諦聽這種聲音。

晚上她總喜歡去博斯基夫婦家。尤其是夏天，他們那裡很熱鬧。樓上住著避暑的人們。這些人的孩子和孫子統統來了。他們在果園裡，在栗樹下邊，擺上桌子，喝著酒。帕韋烏從琴盒裡拿出小提琴，他的孩子們也立即拿起各自的樂器：安泰克是鍵盤式手風琴，阿德爾卡在離開之前拉的是小提琴，維泰克是低音提琴，莉拉和瑪婭是吉他和長笛。帕韋烏用小提琴的弓打了個信號，所有的演奏者便全都有節奏地活動起手指頭，用腳點地打起拍子。他們總是從《滿洲裡的山丘》開始。斯塔霞總是根據他們臉上的表情辨認出所演奏的音樂。在演奏《滿洲裡的山丘》時，米哈烏·涅別斯基會在孩子們的面部表情上出現片刻。「這可能嗎？」斯塔霞尋思：「死去的人能活在自己孫輩們的形象裡？」將來她也能活在雅內克孩子們的臉龐上嗎？

斯塔霞思念兒子，他中學畢業後便留在西里西亞。他很少回家，他像自己的父親那樣，讓斯塔霞在等待中望眼欲穿。初夏，她便給兒子準備好了房間，但他不肯多待一會兒，不肯像帕韋烏的孩子們那樣，在家裡度過整個暑假。他住了幾天就走了，臨走時，忘記帶走母親給他做的一整年的果汁。但錢他倒沒忘記拿，那是母親賣酒掙來的。

她送他到凱爾采公路旁的車站。在十字路口躺著一塊石頭。斯塔霞把石頭搬開，請求他說：

「把手放在這兒，留個手印。好讓我有點你留下的紀念。」

雅內克不安地環顧四周，然後總算同意讓手掌的形狀在石頭下面的岔道泥土上保留一年。再往後，在聖誕節和復活節，從他那兒寄來的信，總是以同一種方式開頭：「我在這封信裡首先向你稟告，我很健康，也祝媽媽身體健康。」

他的祝願沒有發生效力。多半是他在寫信的時候，心裡在想別的事情。某個冬日，斯塔霞突然病倒了。在急救車艱難穿過茫茫大雪駛來之前，她已一命嗚呼。

雅內克回來晚了，他趕到墓地時，正好碰上人們在往墓穴填土，送葬的人都散的差不多了。他走進母親的屋子裡，久久察看母親的遺物。所有那些裝滿果汁的玻璃瓶、印花布簾、用鉤針編織的披肩，用他在節日和命名日寄來的明信片做的小盒子，恐怕對他全都沒有什麼價值。外公博斯基留下的家具全都是用斧子砍出來的，粗糙，笨重，與他擁有的光滑漂亮的家具完全不搭配。那些瓷茶杯不是缺了邊，就是斷了耳。雪從門的縫隙裡擠進加蓋的廂房。雅內克鎖上房門，把鎖匙送給舅舅。

「我不要這幢房子，也不要出自太古的任何東西。」他對帕韋烏說。

他沿著官道向車站走去。在走到躺著那塊大石頭的地方，他停住了腳步。猶豫了片刻之後，他做了年年都要做的那件事。這一次，他把手掌深深壓進冰涼的、凍得半硬的土地裡，在那兒停留了許久許久，直到他的手指凍得發僵。

由四個部分組成的事物的時間

年復一年，伊齊多爾越來越認識到，他永遠也走不出太古。他記起了森林中的邊界，那堵看不見的大牆。那是他的邊界。或許魯塔能通過那條邊界，而他則既沒有力量，也沒有這種願望。

屋子裡空空蕩蕩。只有在夏天，避暑的人們來了之後，才會熱鬧起來，那時，伊齊多爾通常都不離開自己的閣樓。他害怕陌生人。最近的一個冬天，烏克萊雅經常到博斯基夫婦家作客。他老了，而且變得更胖。他那張臉呈現灰白色，浮腫，眼睛由於酗酒而佈滿了血絲。他待在桌旁，看起來就像一堆變了質的爛肉。他扯著自己嘶啞的嗓門不停息地自吹自擂。伊齊多爾憎恨他。

烏克萊雅多半也感覺到這一點，因爲他像魔鬼一樣慷慨大方，竟然送伊齊多爾一件禮品——魯塔的照片。這是他經過一番深思熟慮之後才送的禮品。烏克萊雅專門挑選魯塔的裸體照片，魯塔赤裸的身子由於古怪的光線分成了好幾塊，上面蓋著他肥胖的軀體。只有幾張照片上能看到女人的臉——張著的嘴巴，貼到面頰上的汗濕的頭髮。

伊齊多爾默默無言地看了照片，然後把照片往桌子上一扔，起身上樓去了。

「你幹嘛把這種照片拿給他看？」他上樓時還聽見帕韋烏的聲音。

烏克萊雅爆發出一陣大笑。

從這一天起，伊齊多爾就再也不下樓。米霞把食物給他送上閣樓，挨著他坐在床上。姐弟二人沉默著待了片刻，然後米霞嘆了口氣，回到廚房去。

伊齊多爾不想起床。他覺得，就這麼躺在床上做夢也不錯。他總是做著同樣的夢，他夢見塞滿了各種幾何圖形的遼闊空間。有磨砂玻璃似的無光澤的多面體，透明的錐體，還有發乳白光的圓柱體。它們在廣闊的平面上方流動，如果不是因爲上方沒有天空，或者就可以把這平面稱爲大地。代替天空的是個巨大的黑洞。觀察這個大黑洞使他連在夢中都感到恐怖。在夢裡，到處鴉雀無聲，籠罩著一派沉寂。即便是巨大的物體相互磕碰摩擦，也沒有發出任何咯吱聲或沙沙聲。

伊齊多爾不在這夢中。有的只是某個陌生的旁觀者，伊齊多爾生活中發生的各種事件的見證人。這個人附著在伊齊多爾身上，但他不是伊齊多爾。

做過這樣的夢之後，伊齊多爾頭痛欲裂，不得不整天跟抽噎奮鬥，這抽噎也不知是從那兒來的，始終堵塞在他的喉頭。

有一次，帕韋烏到他的閣樓上對他說，他們將要在園子裡演奏，希望他能下樓到他們那兒去。帕韋烏懷著讚賞之情朝閣樓環視了一圈。

「你這兒很漂亮。」他嘟噥了這麼一句。

冬天，陪伴著伊齊多爾的是憂傷。他看到那光禿的田野，灰濛濛、潮氣很濃的天空，便總是不由得想起同一幅景象，當時由於伊凡．穆克塔而看到的景象。沒有任何意義、沒有意思、沒有上帝的世界的畫面。他惶恐得直眨眼睛，他是多麼希望能將這幻景永遠從記憶裡抹掉！但是用憂傷餵養的畫面有不斷擴大的傾向，它逐漸控制了他的肉體和靈魂。伊齊多爾越來越頻繁地感覺到自己老了，天氣一產生變化，他渾身的骨頭就疼痛——世界以一切可能的方式折磨他。伊齊多爾不知該把自己怎麼辦，不知該躲到哪裡去。

這種情況持續了幾個月，直到本能在他身上甦醒了，伊齊多爾決心自己救自己。當他幾個月後，第一次在廚房裡出現時，米霞激動得哭了，她長久地將他緊緊擁在自己散發著午餐氣味的圍裙上。

「你的氣味好像媽媽。」他說。

現在他每天下樓一次，踏著狹窄的樓梯慢慢往下走，不假思索地往火裡添樹枝。常常不是把米霞的牛奶煮糊了，就是把爐灶上燉的什麼湯煮乾了，這熟悉的、無害的氣味使他腦子裡再現了被摒棄的空虛的世界。他隨便吃了點東西，嘟噥了句什麼便往樓上走。

「你能劈點木柴嗎？」米霞在他身後拋出這麼一句。

他滿懷感激之情地劈起了木柴。他把整個柴棚都堆滿了劈柴。

「你能停下來不劈那些木頭嗎？」米霞生氣地說。

於是，他從盒子裡掏出伊凡的望遠鏡，從自己閣樓上的四個窗口察看整個太古。他朝東方看，視野裡出現了塔舒夫的房屋，而它們的前方則是森林和白河上的牧場。他見到，住在弗洛倫滕卡屋裡的涅赫齊亞沃娃正在牧場上擠牛奶。

他朝南方看，見到聖羅赫禮拜堂和乳製品廠，見到通向小鎮的橋樑，見到一輛迷路的汽車和一個郵差。然後他轉到西邊的窗口——見到耶什科特萊、黑河、府邸的屋頂、教堂的塔樓，還有那一直都在擴建的老人之家。最後他走到北邊的窗口，欣賞大片大片的森林，看到凱爾采公路像條長長的絲帶將它們隔開。他在一年中不同的季節看到那些同樣的景致——冬天白雪皚皚，春天綠肥紅瘦，夏天奼紫嫣紅、五彩斑斕，秋天草枯花謝、萬物蕭疏。

那時，伊齊多爾發現，大凡世上有意義的事物，多數都是由四個部分所組成。他拿起一張灰不溜丟的紙，用鉛筆在上面畫出了表格，表格上分成四欄。在表格的第一行，他寫上：

西　北　東　南

隨後他立即又加上：

冬　春　夏　秋

他覺得自己似乎寫下了某個極有意義的句子的開頭。

這個句子必定具有巨大的吸引力，因爲伊齊多爾所有的感官全都瞄準了對四重性的探索。他在自己身邊，在閣樓上，尋找這種四重性，同時也在園子裡尋找。當有人吩咐他澆灌園子的時候，他找遍了園子的每一個角落。他在日常工作中找到四重性，在各種物品中，在自己的習慣裡，在他回想起的童年時代聽過的童話中找到了它。他感到自己在康復，他會鑽出路旁的叢莽走上一條筆直的路。難道不是一切都開始變得清晰了嗎？難道不是只需稍微費點腦筋就能弄清事物的秩序嗎？須知這種秩序近在咫尺，就在視力能及的範圍之內，只需一抬眼便能看到。

他重新又去鄉圖書館，經常借出滿滿一提包的書，因爲他意識到，許多具有四重性的事物都已寫在書裡了。

圖書館裡，許多書籍都有地主波皮耶爾斯基漂亮的藏書籤——在一堆石頭的上方懸著一隻張開翅膀的大鳥，酷似鷹。鳥用爪子支在FENIX❶幾個字母上。鳥的上方是一行題目的文字：「費利克斯．波皮耶爾斯基藏書」。

❶這五個字母合在一起是波蘭語的一個單字，意爲鳳凰。

伊齊多爾只借裡頭有鳳凰的書，這個標識成了好書的印記。可惜的是，他很快就弄明白，全部藏書都是從作者姓氏L字母爲首的。在任何一個書架上，他都找不到從姓氏以A一直到K爲首的作者。於是他讀了老子（Lao-tseu）、布萊尼茨（Leibniz）、列寧（Lénine）、羅耀拉（Loyola）、盧奇安（Lucien）、瑪爾恰利斯（Martial）、馬克思（Marx）、邁林克（Meyrink）、密茨凱維奇（Mickiewicz）、尼采（Nietzsche）、奧利金（Origéne）、帕拉塞爾蘇斯（Paracelse）、畢達哥拉斯（Pythagore）、格維多（Quevedo）、盧梭（Rousseau）、席勒（Shiller）、斯洛伐支奇（Slowacki）、蘇格拉底（Socrate）、史賓塞（Spencer）、史賓諾莎（Spinoza）、莎士比亞（Shakespeare）、顯克維奇（Sienkiewicz）、斯威登博格（Swedenborg）、德爾圖良（Tertullien）、泰勒斯（Thalés de Milet）、托馬斯·阿奎那（Thomas d'Aquin）、托維安斯基（Towianski）、凡爾納（Veme）、維吉爾（Virgile）、伏爾泰（Volraire）等人的書。他讀書越多，便越是意識到缺了姓氏從字母A到K爲首的作者：安徒生（Andersen）、亞里士多德（Aristote）、奧古斯丁（Augustin）、阿維森納（Avicenne）、布雷克（Blake）、卻斯特通（Chesterton）、克萊門斯（Clément d'Alexandrie）、但丁（Dante）、達爾文（Darwin）、第歐根尼（Diogéne）、愛克哈特（Eckhart）、艾里金納（Erigène）、佛洛伊德（Freud）、歌德（Goethe）、格林兄弟（Grimm）、黑格爾（Hegel）、海涅（Heine）、霍夫曼（Hoffmann）、荷爾德林（Holderlin）、荷馬（Homère）、雨果（Hugo）、容格（Jung）。他還在家裡把百科全書從頭至尾讀了一遍，可他既沒有因此而變得更聰明，也沒有變得更好。不過，他在表格裡可塡寫的東西倒是越來越多。

有些四的組合是顯而易見的，只要留心觀察便不難發現：

酸、甜　苦　鹹

或者：

根　莖　花　果

或者：

左　上　右　下

還有：

眼　耳　鼻　嘴

他在《聖經》裡找到許多這一類的四重性。其中有些看起來似乎非常原始，古老，這些四重性又會衍生出其他的四重性。伊齊多爾覺得，四個同類事物的組合在他眼皮底下繁殖、複製、無窮無盡。最後他開始猜想，無窮性本身必定也是四重性的，就像上帝的名字：

I　H　W　H❷

❷IHWH即耶和華。

《舊約》中有四個先知：

以賽亞　耶利米　以西結　但以理

從伊甸園裡流出的四條河：

比遜　基訓　希底結　伯拉河

基路伯❸有四副面孔：

人　獅子　犍牛　雄鷹

福音書四位編述者：

馬太　馬可　路加　約翰

四種基本美德：

英勇　公正　遠見　克制

啓示錄四騎士：

征服　屠殺　飢餓　死亡

亞里士多德的四大要素：

❸基路伯是《聖經》故事中的守護天使。腋下有翅，能載上帝飛行。

土　水　氣　火

意識的四個方面：

認識　感覺　思考　直覺

希伯來神祕哲學中的四個王國：

礦物王國　植物王國　動物王國　人類王國

時間的四種形態：

空間　過去　現在　將來

煉金術的四種成分：

鹽　硫　氮　汞

煉金術的四種功能：

凝結　溶解　昇華　鍛燒

神經音節的四個字母：

A　O　U　M

希伯來神祕哲學的四個要點：

仁慈　美　力量　統治

存在的四種狀態：

生　彌留和死　死後時期　復活

意識的四種狀態：

昏睡　酣睡　淺睡　清醒

創造物的四種性質：

穩定性　流動性　揮發性　發光性

根據蓋倫❹的學說，人的四種能力：

體力　審美力　智力　道德和精神潛力

算術的四則運算：

加　減　乘　除

測量的四種尺度：

寬度　長度　高度　時間

物質的四種狀態：

❹蓋倫（Claudis Galen，西元一二九—一九九）古羅馬醫師，自然科學家和哲學家。繼希波克拉底之後的古代醫學理論家。

固體　液體　氣體　等離子體

構成DNA的四個原則：

T　A　G　C

根據希波克拉底❺學說的四種氣質：

冷淡　憂鬱　熱情　暴躁

這份清單沒有盡頭，也不可能有盡頭，因為若是有盡頭的話，世界也就完結了。伊齊多爾就是這麼想的。他還認為，自己發現了整個宇宙不可或缺的秩序的蹤跡，這種秩序是按上帝獨特的字母表在宇宙間起著作用的。

隨著對四重性事物的跟蹤，伊齊多爾的思維也發生了變化。他在每種事物中，在每種最細微的現象裡都看到了四個部分，四個階段，四種功能。他看到了四的繼承延續，四繁殖為八，

❺希波克拉底（Hippocrates，約西元前四六〇—前三七七），古希臘醫師，西方醫學奠基人，提出「體液學說」，認為人體由血液、黏液、黃膽和黑膽四種體液組成，這四種體液的不同配合，使人有不同的體質。

繁殖爲十六，他看到生命代數不間斷衍生成四倍的演變。對於他，果園裡已不存在花滿枝頭的蘋果樹，而是由樹根、樹幹、樹葉和花朵組成的嚴密的四重結構。有趣的是，這種四位一體是不朽的——秋天在開花的地方出現了果實。至於說，到了冬天，蘋果樹便只剩下了樹幹和樹根，伊齊多爾必須進一步思考，找出合理的解釋。他發現了四變爲二的可約性的規律——二是四的休眠期。就像樹木到了冬天就要休眠一樣，四睡著了就會變成二。

凡是不能立刻表現出內在四重結構的事物，對於伊齊多爾就都成了挑戰。有一次，他觀察著維泰克如何試圖調教一匹幼馬，馬腿一蹶，把維泰克拋到了地上。伊齊多爾心想，通常所謂的「騎馬的人」這種結構，只是表面上看起來似乎是由兩個部分組成的。實際上，首先是人，還有馬，同時還存在第三個整體，那就是人騎在馬上。那麼第四個部分又在哪裡呢？

這是一種半人半馬的怪物，是某種比人和馬都多點什麼的東西，這既是人又是馬，既是人和馬的孩子，又是人和山羊的孩子。驀地，伊齊多爾恍然大悟。他重又感受到那種早已忘卻的不安，當年伊凡·穆克塔留給他的不安。

米霞的時間

米霞久久不肯剪掉自己變得灰白的長髮。莉拉和瑪婭回家時，帶回了一種特殊的染料，一個晚上就讓她的頭髮恢復了原有的顏色。她們兩人對顏色都很有眼力——她們挑選的顏色跟需要的顏色一模一樣，不差毫釐。

有那麼一天，不知何故，米霞突然吩咐兩個女兒給自己剪掉頭髮。一捲捲染成了栗色的頭髮落到地板上，米霞朝鏡子裡一望，立即明白，她已是個老婦人了。

春天，她給年輕的地主小姐回信，說不再接受避暑的房客。

無論是當年，還是下一年都不接待避暑的人。帕韋烏試圖提出抗議，但她已不聽他的。夜裡，心臟的突然狂跳和血液的搏動常把她從夢中驚醒。她的雙手和雙腳都腫了。她望著自己的腳，竟然認不出來。「曾幾何時，我的腳指頭是那麼修長，足踝骨是那麼纖細！我穿高跟鞋走路的時候，我的小腿肌肉緊繃繃的！」她暗自思忖道。

夏天，孩子們都放假回家了。除阿德爾卡之外，所有的孩子一起送她去看醫生。她患了高血壓。她不得不吞食藥片，而且她再也不能喝咖啡了。

「不喝咖啡算什麼生活！」米霞一邊嘟囔著，一邊從餐櫃裡拿出自己的咖啡磨。

「媽媽，你簡直像個孩子。」瑪婭說，從她手裡奪走了小磨子。

第二天，維泰克在外匯商店買了一大盒不含咖啡因的咖啡。她假裝說味道不錯，但她獨自在家的時候，她就磨憑票供應的珍貴的咖啡豆，並用玻璃杯給自己沖上一杯眞正的咖啡。它帶著厚厚的一層凝皮，像她一貫喜歡喝的那種咖啡。她在廚房裡坐在靠窗口的地方，抬眼望著果園。她聽著那長得高高的青草發出的沙沙聲——樹下已沒有人爲誰割草了。她從窗口看到黑河、神父的牧場、牧場後邊的耶什科特萊，那兒有人不斷用白色的空心預製板建造新的房屋。世界已沒有當年那麼美了。

有一天，她正喝著咖啡，突然來了一些什麼人找帕韋烏。從這些人嘴裡得知，帕韋烏是雇他們來修建墳墓的。

「你爲什麼沒對我說起這件事？」她問。

「我想給你個驚喜。」

禮拜天他們一起去看挖好的深坑。米霞不喜歡丈夫選中的地點，它在老博斯基和斯塔霞·帕普加娃墳墓的旁邊。

「爲什麼不是挨著我的雙親？」她問。

「爲什麼？爲什麼？」他滑稽地模仿她的語調說：「那裡太擠了。」

米霞回想起當年她和伊齊多爾一起把夫妻臥榻分開的情景。

回家的時候，她朝墓地出口處的題詞瞥了一眼。

「上帝在關注，時間在流逝。死亡在追逐，永恆在等待。」她讀出了聲。

新年伊始就充滿了一種動盪不安的氣氛。帕韋烏在廚房裡打開了收音機，加上伊齊多爾，三個人一起收聽新聞公報。他們能聽懂的不多。夏天，孩子們和孫子們都回來了。但不是所有的人都回來。安泰克沒有假期。他們在園子裡一直坐到深夜，喝著茶藨子露酒，討論政治形勢。米霞本能地、不時朝柵欄的小門瞥上一眼，她在等待阿德爾卡。

「她不會回來的。」莉拉說。

到了九月，家裡又成了空巢。帕韋烏整天騎著摩托車，穿過自家沒有耕種的田地，照應修墳的工作。米霞喚伊齊多爾下來，但他不肯走下自己的閣樓。他從早到晚，辛辛苦苦地埋在那些灰濛濛的紙堆裡，在紙上畫著永遠畫不完的表格。

「你要答應我，將來若是我先死，你不會把他送進養老院。」她對帕韋烏說。

「我答應。」

在秋天的第一天，米霞用小咖啡磨磨了一份眞正的咖啡，把它裝進玻璃杯裡，沖了開水。

她從餐櫃裡拿出蜜糖餅乾。濃郁的香氣籠罩了廚房。她把椅子移到窗口，一小口一小口地飲著咖啡。就在那時，世界在米霞的頭腦裡突然爆炸，它的細小碎片撒落在周圍。她滑落到地板上。米霞動彈不了，於是只好等待，像頭落入羅網的動物，直到有人來解救她。

有人把她送到了塔舒夫的醫院，那裡的醫生診斷的結論是：她得了腦溢血。帕韋烏帶著伊齊多爾還有兩個小女兒，每天都到醫院看望她。他們坐在她的床邊，整個探視時間，都在對她說著話，雖然他們之中，誰也不能肯定米霞是否明白他們說的是什麼。他們問這問那，而她有時點頭表示「是」或者「不」。她的臉塌陷了下去，而目光則滑到了內心深處，變得渾濁。他們走出病房，來到醫院的過道上，試圖從醫生那兒打聽到點確切的資訊，想了解她的病情究竟會向哪個方向發展。但醫生看起來似乎心不在焉，正在爲別的什麼事而茫然不知所措。醫院的每個窗口都掛出紅白兩色的旗幟❶，而工作人員則全都戴上罷工的袖章。一家人只好站立在醫院的窗口旁邊，相互交換自己對這場不幸的看法。或許她是撞了頭，損害了神經中樞：喪失了說話的能力，失去了生的歡樂、生活的興趣和求生的願望。或者是另一種樣子：她倒下了，想到自己是多麼脆弱，是什麼奇蹟竟然使她活了下來！她給這種想法嚇壞了。她一想到自己會死就

❶紅白兩色的旗幟指波蘭國旗。

非常害怕，她現在在他們眼裡，正由於對死的恐懼而逐漸滑向死亡。

他們給她帶來各種糖煮水果湯，帶來好不容易花大錢才弄到的柑橘。他們逐漸接受米霞會死的想法。他們知道她將要到另一個世界去，她只好聽天由命。但他們最害怕的是，在同死亡的較量中，在靈魂與肉體分離的過程中，在大腦的生物結構消失的過程中，米霞．博斯卡將永遠消失，她所有的烹調密訣、菜譜將隨之消失，那些豬肝和小紅蘿蔔沙拉、她的裹糖衣的可可糕點和蜜糖餅乾，也將永遠從家裡的餐桌上消失，最後將永遠消失的，還有她的思想，她的話語，她參與過的各種事件——就像她的生活一樣平凡的事件。然而，他們中的每個人都確信，她內心有無盡的鬱悶和悲傷，她知道世界對人並不友好，而她唯一能做到的，便是爲自己和親人找到個甲殼，躲藏在那裡，堅持到獲得解脫的一天。他們望著米霞，她坐在床上，用毛毯蓋著雙腳，一臉的茫然，一副神不守舍的神情，他們都在想，這時她的思想是個什麼樣子？是被奪走了，撕碎了，猶如她的話語？還是藏在頭腦深處，保持著自己的勃勃生機和力量？或者已經變成了純潔的畫面，充滿色彩和深度的畫面。他們也想到，米霞或者已經停止了一切思維活動。這將意味著，甲殼不嚴實而有裂縫，混亂和破壞在米霞還活著的時候，便已侵害了她。

而米霞一個月後才死去，在此之前的整個時間，她看到的是世界的背面。守護天使在那兒等著她。確實，守護天使總是在緊要的關頭出現。

帕韋烏的時間

因爲墳墓一直沒有準備好，帕韋烏把米霞埋在蓋諾韋法和米哈烏的旁邊。他想，這樣做應該是令她感到高興的。他自己則是全心忙於修建墳墓。他向工人們提出越來越複雜的要求，於是工作也就一拖再拖。這樣一來，帕韋烏・博斯基，這位督察員，也就一再推遲自己的死亡時間。

葬禮過後，孩子們都走了，家裡變得異常寂靜。帕韋烏對這種寂靜感到很不自在。他打開電視機，看所有的節目。一天的節目結束時播送的國歌成了他躺下睡覺的信號。直到這時，帕韋烏才覺察到他並不是獨自一人。

樓上的地板讓伊齊多爾沉重的腳步壓得咯吱響。伊齊多爾已經再也不下樓。小舅子的存在令帕韋烏焦躁。所以某一天，他上樓去找伊齊多爾，說服他進養老院。

「你在那裡會有人照料，可以吃到熱飯熱菜。」他說。

令他詫異的是，伊齊多爾對此沒有提出任何異議。第二天，他就打點好行李。帕韋烏看到兩只硬紙箱和一張服裝廣告，頓時感到良心受到了責備。不過這只是短暫一瞬的事。

「他在那裡會有人照料，可以吃到熱飯熱菜。」現在，他這話只能對自己說了。

十一月下了第一場雪，而後便是連續不斷地、下起一場又一場紛紛揚揚的大雪。房間裡有股發潮的氣味，帕韋烏不知從哪裡拖出一只小電爐，用它還真難把房間烤熱。電視機由於潮濕和寒冷經常故障，但還能用。帕韋烏關注天氣預報，看所有的電視新聞，雖說那些電視新聞壓根兒就引不起他的興趣。某些政府發生了更迭，某些人物的形象在屏幕上出現又消失。節前，女兒們來了，接他去吃聖誕節晚餐。節日的第二天，他就吩咐送他回家，那時，他看到斯塔霞屋頂坍塌的小屋給壓在積雪下。現在雪花落進了屋內，在家具上覆蓋了柔軟的一層雪衣。他看到空無一物的餐櫃、桌子、老博斯基當年睡覺的床和一個床頭櫃。起先帕韋烏想保住這些東西，以免它們在風雪和嚴寒中被毀掉。後來他又想，靠自己一個人無法拖出這些沉重的家具。再說，這些東西對他又有何用？

「爸爸，你蓋的屋頂太糟了。」他衝家具說：「你的木瓦都已腐爛，而我的房子卻依舊巍然不動。」

春天的風吹倒了兩面牆。斯塔霞的小屋裡，正房變成了瓦礫堆。夏天，斯塔霞的畦田裡長出了蕁麻和苦苣菜。在它們中間，五顏六色的銀蓮花和芍藥花還在可憐兮兮地開放。乏人照料而變成了野生的草莓散發出陣陣清香。毀滅和崩解來得如此之快，令帕韋烏驚嘆不已。似乎建造房屋是違背天和地的整個自然法則，似乎築牆、將石頭壘在石頭上是在溯時代的潮流而上。他被這種想法嚇了一大跳。電視裡的國歌已然靜了下來，屏幕上出現了雪花。帕韋烏打開了所有的電燈，打開了臥室的櫥櫃。

他看到放得整整齊齊的一打打被套、床單、檯布、餐巾、毛巾。他觸摸著這些日用物品的邊緣，猛然間，全心充滿了對米霞的懷念。於是他抽出一疊被套，把臉埋在裡面。被套有股肥皂般潔淨、整齊的氣息，一如米霞，一如早先存在過的世界。他動手將櫃子裡所有的東西都拉出來：他自己的衣服和米霞的衣服、一堆堆棉紗汗衫和男人的長襯褲、裝成一小袋一小袋的襪子、米霞的內衣、她的襯裙——每一條他都是那麼熟悉——她的光滑的長襪、腰帶、胸罩，襯衫、毛衣。他從衣架上摘下西裝上衣（其中好幾件都帶有棉花的墊肩，那還是戰時的紀念品）、有腰帶的長褲、硬領襯衫、連身裙和裙子。他將一套細呢女西裝拿在手上看了許久，回憶起當年他買了這塊衣料，然後又用摩托車載著米霞去找裁縫。米霞堅持想要寬翻領和低開口的衣兜。他從櫃子的上格拉出帽子和圍巾，從下格掏出各種各樣的皮包。他把手伸進這些涼冰冰、滑溜溜的皮包裡，彷彿是在給死去的動物開膛。順手胡拋的衣物在地板上越堆越高。他想這些東西應該分給孩子們。但阿德爾卡走了。維泰克也走了。他甚至不知道他們此刻在什麼地方。可他後來腦子裡又閃出一個想法，認爲人只有死後，他們的衣服才送給別人，可他尚健在。

「我還活著，對自己的感覺也不壞。我能想辦法應付。」他自言自語地說，立刻從大立鐘裡掏出久已不用的小提琴。

他拿著小提琴走出家門，站在台階上，拉了起來。他先拉了一曲《最後的禮拜天》，然後又奏起了《滿洲裡的山丘》。成群的撲燈蛾向電燈飛來，在他的頭頂上方盤旋——形成一道充滿小翅膀和小觸鬚的活動光環。他拉了很久，很久，直到滿是塵土、失去彈性的琴弦，一根一根地斷裂。

伊齊多爾的時間

帕韋烏把伊齊多爾送到養老院時，曾設法向接待他的修女把整個情況盡量解釋清楚。

「或許他還不是那麼老，但總是病病歪歪的，加上他還有殘疾。儘管我是個衛生督察員（提到「督察員」這個詞兒時帕韋烏特別加重了語氣），我對許多事都算是內行，可我不能確保能做到對他應有的照料。」

伊齊多爾樂意搬遷。這裡離墓地更近，墓地裡躺著媽媽，父親，現在還加上米霞。他暗自高興的是，帕韋烏沒來得及建成墳墓，而把米霞埋在雙親身邊。他每天早餐後便穿好衣服，去墓地挨著他們坐坐。

然而，養老院裡時間的流逝與別的地方不同，它的小溪更淺，流得更加緩慢。伊齊多爾的力氣是一天天，一月月每況愈下，到了後來，他只得放棄看望自己死去的親人。

「我大概有病，」他對照料他的修女阿涅拉說：「我大概要死了。」

「別瞎說，伊齊多爾，你還年輕，精力旺盛。」她試圖使他振作起來。

「我老了。」他固執地重複道。

他悲觀失望。他原以爲年老了第三隻眼睛會睜開，這隻眼睛能看透一切，這隻眼睛能讓他明白世界究竟是怎麼回事。但到頭來，它卻什麼也沒解釋清楚。他只是周身骨頭痛，夜裡無法入睡。誰也不來看望他，無論是死人還是活人都不來，夜裡他經常看到自己的偶像——魯塔。魯塔還是他記憶中的那個模樣，看到各種各樣的幾何圖形的幻象——空廓的空間，而在這空間裡浮動著多角的和橢圓的幾何圖形。他覺得那些畫面已逐漸褪色，愈來愈模糊，而那些圖形也隨意扭曲著，彷彿它們跟他一起變老了。

他已沒有精力去擺弄那些表格了。他還能艱難地慢慢從床上爬起來，在大樓裡打轉，爲的是瞧瞧自己的世界，四個方向的情況，這常常能耗上他一整天的時間。養老院的樓房建得不合理，沒有朝北的窗口，似乎它的建設者們企圖摒棄這個世界的第四部分，也是最黑暗的一個部分，爲的是不讓它破壞老人們的情緒。伊齊多爾不得不走上涼臺，探過涼臺的欄杆向外觀望。那時，他看到樓房拐角後面，是無窮無盡的黑色林木和一條帶狀的公路。冬天徹底剝奪了他觀察北邊景致的機會——通向涼臺的門上了鎖。他坐在一間所謂娛樂室的房間沙發椅上，娛樂室裡，電視機不停地嘮嘮叨叨。伊齊多爾竭力要忘記北方。

他在學習忘卻，忘卻也爲他帶來了輕鬆，而這比他任何時候所預期的都要簡單得多。只需一天不去想森林、河流，不去想媽媽，不去想梳著栗色頭髮的米霞，不去想家，不去想有四個窗戶的閣樓，到了第二天，這些畫面便會越來越蒼白，越來越褪色。

爾後，伊齊多爾已不能行走。他的骨頭和關節，儘管用了所有的抗生素和輻照，仍然變得僵硬，再也動彈不得。於是，他被放在隔離室的床上，在那兒慢慢死去。

死亡是他作爲伊齊多爾這個人有規律的衰竭的過程。這是一種雪崩似的、不可逆轉的過程，是自行完成且出奇有效的過程。就像在計算機裡刪除不需要的信息——養老院裡就是用計算機來算賬的。

首先，是伊齊多爾生前那麼艱難接受的各種理念、思想和抽象概念開始逐漸消失。像砰的一聲、關上了房門那樣突然消失的是，那些具有四重性的事物：

直線	正方形	三角形	圓形
加	減	乘	除
聲音	文字	圖象	符號
仁慈	美	力量	統治
倫理學	形而上學	認識論	本體論
空間	過去	現在	將來

寬　長　高　時間

左　上　右　下

鬥爭　痛苦　負疚感　死亡

根　莖　花　果

酸　甜　苦　鹹

冬　春　夏　秋

而最後是：

西　北　東　南

然後是他心愛的地方，再後是他心愛的人們的面孔，他們的名字，都一一變得蒼白，終於所有的人都被忘卻。伊齊多爾的各種情感也都一一消失——某種早前的激動（當米霞生第一個孩子的時候），某種絕望（當魯塔離去的時候），歡樂（當收到魯塔來信的時候），自信（當他發現事物的四重性的時候），恐怖（當有人向他和伊凡·穆克塔開槍的時候），自豪（當他從郵政局領到錢的時候），還有許多、許多別的情感全都消失得無影無蹤了。終於，到了最後，修女阿涅拉說：「他死了。」這時伊齊多爾擁有的空間開始捲縮，那些既非人間，又非天上的空間全都分裂成小塊，陷入虛無，永遠消失。這是一種毀滅的畫面，比其他所有的畫面都更爲可怕，比戰爭、火災，比星球的爆炸，比黑洞的爆聚都更可怕。

就在此時，麥穗兒出現在養老院。

「你來晚了。他已經死了。」修女阿涅拉對她說。

麥穗兒沒有吭聲。她坐在伊齊多爾的床邊。她用手觸摸了一下他的脖子。伊齊多爾已經沒有呼吸，他的心臟也不跳動，但身子仍舊是溫熱的。麥穗兒向伊齊多爾俯下身子，對著他的耳朵說：

「你去吧，不要在任何一個世界停留。你千萬別受那些勸你回頭的話語誘惑。」

她坐在伊齊多爾的遺體旁邊，直到別人把遺體搬走。然後她在他的床邊坐了一整夜又一整天，不住嘴地嘟囔著。直到她確信伊齊多爾已經永遠離去了，才離開養老院。

遊戲的時間

上帝老了。在「第八世界」裡，上帝已是垂暮之年。祂的思想愈來愈缺乏活力，且漏洞百出。祂的道變得含糊不清，難以理解。由祂的思想和道產生的世界也令人費解。天空像枯死的樹木一樣裂開，大地在這裡那裡崩塌，如今已在動物和人的腳下瓦解。世界的邊緣被磨損了，化爲碎片，變成塵土。

上帝想成爲完美無缺者，祂停止了活動。凡是不動的，都停在原地。凡是停在原地的，都在瓦解。

「從各層世界的創造中，不能得到任何東西。」上帝思忖道：「創造世界達不到任何目的，不能發展，不能擴大，不能改變任何東西。創造是徒勞的。」

對於上帝而言，死亡是不存在的，儘管上帝有時也想死，就像被祂禁錮在世界上，牽連進時間裡的人們的死亡一樣。有時，人的靈魂躲過了上帝的監視，從祂無所不見的眼裡消失。那時，上帝就特別渴望死。因爲祂知道，在祂之外存在著一種不變的秩序，這種不變的秩序同所有常變的秩序聯成了一個模式。在這種甚至包含上帝本身在內的秩序裡，凡是看似正在時間裡流逝、分散的一切，同時也開始了另一種存在，超越時間限制的永遠存在。

阿德爾卡的時間

在官道上，阿德爾卡下了從凱爾采開來的公車，她有一種感覺，彷彿自己是從夢裡醒來。她覺得自己睡著了，夢見自己生活在某座城市，跟某些人在一起，置身於某些混亂的、模糊不清的事件之中。她搖了搖頭，看到了自己面前一條通往太古的林中小徑，看到了道路兩邊高大的椴樹，看到了沃德尼察幽暗的林牆——一切都在原來的地方。

她站住了腳步，調整了一下掛在肩上的小皮包。她看了看自己的義大利皮鞋和駝絨大衣。她知道，自己的模樣很漂亮，穿著時髦，像從大城市來的。她向前走去，保持著在細高跟皮鞋上的平衡。

她一走出森林，突然展現在眼簾的大片天空使她吃了一驚。她忘記了天空竟然能如此之大，似乎裡面還包含了許多其他未知的世界。她在凱爾采從未見過如此遼闊的天空。

她看到了自家房屋的屋頂，她簡直不敢相信自己的眼睛，丁香叢竟然長得那麼高大。她走得更近了點兒，頃刻之間，她的心臟停止了跳動——姑媽帕普加娃的房子沒有了。過去一向立著房屋的地方融入了天空。

阿德爾卡打開柵欄的小門，站在屋子前邊。門和窗戶全都緊閉著。她走進庭院。院子裡長滿了青草。幾隻小小的矮腳母松雞向她奔躍過來，彩色的羽毛像孔雀。這時她產生了一個念頭，莫非父親和伊齊多爾舅舅都死了？可是沒有任何人通知她呀！現在她身穿「泰莉梅娜」❶式的大衣，腳踏義大利細高跟皮鞋回到人去樓空的家來。

她放下箱子，點燃了香煙，穿過果園，朝曾經立著帕普加娃姑媽小房子的地方走去。

「你抽煙了！」她猝不及防地聽見一個聲音說。

她本能地趕忙把香煙扔到地上，頓感嗓子眼裡有一種熟悉的、兒時對父親的畏懼。她抬起眼睛看到了他。他在瓦礫堆中，坐在一張廚房的小凳子上，這瓦礫堆曾經是他姐姐的家。

「父親在這兒幹什麼？」她驚詫地問。

「我在觀察屋子。」

❶泰莉梅娜是波蘭著名詩人亞當·密茨凱維奇的史詩《塔杜施先生》中的貴族小姐，以服飾講究著稱。

她不知該說點什麼。父女倆默默無言地彼此凝視著。

看得出來，他已有好幾個禮拜沒有刮臉。他的連鬢鬍子現在已完全白了，彷彿父親的臉上落了一層霜。她發現這些年來，他老了許多。

「我變了嗎？」她問。

「你看起來也老了。」他回答說，同時將目光轉向了房子。「像所有的人一樣。」

「出了什麼事，爸爸？伊齊多爾舅舅在哪裡？難道沒有一個人幫你的忙？」

「大家都伸手向我要錢，都想主宰這個家，就像我已經不在了似的。可我還活著。你爲什麼沒回來給媽媽送葬？」

阿德爾卡的手很想去掏香煙。

「我之所以回來，簡單地說就是想告訴你，我自己有辦法過日子。我大學畢了業，有工作。我有了一個很大的女兒。」

「你爲什麼不生個兒子？」

她又一次感到嗓子眼裡熟悉的哽塞，而且覺得自己又一次從夢中驚醒了。並不存在什麼凱爾采，沒有義大利細高跟皮鞋和駝絨大衣。時間在向下挪動，猶如水從水邊沖刷河岸，試圖將他們父女二人帶回到過去。

「因爲……」她說。

「你們大家都是生女兒。安托希兩個女兒。維泰克一個女兒，雙胞胎姐妹則是每人兩個女兒。現在你生的又是女兒！我什麼都記得清楚，我什麼都數得很仔細，就是沒有一個孫子。你使我失望。」

阿德爾卡從大衣口袋裡又掏出一支香煙，點著了。

父親望著打火機的火焰。

「你丈夫呢？」他問。

阿德爾卡抽了一口香煙，輕鬆地吐出一團悠悠忽忽的煙霧。

「我沒有丈夫。」

「他拋棄了你？」他問。

她轉過身子，朝自家房屋的方向走去。

「你等一下。屋子是上了鎖的。這裡到處是小偷和形形色色的壞蛋。」

他跟在她身後慢慢走去。然後他從衣兜裡掏出一串鑰匙。她望著他，看他怎樣打開第一道鎖，第二道鎖，第三道鎖。他的手在哆哆嗦嗦地發抖。她驚詫不迭地注意到，她竟比自己的父親高。

她跟著他走進了廚房，立刻便感覺到冷鍋冷灶，和燒焦了的牛奶的熟悉氣味。她像抽煙似地猛吸了一口這種氣味。

桌上擺著一些髒盤子，蒼蠅懶洋洋地在盤子上爬來爬去。太陽在漆布上畫出窗簾的圖案。

「爸爸，伊齊多爾在哪兒？」

「我把他送進耶什科特萊的養老院。他年事已高，而且身體衰弱。最後他死了。等待我們大家的是同樣的結局。」

她扒開椅子上的一堆衣服，坐下了。她眞想大哭一場。她的鞋跟黏了一些泥土和乾草。

「用不著可憐他。他有人照料，飲食無虞。他的日子過得比我好。我不得不照料一切，看管每一件東西。」

她站起身走進餐廳。他步履蹣跚地跟在她身後，眼睛始終盯住她不放。她看到桌子上有一堆發灰的衣服：男汗衫，男長襯褲，短褲。報紙上有個海綿印台和一枚帶木頭小把手的圖章。她把幾條男長襯褲拿在手上，讀著用油墨印得不清晰的字跡：「帕韋烏．博斯基，督察員」。

「他們會偷，」他說：「他們甚至會從晾曬衣物的繩子上把長襯褲拽走。」

「爸爸，我留下來跟你一起多待一會兒，幫你收拾房間，烤糕點……」阿德爾卡脫下大衣，把大衣搭在椅背上。

她捲起毛衣袖子，動手去拿桌上的髒杯子。

「放下！」帕韋烏高聲說，嗓門兒突然變得嚴厲起來。「我不希望有人在這兒替我料理家務。我自有辦法應付。」

她到院子裡拿箱子，然後將禮品一樣一樣往骯髒的桌子上放：一件奶油色的襯衣和一條領帶，是送給父親的；一盒糖果，一瓶科隆香水是給伊齊多爾的。她手裡捏著女兒的照片，遲疑了片刻：

「這是我的女兒，你想看看嗎？」

他接過照片，瞥了一眼。

「她誰也不像。多大了？」

「十九歲。」

「這段時間裡，你都在幹些什麼？」

她深深吸了口氣，因爲她覺得有許多話要說，可冷不防一切都從她腦子裡飛走了。

帕韋烏默默收起禮品，把禮品送進餐廳的餐具櫃。鑰匙串叮鈴作響。她聽到那好費勁才安進橡木餐具櫃門的專利鎖，發出了咯吱咯吱的響聲。她朝廚房環顧一周，逐一認出了那些她早已忘卻的東西。在靠近瓷磚砌的爐灶旁邊，掛鉤上掛著一只雙層底的盤子——爲了讓湯不致涼得太快，可以往那雙層盤底裡注滾水。架子上擺放著大大小小的陶瓷罐，都貼有藍色的標籤：麵粉，大米，麥粉，糖。她很小就記得，裝糖的陶瓷罐是裂的。進入客廳兼餐廳的房間的門上，掛著耶什科特萊聖母像的複製品。她那雙優美的手，以一種挑逗的姿勢使光潔的胸口裸露了出來，可在那應該是乳房的地方，卻是小小一塊血紅的肉——一顆紅彤彤的心。最後，阿德爾卡的目光落在有個白瓷的肚子和小巧抽屜的咖啡磨上。餐廳裡傳來鑰匙叮鈴噹啷的聲音，父親在用鑰匙打開餐具櫃的一道道鎖。阿德爾卡遲疑了片刻，然後迅速從架子上取下小咖啡磨，藏進箱子裡。

「你回來得太遲了，」父親在門口說：「一切都已結束。現在是等死的時候了。」

他咧開嘴巴笑了，彷彿覺得自己講了一句很高明的俏皮話。阿德爾卡注意到，他那一口漂亮、潔白的牙齒已經蕩然無存。現在父女兩人默默無言地相對而坐。阿德爾卡的目光順著漆布上的圖案飄來飄去，最後落在一些裝茶藨子果汁的玻璃罐上，幾隻蒼蠅飛進果汁裡。

「若是需要我留下……」她喃喃說，香煙灰落到裙子上。

帕韋烏把臉轉向窗口，透過骯髒的玻璃窗望著果園。

「我已經什麼也不需要啦。我已是什麼也不害怕了。」

她明白，父親想對她說什麼。她慢慢站起身子，穿上了大衣。她呆拙地吻了父親長滿白霜似的、連鬢鬍子的臉頰。她心想，父親或許會送她到柵欄的小門前邊，但他一出屋，立即便朝瓦礫堆的方向走去——那裡總是擱著他的小凳子。

她走上官道，直到此刻，她才發現官道上已經鋪上了柏油。兩旁的椴樹在她看來，似乎比從前矮小。陣陣清風吹落樹上的葉子，飄撒在斯塔霞．帕普加娃荒草萋萋的田地裡。

到了靠近沃德尼察的地方，她用手帕擦淨自己的義大利細高跟皮鞋，整理了一下頭髮。她還得在車站坐上個把鐘頭等公車。汽車開來了，她是車上唯一的乘客。她打開箱子，拿出咖啡磨。她開始慢慢轉動小把手，而司機則透過後視鏡向她投去驚訝的一瞥。

國家圖書館出版品預行編目資料

太古和其他的時間／奧爾嘉．朵卡萩 (Olga Tokarczuk) 著；易麗君/袁漢鎔譯．— 初版—
臺北市：大塊文化，2003 [民92]
面；　公分．(To; 20)
譯自：Prawiek i inne czasy
ISBN　986-7975-99-5 (平裝)

882.157　　　　92010036

LOCUS

LOCUS